EM ÁGUAS PROFUNDAS

EM ÁGUAS PROFUNDAS

F.T. LUKENS

TRADUÇÃO
SARAH BENTO PEREIRA

Diretor editorial: **PEDRO ALMEIDA**

Coordenação editorial: **CARLA SACRATO**

Preparação: **VALQUIRIA DELLA POZZA**

Revisão: **OLÍVIA FRADE ZAMBONE E BÁRBARA PARENTE**

Adaptação de capa e diagramação: **CRISTIANE | SAAVEDRA EDIÇÕES**

Dados Internacionais de Catalogação na Publicação (CIP)
Jéssica de Oliveira Molinari CRB-8/9852

Lukens, F.T.

Em aguas profundas : / F.T. Lukens ; tradução de Sarah Bento Pereira. — 1. ed. — São Paulo: Faro Editorial, 2022.

240 p.

ISBN 978-65-5957-138-3
Título original: In deeper waters

1. Literatura infantojuvenil 2. Aventura I. Título II. Pereira, Sarah Bento

22-1309 CDD 028.5

Índice para catálogo sistemático:
1. Literatura infantojuvenil

1ª edição brasileira: 2022
Direitos de edição em língua portuguesa, para o Brasil, adquiridos por FARO EDITORIAL

Avenida Andrômeda, 885 - Sala 310
Alphaville - Barueri - SP - Brasil
CEP: 06473-000
WWW.FAROEDITORIAL.COM.BR

Para aqueles que se sentem perdidos; que vocês possam encontrar um porto seguro

1

TAL FECHOU OS OLHOS AO SE INCLINAR SOBRE A PROA E SE esforçou para não vomitar. O convés balançava muito; seu estômago sacudiu quando ele agarrou a madeira da borda do navio enquanto dizia para si mesmo: *Não vomite. Não vomite. Não vomite.*

Ele odiava o mar. Odiava essa viagem. Odiava pensar que o irmão mais velho o provocaria se o encontrasse vomitando.

Respirou fundo e então teve outra ânsia de vômito. Isso era um desastre. Ele tinha avisado a família sobre os perigos de deixá-lo sair do castelo e se aventurar pelo reino, mas não escutaram.

Ele deveria descer para o beliche nos aposentos da tripulação e se esconder até chegar ao porto. Poderia escrever uma carta para a rainha detalhando tudo o que tinha dado errado até agora. E talvez ela permitiria o retorno para casa. Tal viu que ela quase impediu sua partida no dia anterior. Percebeu que a habitual determinação dela enfraqueceu um pouco quando o navio começava a deixar o porto.

— Tally!

Tal ergueu a cabeça e se afastou. O sol lançava luzes na água, e ele ergueu a mão para bloquear o brilho enquanto procurava a origem do chamado. Afastou o cabelo escuro que caía nos olhos.

— Eu pedi para não me chamar assim.

O irmão, Garrett, caminhou em direção a ele. Ele se movia com o balanço do navio, tão à vontade quanto no castelo da família. E deu um tapa forte nas costas do irmão.

— Velhos hábitos, maninho.

Tal endireitou a postura; embora Garrett fosse sete anos mais velho, ambos tinham a mesma altura.

— Tudo bem — Garrett respondeu, passando o braço sobre os ombros do garoto. — Não fique tão irritado. Eu entendo. Você tem dezesseis anos e não quer ser protegido por irmãos mais velhos.

Quarto de cinco filhos, Tal estava acostumado a ser provocado; mas agora, aos dezesseis anos, tinha a sensação de que sempre seria mimado pelos três irmãos mais velhos. O trio tinha os papéis na realeza bem definidos, enquanto o dele permanecia incerto. Sua irmã, Isa, era a mais velha e a próxima na linha de sucessão para o trono. Garrett era comandante-chefe da marinha. Seu outro irmão, Kest, era um intelectual renomado.

Isolado no castelo desde criança, Tal vivia nas sombras. Essa viagem seria a melhor chance de crescer por conta própria, mas, para que isso acontecesse, ele teria que chegar ao porto de partida. Estava ansioso e impaciente para começar. Ansioso porque tudo poderia dar errado e impaciente para acabar logo com isso. Porém, antes, Garrett teve que parar para averiguar um navio em chamas.

O jovem esticou o pescoço para olhar na direção da embarcação que encontraram. Presa ao navio por uma prancha de madeira e várias cordas, ela flutuava. O incêndio estava quase todo apagado. As velas pendiam dos mastros, rasgadas e chamuscadas — um navio abandonado e não tripulado. Tal não sabia por que o irmão havia se aproximado do navio. Por causa da amabilidade de Garrett, ele era totalmente leal e seguia os conselhos da mãe ao extremo.

O navio abandonado tombou perigosamente e gritos irromperam da tripulação do navio de Garrett. A segunda-em-comando caminhou até eles, os saltos das botas estalando, o cabelo castanho balançando em um rabo de cavalo alto.

— Comandante — chamou, dirigindo-se a Garrett —, encontramos algo interessante.

Shay ergueu uma moeda entre os dedos. Seus olhos escuros desviaram-se para Tal.

— Vossa Alteza — disse, inclinando a cabeça.

Garrett ergueu uma sobrancelha enquanto estudava a moeda. Então resmungou e passou para o irmão.

— O que você vê? — disse o comandante.

— Não é nossa — respondeu girando a moeda entre os dedos. — O selo é de Ossétia. Não é incomum encontrar moedas de países vizinhos tão perto de casa.

O jovem apertou os olhos, passando os dedos pelas bordas salientes da moeda.

— Não está gasta, mas o selo também não está atualizado. Isso mostra o carimbo do rei anterior.

— Bom olho. Você tem estudado.

Não por escolha. Isa se casaria com o príncipe de Ossétia assim que os irmãos retornassem. Para evitar incidentes, o tutor de Tal estava sempre empurrando a história e a cultura de Ossétia. Ele não gostava disso: havia outras coisas mais importantes e sem dúvida mais interessantes para estudar.

Magia, por exemplo.

— Não foi fabricada recentemente, mas também não entrou em circulação. — Garrett a jogou de volta para Shay.

— O que isso significa? — ela perguntou.

— Não sei ainda.

— Há um baú cheio dessas moedas.

As sobrancelhas de Garrett se ergueram.

— Um baú inteiro de ouro? Abandonado? Bem, então, isso é interessante.

— Tem mais — Shay prosseguiu, movendo-se ligeiramente.

Shay era a soldado mais leal da casa real. Ver sua inquietação fez o estômago de Tal revirar ainda mais.

— Há algo que deveria ver.

Seu olhar foi para Tal e ela parou bruscamente, seus olhos se estreitando.

— Você deveria vir também, Alteza.

Garrett riu.

— Tally estava vomitando. Você acha que deveria embarcar em um navio afundando? Acredito que não.

Shay se endireitou e agarrou a espada ao lado do corpo.

— É claro, comandante. Pensando melhor, ele pode ser muito sensível à descoberta.

Isso despertou ainda mais o interesse de Tal. Desvencilhando-se do braço do irmão, deu um passo à frente.

— Não sou sensível. Sou príncipe de Harth, assim como Garrett, e decido o que vejo ou não.

— Claro — respondeu Shay, curvando-se brevemente mais uma vez, os lábios rosados se retorcendo em um sorriso. — Vossa alteza conhece seus limites. Peço desculpas por questioná-los.

Garrett riu.

— Shay, que formalidade. É apenas Tally. Você o conhece desde que era um bebê chorão.

— Acredito que ele pediu para você não o chamar assim. Diversas vezes. Desde que saímos do porto... Ontem.

O sorriso de Shay irrompeu, largo e divertido.

Tal franziu a testa e passou por eles em direção à prancha entre os navios. Outros tripulantes movimentavam-se no convés e abriram espaço para o jovem. Eles respeitavam Garrett, porque era seu comandante há anos, e havia treinado com a maioria quando adolescente. Não conheciam Tal, nem tinham intimidade com ele. Olhavam para o irmão caçula como um governante potencial, avaliando seu valor a bordo do navio. É muito provável que tivessem escutado os boatos; embora o garoto estivesse acostumado com outros sendo cautelosos à sua volta, isso ainda o incomodava.

Doente e mimado. Jovem, mareado, ingênuo, arrogante, *mago*. Tinha escutado todas essas coisas desde que pisara no convés um dia antes, com Garrett ao seu lado e Isa acenando do cais enquanto se afastavam. Ele provaria que todos estavam errados, até mesmo seus irmãos. E a última palavra da lista, a proibida, era para o conhecimento dele e da família, mais ninguém.

Ele pisou na prancha e agarrou a corda que se estendia do mastro principal até o navio abandonado. Quando estava prestes a cruzar, Shay agarrou seu braço e o deteve.

— Vou atravessar primeiro — avisou, em voz baixa. — Eu prometi à rainha que iria protegê-lo, e não posso fazer isso se você sair correndo por aí sem mim.

Ela o contornou na pequena prancha, toda elegante, ágil e com os quadris balançando.

— Siga-me, jovem príncipe.

Tal fez uma careta, mas conteve uma resposta. Começaram a atravessar, e ele fechou os olhos com força quando olhou para baixo e viu pedaços dos destroços caindo no mar agitado. A mão de Garrett em seu ombro não era indesejada nesse momento.

— Continue andando — falou o irmão mais velho em voz baixa ao ouvido. — Não olhe para baixo. Isso mesmo.

O jovem avançou lentamente e saltou tranquilo no convés da outra embarcação, embora balançasse sob seus pés com muito mais violência que o navio de guerra. O enjoo retornou e ele resistiu ao desejo de tapar a boca com a mão; em vez disso, engoliu em seco várias vezes para conter a náusea. Não queria dar a Garrett mais oportunidades para provocá-lo ou qualquer motivo para mandá-lo de volta.

Com Garrett ao seu lado, ele seguiu Shay até os aposentos do capitão. Os vidros das janelas haviam estourado e pedaços eram esmagados sob as botas de Tal.

— Finalmente! Alguém com autoridade.

Entrando nos aposentos do capitão, Tal ficou cara a cara com um jovem.

— Bem, não você — declarou, dirigindo-se a Tal. — Você. — Apontou com a cabeça para Garrett, de pé por trás do ombro de Tal. — Você é o comandante? Exijo que me solte.

Garrett acariciou sua barba ruiva.

— Você não estava errada, Shay — comentou. — Definitivamente interessante.

O menino bateu com o pé e cruzou os braços sobre o peito nu. Era alto e de ombros largos, com cabelos castanho-avermelhados que caíam sobre a testa. A luz que entrava pela janela quebrada lançava uma profusão de cores em seu rosto pálido, iluminando os olhos. As calças eram muito curtas nas pernas, chegando às canelas. O rapaz tinha tornozelos finos e pés descalços claros com dedos salientes. Uma algema de ferro apertada no tornozelo estava presa a uma corrente firmada ao chão.

— Terminou? — perguntou o jovem, estendendo os braços para os lados, atrevido diante da inspeção de Tal. — Como pode ver, não sou uma ameaça.

— Nós vamos julgar isso — Shay afirmou, movendo-se para bloquear Tal da vista do rapaz. — O que aconteceu aqui?

Ele se esquivou dela e encolheu os ombros.

— Você vai acreditar?

— Esse não é um começo promissor — Garrett avisou.

Ele acenou para seus marinheiros, que estavam reunidos no cômodo.

— Todo mundo, fora. Encontrem uma camisa e botas para ele. — Então, perguntou ao menino: — Você sabe onde está a chave?

O prisioneiro balançou a cabeça.

— A última vez que vi estava com o capitão.

— E onde ele está? — questionou Garrett.

O menino apertou os lábios em uma linha fina e Garrett acenou com a cabeça.

— Foi o que eu pensei. Bem, vocês me ouviram — dirigiu-se aos marinheiros que circulavam. — Uma camisa, botas e um machado. Podemos pelo menos cortar e tirá-lo do chão antes que o barco afunde. Shay, você também. Tally, fique.

Tal se moveu do caminho enquanto os marinheiros saíam para cumprir aos comandos. Ele se encostou em uma grande mesa no canto. Agarrou a mobília enquanto o navio continuava a se mover instável sob eles, entrando na água e começando uma lenta descida para as profundezas.

O olhar do jovem disparou entre Tal e Garrett, e sua testa franziu.

Garrett suspirou e passou a mão no cabelo curto.

— Qual é o seu nome, menino? — falou como falava com a irmã mais nova quando estava chateada; como quando Tal estava com medo.

O garoto inclinou a cabeça para o lado.

— Athlen.

— Athlen — repetiu Garrett, testando o nome incomum em sua língua. — Precisa de algo?

Athlen olhou para Tal novamente e de volta para Garrett, o rosto contraído em confusão.

— Desculpe?

— Água? Comida? Bandagens? Obviamente, uma camisa...

— Você está sendo gentil comigo?

Essa foi uma pergunta estranha.

— Eles — perguntou Garrett, gesticulando para a cabine — foram gentis com você?

Athlen deu um puxão na corrente.

— Não, particularmente não.

— Não vamos machucar você — Tal deixou escapar. O rapaz se arrepiou com a injustiça de tudo isso. A algema parecia dolorosa; hematomas pontilhavam o topo do pé de Athlen, e a corrente que o prendia no aposento não era longa. Analisando-o como se fosse um perigo, Garrett permaneceu em silêncio, pensativo, estudando a situação com um olhar crítico, mas Tal persistiu. — Não vamos! Eu prometo.

— E você pode fazer essa promessa? — questionou o prisioneiro. — Ou — apontou para Garrett — essas decisões são dele?

Tal corou, envergonhado e indignado, e seu autocontrole se partiu.

— *Eu* prometo. — Uma rajada de vento quente varreu a pequena cabine, girando os destroços e engrossando o ar. Faíscas esvoaçaram entre as pontas dos dedos de Tal, e ele cerrou os punhos depressa. Mas o estrago já estava feito.

Athlen girou a cabeça para encarar o rapaz, a boca se esticando em um pequeno sorriso satisfeito. Suas bochechas formaram covinhas.

— Magia — ele disse suavemente.

Horrorizado com seu deslize, Tal congelou.

Maravilhado, Athlen ergueu o braço e observou os cabelos finos que se arrepiaram, efeito da magia do príncipe. Deu um passo na direção de Tal, maravilhado e destemido, a corrente deslizando pelo chão.

— Você é um mago.

Disse com tanta certeza que não adiantava negar, embora Tal tentasse:

— Não — o rapaz disse passando a língua pelos lábios. — Eu não sou...

— Não é? — Athlen semicerrou os olhos. — Tem certeza? — Com a cabeça inclinada para o lado, deu outro passo, sem se intimidar.

Perdido, Tal olhou para Garrett em busca de ajuda.

— Está perto o suficiente. — A voz de comando do irmão parou o avanço de Athlen, mas não libertou Tal de seu escrutínio. Na verdade, o prisioneiro ficou encarando, sobrancelhas erguidas, mais curioso que assustado.

Garrett suspirou.

— Meu irmão está correto. Não vamos machucá-lo, mas não vamos soltá-lo até sabermos o que aconteceu com este navio e de onde isto — disse, segurando a moeda — veio.

Athlen se afastou de Tal e caminhou na direção do mais velho, parando quando a corrente o segurou.

— Ei! Isso é meu. Eu encontrei.

Garrett ergueu as sobrancelhas, seus olhos azuis brilhando.

— *Você* encontrou isso?

— Sim, e você não tem o direito de pegá-la. É brilhante e é minha.

— Brilhante? — Garrett murmurou, a sobrancelha franzida. — Onde? Um navio naufragado? Ou era do capitão, e você o jogou ao mar e reivindicou para si mesmo?

Athlen zombou.

— Eu não machuquei ninguém. E *eu* encontrei aquele baú na baía, e isso o torna meu.

— Temo que não funcione assim quando se trata de baús de ouro marcados pela realeza.

Apesar das perguntas constantes de Garrett, eles não descobriram mais nada. Minutos se passaram até que Shay voltou com uma camisa e um machado. Ela jogou a camisa para o jovem preso, e ele a encarou antes de puxá-la pela cabeça.

— Liberte-o, Shay. Em seguida, traga-o a bordo do *Pássaro de Guerra*. Tally, venha comigo.

Tal não teve coragem de discutir. Havia selado uma promessa com magia na frente de um prisioneiro. Ele se entregou. Cometeu *o* erro sobre o qual sua mãe o advertira antes de partir em viagem.

Shay ergueu o machado para quebrar as correntes e Tal correu atrás de Garrett com a cabeça baixa, tropeçando porta afora. O irmão mais velho colocou a mão no ombro do rapaz mais uma vez enquanto seguiam de volta para a prancha. O convés do navio balançava de maneira ameaçadora.

Garrett apontou para um marinheiro magro com cabelo comprido.

— Certifique-se que o baú chegue ao nosso navio antes que este afunde. Assim que todos estiverem de volta a bordo, vamos soltá-lo.

— *Sim*, comandante.

— Ele será seu encarregado — Garrett ordenou quando estavam de volta ao *Pássaro de Guerra*.

Tal abriu a boca para protestar, mas o irmão o interrompeu.

— Ele está assustado. Precisa estar perto de alguém que verá como um igual e não como uma ameaça. Há algo *estranho* nele. Talvez você também possa descobrir isso.

— Shay não seria uma escolha melhor?

— Não, eu confio em você para fazer isso.

O rapaz engoliu em seco. Baixando a voz, disse:

— Desculpe sobre a magia.

— Está tudo bem, Tally. Nossa mãe me avisou que poderia ser imprevisível, mas — ergueu o olhar e observou ao redor do convés — mantenha isso em segredo. Sabe o que pode acontecer se não o fizer.

Tal concordou com a cabeça.

— Eu sei. — Passou a mão pelo cabelo e puxou as pontas. — Já existem rumores entre a tripulação. Eles ficam me encarando.

— Há rumores em todos os reinos. Isso não significa que é verdade, especialmente se não lhes der nenhuma prova. Compreende?

Temeroso, Tal assentiu e olhou para os pés.

— Sim.

— Lamento que sua viagem de maioridade tenha começado de modo inesperado. Vamos compensar quando chegarmos ao porto. Quando voltarmos ao castelo para o casamento de Isa, teremos uma infinidade de histórias obscenas para compartilhar com Kest.

Tal esboçou um sorriso, o que lhe rendeu um tapa amigável nas costas. Seu estômago embrulhou quando caminhou até a proa e observou Shay conduzir o jovem pela prancha até o porão, carregando a corrente, ainda presa ao tornozelo. Eles soltaram o navio abandonado e o empurraram para longe, guiando-o para fora do canal. A tripulação desenrolou as velas do navio e o *Pássaro de Guerra* balançou para a frente, deixando o navio destruído para trás.

A brisa bagunçou o cabelo de Tal enquanto eles se dirigiam para o porto, mais ao sul de seu reino. O primeiro dia foi inesperadamente agitado. De repente, ele deveria supervisionar o bem-estar de um garoto estranho e obter informações sobre um baú de ouro e um navio abandonado. Sua magia havia se revelado, apesar de todo o treinamento que suportou nos últimos anos para mantê-la em segredo. Flexionou os dedos e suspirou.

Como poderia provar seu valor para sua família se não podia manter a magia sob controle em situações em que não deveria nem mesmo estar ansioso? Como Garrett poderia confiar nele?

Tal respirou fundo, feliz com o ar puro do mar, livre da fumaça. Ele poderia começar fazendo o que o irmão lhe pediu; ele não lhe daria uma tarefa que não pudesse fazer. Confiava em Garret. E seguir suas ordens seria um bom primeiro passo. Fortalecendo a determinação, Tal deixou a proa e caminhou pelo convés com a intenção de verificar seu encarregado.

— Preciso de água — avisou Athlen, erguendo a cabeça enquanto Tal descia a escada.

O príncipe franziu a testa com o pedido e a falta de saudação formal. Seu primeiro instinto era afirmar seu *status* como um membro da realeza, mas ele fez uma pausa. Havia um estranho tipo de alívio em não ser reconhecido, especialmente a bordo do navio do irmão. Eles estavam viajando fazia apenas um dia, mas os olhares avessos da tripulação e o som de seus sussurros se estabeleceram pesadamente em seus ombros. Talvez Athlen o tratasse de maneira normal se não soubesse o significado do legado de Tal.

— Eu sou Tal — apresentou-se. Não o príncipe Taliesin de Harth. Não Tally, o filho mais novo da rainha. Não Tal, o último mago da linhagem real. — Cuidarei de você.

— Como um prisioneiro? — Athlen bufou.

— Como um convidado.

O garoto fez uma careta e gesticulou para os arredores.

— Obrigado por sua hospitalidade.

Tal deu uma olhada ao redor. Athlen não estava errado. Shay o trouxe para o porão, abaixo dos aposentos da tripulação, no interior do navio. A madeira rangia, o sol mal penetrava nos três conveses acima deles e pontos úmidos pontilhavam o chão e as paredes, tornando o espaço fechado úmido. Ainda que Athlen não estivesse preso, estava implícito que era ali que deveria ficar.

— Vou encontrar um cobertor para você — Tal justificou. — Uma rede. E comida.

Athlen não respondeu. Sentou-se no chão contra um pequeno baú, os joelhos puxados até o peito. Cravou os dedos calosos no músculo da panturrilha da perna que ainda estava acorrentada e se encolheu, as feições se retorcendo de dor. Ele espreitou Tal, sua expressão era cautelosa.

— Vai me manter como fizeram? Me obrigar a fazer coisas?

O príncipe cambaleou, consternado.

— Não! — respondeu imediatamente. Ele ergueu as mãos, as palmas abertas. — Não, só queremos informação. Não estamos... não somos *piratas*.

Athlen ergueu uma sobrancelha.

— Vão me deixar ir?

— Sim.

— Quando?

— Quando chegarmos ao porto, depois que nos contar sobre o ouro e o navio.

O rapaz estreitou os olhos.

— Aqui — chamou Tal, oferecendo um pouco de água. Talvez uma demonstração de bondade fizesse com que relaxasse. — Você está ferido?

Athlen pegou a água com cautela e deu um longo gole, sua garganta balançando, seu pescoço pálido arqueado. Fez uma careta e enxugou a boca.

— Isso está velho.

Tal retorceu os lábios.

— Não estou ferido. — Athlen mudou de assunto, os olhos grandes captando a pouca luz e refletindo a cor de mel. — Estou dolorido. Não estou acostumado a ficar em pé por tanto tempo. — Ele mexeu os dedos dos pés. A corrente retiniu contra o chão. — Você é um mago.

— Silêncio! — Tal ordenou com uma voz estridente. Ele olhou em volta, apesar de saber que o porão estava vazio, exceto por eles. Aproximou-se. — *Não* fale isso.

Athlen se levantou em uma ação estranhamente graciosa. Enquanto se alongava, sua coluna se curvou como Tal só vira acrobatas fazerem. Moveu-se em direção a Tal, seus movimentos estranhos, como se os membros não se encaixassem bem em seu corpo, em alguns momentos desajeitados e inseguros, em outros ágeis e rápidos. Parado tão perto, Athlen cheirava a algas marinhas, sal e vento forte do oceano.

— Por quê? — Athlen inclinou a cabeça, mirando o teto, indicando a tripulação. — Eles não sabem?

— Não.

Ele se aproximou mais.

— Eles têm medo? — Seus lábios se curvaram em um sorriso zombeteiro, enquanto seu olhar vagava pelo corpo de Tal. — De você?

Tal corou, o calor subindo em suas bochechas, seu pulso vibrando sob a pele.

— Não. Eu não sou...

— Da magia, então?

Um caroço se alojou na garganta de Tal. *Sim*, ele queria responder. *Sim, eles têm medo de magia, de mim.*

Surpreendentemente, porém, Athlen não tinha. Enquanto a tripulação dava espaço para Tal, o rapaz se aproximava, sem nenhuma sensação de perigo ou consideração pelo espaço pessoal.

— Você não tem?

— Deveria? — Athlen questionou, genuinamente curioso.

Tal abriu a boca, depois a fechou, sem saber como responder. Esfregou a mão no rosto.

— Não é... — Cruzou os braços. — Eu não sou... Não houve...

— Ah. — Athlen sorriu de um modo triste. — Você é o único, então?

Respirando fundo, Tal olhou fixamente para o convés. Seu coração batia acelerado e as palmas das mãos estavam molhadas de suor. Com a sobrancelha franzida, forçou as palavras em sua garganta apertada.

— Com certeza, está ciente de que não existe magia verdadeira há muito tempo. E o último, o último mago, fez... coisas indizíveis. — O estômago de Tal revirou. Sua família e o tutor o haviam alertado sobre contar a qualquer um seu segredo, e ali estava um garoto estranho quase o fazendo confessar. — Não quero falar sobre isso. É a sua vez.

Athlen se esgueirou para longe.

— O que aconteceu com aquele navio? — perguntou o príncipe.

Athlen se inquietou, mexendo nos botões de sua camisa.

— Tempestade — respondeu após longa pausa. — Tentei avisá-los. Eles não ouviram. Eles não eram marinheiros como seu — acenou com as mãos — povo. Um raio atingiu o mastro e fugiram em botes.

— Eles deixaram você para morrer?

Athlen encolheu os ombros.

— Tinha servido ao meu propósito.

— Há quanto tempo estava à deriva?

— Três dias. — Ele levantou o pé. — Não consigo tirar. Não sou bom com metal.

Hematomas rodeavam o tornozelo de Athlen atingindo a parte superior de seu pé, e sua pele estava em carne viva onde o ferro o havia tocado. Tal cerrou os punhos. Três dias. Preso em um navio em chamas naufragando por três dias, enquanto ele enchia de água e flutuava. Tal não conseguia imaginar. Não queria imaginar. Era um milagre que Athlen tivesse sobrevivido.

— Por que você estava no navio? Qual era o seu propósito?

A expressão dele mudou e o garoto se afastou de Tal.

— Diga ao comandante que desejo ser libertado. Não fiz nada de errado.

A mudança em seu humor, de cauteloso, mas amigável, para zangado, pegou Tal desprevenido. Ele puxou as mangas, fingindo endireitá-las para esconder sua surpresa.

— Eu direi a ele. — Tal se virou para ir, mas o rapaz segurou seu braço. Seus dedos fortes envolveram o cotovelo do príncipe.

— Espere.

Tal ficou imóvel. Athlen passou a língua pelos lábios.

— Você pode tirar isso? Com a sua magia?

As sobrancelhas de Tal se ergueram.

— Eu não deveria...

— Por favor. — Seu olhar disparou de Tal para a escada. Uma brisa agitou seu cabelo cor de cobre. — Se me libertar, vou lhe contar tudo. Você sabe que eu não era um deles, e me prenderam por semanas. Sei o que estavam planejando. Sei onde conseguiram o ouro. — Ele ergueu o rosto para Tal, os olhos úmidos com lágrimas não derramadas, a expressão suplicante. — Por favor.

Tal cobriu a mão de Athlen com a sua e a removeu de seu braço. Ele não deveria. Sua magia não era para coisas frívolas. Seu irmão estava certo, no entanto. Athlen estava apavorado. Ele estava com raiva. Era uma vítima, e o ferro em torno de seu tornozelo servia de lembrete. Tal poderia fazer isso. Ele *deveria* fazer isso por ele. Essa jornada era para aprender a tomar decisões, e esta seria a sua primeira. Usaria sua magia para uma boa ação.

— Você prometeu não me machucar. Isso — ele apontou para o ferro — está me machucando.

A magia fervia sob a pele de Tal quando Athlen invocou a promessa.

— Sente-se — ordenou o mago de maneira ríspida.

O garoto voltou ao baú e apoiou o pé na tampa, confiando nele completamente. Uma angústia percorreu Tal ao ver a postura curvada de Athlen. Ele engoliu em seco, nervoso, enquanto estendia a mão e abria os dedos. Tal respirou fundo e invocou sua magia para a mão, um talento que havia dominado muito tempo atrás. Focou no anel de metal, concentrou-se em quebrá-lo enquanto sua magia rodava por seu corpo. O calor se acumulou em seu peito e o ardor subiu por toda a extensão de sua coluna até as pontas dos dedos. Com um empurrão concentrado, mirou no grilhão e um emaranhado de faíscas saltou de sua mão.

A tornozeleira ficou vermelho-cereja, brilhando cada vez mais, então explodiu.

Athlen o observou com olhos arregalados e agradecidos; então um sorriso apareceu em suas feições como o sol rompendo as nuvens. Suas bochechas formaram covinhas e o estômago de Tal se contraiu.

— Isso foi incrível!

— Eu machuquei você?

— Não. — Athlen flexionou o pé, apontando para o dedo, depois esfregou a mão sobre a pele nua. — Obrigado. Obrigado, Tal.

Pela primeira vez desde que saiu de casa no dia anterior, o príncipe sorriu:

— De nada.

Athlen levantou-se de um salto e agarrou a mão de Tal com as suas. Ele resistiu ao impulso de se afastar; em vez disso se acalmou, seus músculos ficaram tensos quando o garoto girou a sua palma da mão para inspecioná-la com uma intensidade sombria. Com a testa franzida, correu as pontas dos dedos calosos sobre a pele lisa entre os dedos de Tal e ao longo da parte inferior de seu pulso, um toque incomumente frio. Ninguém o havia tocado assim antes — nem mesmo sua família —, e seu coração batia forte. Athlen ergueu a mão de Tal para perto de seu rosto, seu hálito quente e constante na pele, antes de dar um beijo na palma. Os cílios do garoto tremeram contra os dedos do príncipe, e Tal soltou o ar em solavanco.

— Sua magia é maravilhosa — sussurrou. — Eu me lembrarei de você.

Tal não conseguia falar, mas tinha certeza de que Athlen podia sentir sua pulsação sob a pele fina do pulso.

O som de passos descendo a escada quebrou o momento e os rapazes se separaram. As bochechas de Tal ficaram quentes e vermelhas.

— Você já está aqui há algum tempo, Tally — Garrett comentou enquanto adentrava o convés. — Está tudo bem?

— Sim. — A palavra saiu trêmula e sem fôlego, e o irmão mais novo teve vontade de rastejar para o fundo do porão.

— Tal me libertou — Athlen anunciou, exibindo o pé.

As sobrancelhas do comandante se contraíram com o nome informal e Tal tentou explicar.

— Eu quebrei o grilhão. Disse que nos contaria sobre o ouro e o navio se o libertássemos. Ele me contou como o navio foi destruído. — A expressão de Garrett permaneceu inalterada. — Ele estava à deriva há três dias — Tal continuou sentindo a necessidade inevitável de se justificar, de tranquilizar o irmão de suas decisões e do uso da magia. — Ele precisa de comida e água e...

— Luz — Athlen acrescentou, apontando para cima. — Luz e ar, por favor.

Garrett olhou para eles, as mãos nos quadris, os olhos brilhando de diversão. Ele apontou o dedo para Athlen.

— Alguns minutos de ar fresco, depois água e comida em meus aposentos, onde irá falar.

Athlen concordou com a cabeça rapidamente e, depois que Garrett fez um gesto com a mão, ele disparou em direção à escada.

— Tal, hein? — o irmão provocou.

O rapaz cobriu o rosto com as duas mãos.

— Você poderia não...?

A gargalhada de Garrett explodiu no espaço fechado; ele riu durante o percurso até a escada para o convés superior. Tal o seguiu, o rosto em chamas, o coração batendo de vergonha e excitação.

Quando Tal subiu ao convés, encontrou Athlen parado ao lado do mastro principal. Ele jogava a cabeça para trás e respirava fundo, inalando a brisa do oceano. O sol iluminava sua pele exposta, e por um momento Tal jurou que viu um lampejo de brilho vermelho sobre o corpo de Athlen, como se refletisse o pôr do sol.

O garoto se virou para eles e deu um sorriso largo e feliz, as bochechas mostrando as covinhas, seus olhos dançando.

— Obrigado, Tal — ele agradeceu. Então correu.

Tal se lançou atrás dele, mas não conseguiu agarrar sua camisa.

Garrett berrou para a tripulação pegá-lo, mas o rapaz foi rápido e ágil. Ele se esquivou dos braços estendidos e escapou dos marinheiros. Chegou à popa e pulou por cima da amurada para se equilibrar na beirada.

— Athlen! Não! — Tal abriu caminho por entre o grupo, a mão estendida.

O rapaz tirou a camisa e jogou-a no convés. Deu uma última olhada no príncipe e piscou. Então mergulhou ao lado do navio.

— Homem ao mar — gritou um dos marinheiros.

Tal correu para a proa, preparado para pular, mas Garrett o agarrou pela barriga.

— Não. Tal, não — falou, enquanto Tal lutava em seus braços.

— Mas ele saltou. Ele... — O rapaz olhou para o azul turbulento. Examinando a espuma das ondas, não viu nenhum sinal de Athlen. Nenhum lampejo de pano ou vislumbre de pele. Ele não ressurgiu.

— Suspendam os barcos — o comandante gritou. — Ele se foi. — O irmão soltou Tal, mas manteve a mão em seu braço.

— Ele... Por que ele...? O que...? — Esticou o pescoço para encontrar o olhar de Garrett e se encolheu com a tristeza e a empatia que encontrou ali. — Eu não entendo.

Garrett balançou a cabeça com tristeza.

— Espero que você nunca entenda.

Tal engoliu em seco e olhou para o mar. Como as velas de seu navio estavam cheias, o lugar onde Athlen havia saltado ficou atrás deles, já suavizado com o rastro do *Pássaro de Guerra*. Semicerrando os olhos, Tal pensou ter visto um lampejo vermelho logo abaixo da água, mas era apenas o reflexo do sol sobre a água quando começou a descer para sentir o gosto do horizonte curvo.

Seu coração afundou, mas ele permaneceu na proa muito depois que o irmão voltou ao trabalho e o dia deu lugar ao anoitecer.

2

TAL USOU A MANGA PARA AS LÁGRIMAS DE SEU ROSTO. ELE ERA um príncipe de Harth, não precisava chorar por causa de garotos estranhos que o faziam sorrir e depois desapareciam. Haveria outros. E haveria pessoas que viveriam ou morreriam com base em suas decisões, com base em sua influência como membro da família real. Athlen havia sido apenas a primeira.

Esta foi uma das lições que sua mãe queria que aprendesse em sua jornada. Esta seria a sua maioridade.

Quando Isa falou sobre a viagem que fizera, gabou-se das travessuras em que havia se envolvido com suas criadas. Garrett sempre foi barulhento e tempestuoso e as histórias dele eram conhecidas em todo o castelo como as mais obscenas. Kest era reservado e quieto, mas falava da maioridade com carinho. A irmã mais nova, Corrie, era três anos mais nova que Tal e esperava ansiosamente pela experiência.

Por que a dele foi a que havia começado com tragédia?

O rapaz encarou a carta que escrevera para a mãe. Não havia medido as palavras sobre a jornada até agora. Estava desanimado desde o encontro com Athlen. Passou os últimos dois dias tentando se distrair lendo um livro de magia abaixo do convés, mas se sentia feliz por estarem chegando ao porto em uma hora. Garrett prometeu que tudo mudaria assim que alcançassem terra firme.

Com um suspiro, Tal colocou a mão sobre o pergaminho. Invocou sua magia e as letras se iluminaram como ouro. Murmurou um encantamento familiar e, em um piscar de olhos, as palavras desapareceram e a página ficou como nova.

— Prático — Garrett observou, parado na porta. — Para onde isso vai?

Tal controlou seu susto. Ele alisou o pergaminho com as palmas das mãos.

— Para o gabinete da mamãe. Há um pergaminho em branco em sua mesa que recebe as cartas.

O irmão acenou com a cabeça.

— Fico feliz que tenha sido você que recebeu o dom.

O mago franziu os lábios.

— Porque eu sou o quarto. Se algo acontecesse, pelo menos não seria com a herdeira.

Garrett entrou totalmente no cômodo e fechou a porta, falando de maneira atrapalhada:

— É isso que pensa? — Apontou o dedo para o irmão. Dando de ombros, Tal se virou no banco e o encarou.

— Tally — Garrett disse com voz suave, afundando-se no beliche em frente a ele. — Fico feliz que tenha sido você porque ainda está se lamentando por causa daquele menino após dois dias.

Tal enrijeceu.

— Não estou.

— Está tudo bem se estiver. Não há problema nenhum em ficar triste.

O rapaz puxou um fio de sua calça.

— Você não está — disse.

Garrett suspirou.

— Eu escondo melhor. — O sol se infiltrou pelas venezianas e banhou Garrett em fios de luz e sombra. — Estou feliz por ser você porque é uma boa pessoa. Pode ser um pouco tolo às vezes, mas, de nós cinco, tem o coração mais mole. É uma boa qualidade quando se tem tanto poder.

Tal manteve a mão aberta e uma pequena chama acendeu em sua palma.

— Não há muito poder. Não dominei o suficiente para ser útil para Isa quando ela for rainha. — Ele curvou os dedos e apagou o fogo. — Se ela precisar de mim, é claro.

— Você é jovem, tem tempo para aprender. — Garrett deu um riso abafado. — Não se lembra? Kest não conseguiu controlar sua metamorfose por anos. Estávamos na cidade e via uma menina bonita. Então, de repente, havia penas por toda parte e, em vez do meu irmão caminhando ao meu lado, era um pássaro grasnindo.

Seu irmão, Kest, tinha a rara habilidade de se transformar em um animal. Sua habilidade era fruto da magia, mas diferente da de Tal. Embora pudesse acessar seu poder em um nível inato e amplo, Kest podia realizar apenas uma habilidade específica. Muitas cortes reais viam isso como um truque de salão, outras como uma maldição, mas o irmão a considerava um presente, uma vez que a dominara.

Os lábios de Tal se curvaram.

— Eu me lembro de muitas piadas de faisão no jantar.

Garrett riu com um ronco e deu um tapa no joelho de Tal.

— Ah, ele ficava tão bravo. E Isa fazia comentários sobre penas eriçadas.

Tal soltou uma gargalhada e tapou a boca com a mão. Eles riram juntos e o garoto apreciou o momento. Devido à diferença de idade, ele nunca havia passado muito tempo com o irmão mais velho. Quando jovem, seu irmão treinava com os cavaleiros e, à medida que Tal crescia, Garrett passava grande parte de seu tempo no mar.

— Não se preocupe com Isa — o irmão explicou. — Nossa mãe foi rainha sem um mago e sem um rei por muitos anos. — Tal esfregou a testa com a mão. O pai deles havia morrido quando ele era um bebê, e as únicas lembranças que tinha eram flashes de uma voz calorosa e olhos gentis. — Isa terá seu noivo. Tem a mim e a Kest. E ela terá você se suas habilidades forem garantidas, mas apenas quando estiver pronto. Caso contrário, as coisas continuarão como sempre estiveram.

O rapaz se encolheu.

— Essa é a minha sina, então? — perguntou com a voz baixa. — Me esconder ou ser usado?

— Não, não foi isso que eu quis dizer.

— Não foi? — Tal franziu a testa, girando o anel de sinete no dedo. — Não podemos arriscar que os outros reinos saibam o que sou, então devo ter cuidado, e a melhor maneira de ter cuidado é não ser visto. Mas devo estar disponível para quando mamãe ou Isa me chamarem, pronto para me revelar ao mundo. E, mais provável, como uma ameaça, alguém a ser temido, uma ferramenta de destruição.

— Quando há paz...

— Minha existência ameaça a paz! — O príncipe bateu com a mão na mesa. Garrett desviou o olhar. — Mesmo se eu me tornar um mago da corte, não quero fazer as coisas que *ele* fez. Não vou. Nem mesmo para Isa.

— Gostaria de afirmar que ela não vai pedir, mas, com as tensões políticas do jeito que estão agora, não sei o que vai acontecer.

Com isso, a leveza que compartilhavam morreu, e Tal ficou olhando para as próprias mãos. Com o coração doendo, decidiu, naquele momento, que não permitiria que sua magia se tornasse uma arma, nem mesmo para sua própria família. Preferiria ser trancado em uma torre ou exilado a se tornar o monstro em que sua herança poderia transformá-lo.

— Tally...

Shay enfiou a cabeça na cabine.

— Atracando em breve, comandante.

Garrett se levantou. Ele bagunçou o cabelo do irmão quando passou.

— Não se preocupe, Tal. Deixe esses pensamentos de lado por enquanto. Esta é a sua maioridade, e prometo que será tão baderneira quanto a minha!

Tal deu um sorriso fraco. Pelo menos nas histórias de Garrett ele seria o herói, e não o vilão que tinha tanto medo de se tornar.

Fileiras de grandes navios balançavam no porto da cidade de Bayton, com seus mastros cortando o azul do céu.

Mas Tal não olhava para cima enquanto caminhava ao longo do cais. Carrancudo, chutava uma concha com a ponta da bota.

— O porto será muito divertido — falou em tom zombeteiro imitando a voz de Garrett. — Agora, vá explorar o mercado enquanto realizo feitos navais importantes.

Shay caminhava alguns metros atrás dele, protegendo-o como sempre, e ele sabia que ela podia ouvi-lo. Não se importou. Passear pelo mercado em um dia quente depois de três dias no mar não era a ideia das aventuras que Garrett havia lhe prometido. Por mais que não quisesse sair de casa para o tour de maioridade, estava interessado na perspectiva de explorar a arquitetura de lugares, ruínas antigas, ou mesmo artefatos mágicos, se conseguisse procurá-los às escondidas. Não se importaria com um pouco de aventura, mas caminhar por um mercado à beira-mar que fedia a ostras e zumbia com as chamadas de vendedores era algo que poderia fazer em casa. Afinal, o castelo ficava perto do mar, e ele e Corrie costumavam se esconder e fugir dos tutores para explorar a cidade, com Shay atrás deles o tempo todo.

Isso foi antes de sua magia se manifestar, as pessoas o esconderem e ele ser proibido de deixar o castelo. Antes que a ameaça de retaliação dos outros reinos pairasse sobre sua cabeça se descobrissem que Tal carregava o legado de seu bisavô.

O rapaz enfiou as mãos nos bolsos das calças. Havia deixado o colete e a gravata em seu baú no navio, preferindo, como Garrett costumava fazer, parecer menos com um príncipe e mais com um marinheiro. O cabelo preto emaranhava-se em torno das orelhas e caía sobre os olhos, suas botas arranhando a cada batida em uma concha ou pedra.

Com os ombros caídos, podia sentir o olhar de desaprovação de Shay.

O mau humor de Tal foi interrompido quando uma voz soou acima do barulho estrondoso do mercado.

— Não entendo! Isso deveria ser o suficiente. Por que não é suficiente?

Ele ergueu a cabeça e examinou a área. Havia comoção perto de uma barraca de suprimentos medicinais, ervas, poções e remédios variados. Ele reconheceu aquela voz. Havia escutado em sua mente nos últimos três dias, toda vez que pensava na decisão imprudente de usar a magia em uma algema de ferro. Não poderia ser, no entanto. Athlen havia se afogado. Se, de algum modo, conseguisse sobreviver, não haveria maneira lógica de ter chegado ao porto antes do *Pássaro de Guerra*. Nenhum homem poderia nadar uma distância tão longa, certamente teria cedido à exaustão. Isso era o luto equivocado de Tal pregando peças.

Ainda assim, parecia haver algo errado, e era dever de Tal investigar.

— Sinto muito, garoto. Se quer o remédio, precisa trazer algo de valor.

— Elas são valiosas. Eu sei disso. Não são?

O príncipe se aproximou, fingindo examinar as mercadorias de um joalheiro enquanto tentava dar uma olhada na situação. Uma multidão estava em seu caminho, unindo-se na comoção, e ele bufou. Revirando os olhos, passou por um cavalheiro mais alto e parou bruscamente.

Era ele.

O coração de Tal se apertou. A raiva travou luta com o alívio de ver Athlen escondendo-se sob a aba de um chapéu muito grande. Ele estava no balcão, acenando com as mãos calejadas e discutindo com o comerciante. Usava calças que não cabiam, mas ao menos eram longas o suficiente; os pés descalços apareciam sob as bainhas e uma camisa branca ondulada lembrava velas de navios. O chapéu ridículo caiu sob seu rosto, mas não escondeu as manchas brilhantes de vermelho das bochechas. Quando ergueu a cabeça, Tal percebeu a contração frustrada da boca rosada de Athlen e a falta de alinhamento dos ombros.

O comerciante, baixo e calvo, com um bigode, inclinou-se para a frente e apertou uma pérola rosa perfeita entre os dedos.

— Elas são inúteis — retrucou.

Tal ergueu uma sobrancelha ao se aproximar. A pérola valia mais que qualquer coisa na loja. O que o comerciante tramava?

— Por favor — implorou o garoto, um tom desesperado na voz. — A mãe da minha amiga está doente. Ela precisa do remédio para respirar. Isso é tudo o que tenho.

— Sinto muito, amigo. — O mercador coçou o bigode.

Athlen deixou escapar um som frustrado e cerrou os punhos.

— Posso conseguir mais — ele declarou. — Custe o que custar. Eu posso conseguir mais.

Os olhos do comerciante brilharam de ganância.

Então esse era o jogo. Tal forçou a passagem. Reunindo cada grama de desdém e arrogância nobre que podia, ergueu o queixo e endureceu o olhar.

— Qual é o problema?

Athlen se assustou e se virou para encarar o príncipe. Sua expressão se transformou de choque para gratidão em um piscar de olhos. Estando tão perto, Tal sentiu o cheiro distinto de Athlen, espesso mesmo na aglomeração ao redor do estande do comerciante. Ele cheirava a mar — a sal, maresia e espuma.

— Este menino está causando problemas.

— Problemas? — o príncipe questionou. Olhou por cima do ombro de Athlen e avistou uma miríade de objetos espalhados diante dele: um punhado de moedas de ouro estampadas com emblemas que não reconheceu; três pérolas redondas perfeitas, pedaços de vidro marinho multicolorido, dentes de tubarão e uma pequena adaga enferrujada.

— Não vejo problemas. No entanto, vejo um inconveniente — comentou, fechando a cara para o comerciante.

O homem pigarreou e mudou de tom.

— Não, não importa. Não há incômodo — esclareceu rapidamente, guardando a pérola.

Tal olhou para Athlen.

— Algo errado? — perguntou, suavemente.

— A mãe da minha amiga está doente — Athlen explicou. Ele passou a manga sobre o rosto. — Ela não para de tossir. Minha amiga disse que precisa de remédios. Elas não podem pagar, então estou tentando comprá-los, mas... — Gesticulou fracamente para a provisão de objetos.

Tal acenou com a cabeça.

Examinando a bagunça, pegou uma pérola e depositou-a na frente do mercador.

— Dê-lhe tudo o que pedir.

— Agora, senhor, esta pérola não é suficiente para os itens que deseja, especialmente a raiz. Ela é rara nesta época do ano e...

Tal fez uma carranca, rejeitando as reclamações, e o comerciante ficou em silêncio. O príncipe enfiou a mão na pequena bolsa ao lado e tirou uma peça de ouro, estampada com a insígnia real, e colocou-a ao lado da pérola. Bateu nela com o dedo que exibia seu anel.

— Nobreza — o comerciante sussurrou.

— Príncipe Taliesin — Tal corrigiu. — Filho mais novo da rainha Carys.

Os olhos do homem se arregalaram e um murmúrio se espalhou pela multidão ao redor como ondas em um lago.

O comerciante fez uma breve reverência.

— Vossa Alteza, é uma honra tê-lo em minha humilde barraca.

— Dê ao garoto o que deseja.

— Sim, é claro. — Ele saiu correndo, colocando os itens em um saco.

Os lábios de Athlen se contraíram em um sorriso.

— Príncipe?

Tal encolheu os ombros.

— Não é nada.

— Não, não é nada — sorriu o garoto, os olhos enrugando. — Você já me salvou duas vezes. Deveria lhe agradecer.

— Por favor, não.

Athlen inclinou a cabeça. Estudou Tal por um longo momento, os olhos castanhos suaves, as pontas dos dedos batendo contra a boca.

— Já sei — ponderou, estalando os dedos. Athlen examinou o que tinha e escolheu um dente de tubarão irregular. Pegou a mão de Tal, que estremeceu com a sensação fria da pele dele contra a sua. Athlen virou a mão de Tal, pressionou o dente suavemente em sua palma e fechou os dedos sobre ela.

Tal agarrou o dente com a ponta cravando na palma da mão. Era algo que as crianças encontravam na praia, inútil como uma concha ou uma bolsa de sereia. Certamente não era tão valioso quanto uma pérola, uma peça de ouro ou mesmo uma adaga enferrujada. Ele ganhava muitos presentes, todos luxuosos e caros. Eles tinham o objetivo de obter favores, se fossem dados por membros da corte, ou ficar bonitos em seu quarto ou nele mesmo, se viessem da sua família. Este em particular o confundiu e o encantou de uma forma diferente.

— Obrigado.

Um rubor se espalhou pelas bochechas de Athlen, obscurecendo o punhado de sardas que pontilhavam o nariz.

O rapaz juntou o resto dos objetos espalhados e enfiou todos, incluindo as pérolas, ouro e vidro, nos bolsos como se tivessem o mesmo valor. Suas calças cederam com o peso. Com a atenção de Athlen em outro lugar, o príncipe enfiou o dente de tubarão no bolso da camisa e alisou o tecido.

— Suas coisas — o comerciante interrompeu, empurrando o saco de suprimentos sobre o balcão.

O garoto pegou o saco de pano com ansiedade e se moveu para fugir, mas Tal agarrou seu pulso e o segurou com força.

— Ah, não — avisou. — Você não vai fugir desta vez. Cometi esse erro antes.

Athlen deu um puxão sem entusiasmo, mas sorriu, e o príncipe teve a impressão de que ele estava feliz por ter sido pego.

— Achei que tivesse se afogado — falou. — Eu pensei... — Sua garganta travou. — Pensei que tivesse deixado você ir apenas para você... machucar a si mesmo, e eu...

O sorriso de Athlen desapareceu. O coração de Tal doeu com a perda daquele brilho.

— Sinto muito — declarou o menino. — Eu não sabia que ficaria chateado. Ninguém nunca ficou chateado antes.

— O quê? Por quê?

Athlen encolheu os ombros.

— Não há ninguém para ficar chateado.

Tal ficou com um nó na garganta.

— Você também é o único?

O rapaz abaixou a cabeça, o chapéu escondendo seu rosto.

— Tenho que levar os suprimentos para a minha amiga. A mãe dela precisa de cuidados. — Inclinou a cabeça na direção de Tal, com uma expressão maliciosa. — Vem comigo?

— Não sei se deveria — o príncipe respondeu, olhando em volta, notando a maneira como vários homens rudes e sujos próximos a eles olhavam para os bolsos caídos de Athlen. — Shay está por perto e tenho certeza de que ela não vai permitir que me afaste muito.

Dando de ombros, o garoto se afastou da tenda.

— Estou indo. Se quiser ficar de olho em mim, precisará ir também.

Engolindo em seco, Tal aproximou-se, não querendo que Athlen fugisse. Quem era esse garoto que valorizava o vidro do mar tanto quanto as pérolas e o ouro? Quem era ele para sorrir maliciosamente, provocá-lo, tocá-lo de maneira casual e fazer seu coração disparar?

— Tudo bem — concordou, fingindo aborrecimento. — Mas, depois disso, precisa voltar e conversar com o Garrett.

Athlen fez um ruído evasivo, mas o príncipe interpretou como consentimento. Ele não poderia forçar o garoto a voltar com ele, mas seria capaz de tirar informações dele e relatá-las ao irmão. Poderia assim reparar seu erro anterior. Além disso, Athlen o intrigava. Ele soltou o pulso do rapaz, mas ele não correu. Ficou bem ao lado de Tal, as pontas dos dedos batendo em sua mão.

Eles deixaram a sombra da barraca. As passarelas feitas de conchas quebradas refletiam a luz forte, fazendo que Tal apertasse os olhos com o efeito do sol brilhante do meio-dia.

O garoto apontou com o queixo para a mão de Tal.

— Por que ele agiu assim quando viu seu anel?

Tal o girou no dedo.

— É um símbolo do nome da minha família. Isso me identifica como um membro da realeza.

Athlen franziu a testa.

— Como aquele comerciante sabia?

— Minha família é da realeza. — Tal encolheu os ombros. — Nosso símbolo está em todas as bandeiras do reino.

— Você realmente é um príncipe?

— Sim.

— E aquele anel diz que você é?

— Meus irmãos e irmãs também o têm, assim como qualquer pessoa que consideramos família. — Ele girou novamente, pegando a joia no polegar. — Vou dar um igual à pessoa com quem eu me casar.

Juntos, caminharam da área comercial para a seção residencial do porto. Athlen avançou pelas ruas de paralelepípedos, Tal foi atrás, absorvendo as paisagens e as texturas da cidade, o cheiro do mar que vinha da costa e se misturava ao odor de cavalos e pessoas. À medida que se aprofundavam na cidade, o ar mudou, assim como as ruas, que se estreitavam de avenidas largas e retas para vielas estreitas e tortuosas, enfiadas entre uma confusão de construções, como se estivessem lá primeiro e as ruas tivessem crescido à sua volta.

Enquanto a dupla se afastava, as pessoas da vizinhança abriam espaço para ambos. Tal com suas botas brilhantes e postura real com uma carranca arrogante, e Athlen com os pés descalços, andar desajeitado e sorriso esperançoso. Shay estava atrás deles, longe o suficiente para que o príncipe não pudesse ouvir seus passos, mas, se virasse a cabeça, poderia ter um vislumbre do seu perfil familiar.

Andaram alguns quarteirões por uma via principal antes de entrar em um beco. Athlen conduziu Tal por uma série de curvas que fizeram o príncipe questionar se ele conhecia o caminho. Antes que pudesse expressar sua preocupação, o garoto parou em frente a uma pequena e pobre cabana escondida em um beco sem saída com outras casas. O telhado já havia visto dias melhores, e uma veneziana se pendurava em um canto.

Athlen não bateu, simplesmente passou pela entrada da frente como se morasse ali, empurrando a soleira e entrando em uma casa de dois cômodos. Tirou o chapéu, jogando-o sobre uma cadeira de balanço, seu cabelo acobreado espetado em todas as direções.

— Dara! — chamou. — Consegui.

Tal não o seguiu. Ele parou na porta aberta, uma mão no batente, a outra ao seu lado. Não viu mais Shay o seguindo e se perguntou se ela o havia perdido no caos do caminho que haviam tomado.

De repente, ficou ciente do fato de que estava sozinho em uma cidade que não conhecia, com um garoto que não demonstrou nenhum escrúpulo em manipular a verdade. *Tolo.*

Invocou sua magia inata e a deixou borbulhar na ponta dos dedos como precaução. Poderia se defender. Ele foi ensinado, quando menino, a fugir daqueles que lhe fariam mal. E quando sua magia se manifestou, seu tutor o fez memorizar os poucos pergaminhos remanescentes que discutiam magia defensiva. Ele poderia fazer isso, mas nunca precisou, não com Shay como sua sombra constante nas terras do castelo. Mas esta era sua primeira vez fora de casa, e ele já havia estragado tudo.

Deveria ir embora. Talvez conseguisse encontrar o caminho por onde vieram. Do contrário, ele poderia, pelo menos, seguir o som do mar.

Athlen olhou por cima do ombro e franziu a testa quando viu Tal na soleira da porta e seu olhar voou para o poder brilhando sob a pele. Ele cruzou a sala e pegou a sua mão. Tal estremeceu ao toque e guardou sua magia, um brilho de brasas em vez de uma chama cintilante.

— Não se preocupe — o garoto o acalmou em voz baixa, puxando-o para dentro da casa e fechando a porta atrás de si. — Dara e sua mãe são muito gentis. Elas cuidam de mim, às vezes.

— Athlen? — ouviu-se a voz de uma garota. — É você?

Uma cortina se abriu, revelando uma menina de rosto redondo, mais ou menos da idade de Tal, com cabelos castanhos presos em um nó na nuca. Ela usava um vestido simples e um avental, e meias cheias de buracos que mal cobriam seus pés.

— Dara — Athlen cumprimentou-a com um sorriso brilhante. Empurrou a sacola para ela. — Tenho aquelas coisas de que você precisava para sua mãe.

— Como conseguiu pagar por isso? O que você fez? — A segunda pergunta continha uma insinuação de acusação, mas Tal não conseguiria chamar o tom de outra coisa senão de afetuoso.

O garoto ergueu as mãos.

— Não se preocupe. Fiz uma troca por isso. E Tal ajudou. — Athlen gesticulou para o príncipe na porta, e o olhar fixo de Dara foi em sua direção.

Tal suportou aquela encarada avaliadora, puxando os ombros para trás e erguendo o queixo. O olhar dela cintilou para onde o rapaz agarrava a mão dele e os cantos dos seus lábios ficaram marcados. Calmamente, ela agarrou um punhado da grande camisa de Athlen e puxou-o em sua direção. Ele tropeçou para a frente, e ela deslizou com suavidade entre os dois, firmando uma reivindicação. No mesmo instante, Tal sentiu falta do conforto das mãos do rapaz nas suas.

— Quem é você?

Athlen, distraído, apontou para Tal.

— É um príncipe. Ah, e foi ele quem me salvou das pessoas ruins.

A expressão de Dara passou por uma miríade de emoções antes de se estabelecer em uma mistura de gratidão e exasperação.

— Vossa Alteza — Dara saudou com uma reverência. — Bem-vindo à nossa humilde casa.

O garoto revirou os olhos.

— Isso não é necessário. Ele não é esse tipo de príncipe.

Tal ergueu uma sobrancelha.

— Que tipo de príncipe sou? — Foi a primeira coisa que disse desde que chegaram.

— Não é um espalhafatoso.

Dara sorriu e estendeu a mão para bagunçar o cabelo de Athlen.

— Obrigada por devolvê-lo para nós. Estávamos preocupadas. Pensávamos que ele tivesse ido embora quando não voltou por semanas.

O garoto golpeou a mão dela, com o rosto corado.

— Foi um prazer ajudar — replicou Tal de modo educado. — E fiquei feliz em ajudá-lo outra vez no mercado.

— Por falar nisso — Athlen interferiu —, os itens servem? Eles farão sua mãe ficar boa?

Tal ouviu uma tosse e um gemido vindo do cômodo atrás da cortina. Virou-se perto da porta e na luz fraca pôde ver uma figura em uma cama ao longo da parede oposta. Notando sua inspeção, Dara fechou as cortinas.

— Acredito que sim — respondeu, virando-se para uma pequena mesa de cozinha com um banco baixo. — Posso queimar a raiz no quarto dela e fazer um chá. A pomada para o peito vai demorar um pouco, mas... — Ela encolheu os ombros. — Espero que sim.

— O que há de errado com ela? — Tal questionou.

Dara bufou.

— Há uma doença nesta parte da cidade.

— Sinto muito. Não sabia.

— Se realmente é um príncipe, não esperaria que soubesse. — Ela não o encarou, focada em sua tarefa. — Ou mesmo que se importasse — adicionou baixinho.

Tal enrijeceu, mas manteve a compostura. Sua mãe ficaria feliz em saber que todas as lições reais de etiqueta foram utilizadas.

— Existe alguma maneira que possa ajudar? Qualquer outro remédio que eu consiga para vocês?

Dara torceu o nariz.

— Agradecemos sua ajuda, Vossa Alteza, mas estamos bem. Por favor, não fique aqui por nossa causa.

— Tem certeza?

Dara lançou um olhar profundo para ele.

— Você entende como isso soa condescendente, certo?

— Só quero ajudar. — Tal ergueu as mãos.

— Por causa dele — ela retrucou, balançando a cabeça em direção ao outro rapaz. — Mas, se não fosse por qualquer relacionamento que tem com Athlen, você não se importaria com a nossa situação. Seríamos apenas um par de camponesas aos seus olhos.

Tal cruzou os braços, irritado com quão correta Dara estava em sua avaliação.

— Eu me importo — argumentou, na defensiva. — E gostaria de ajudar. É por isso que estou nesta viagem.

A garota franziu a testa.

— Certo. Acabou de fazer dezesseis anos. É a sua viagem da maioridade ao reino. Assim como seus irmãos e irmã antes. Tenho certeza de que todas as tavernas e bordéis que visitaram deram a eles uma verdadeira noção das pessoas comuns. — Bateu uma chaleira na mesa. — Você não parece doente, como afirmam os rumores. Talvez seja porque os sussurros sobre magia sejam verdadeiros. Vai ser como seu bisavô? Nosso reino também vai pagar um preço pelas próximas gerações por causa de suas ações? Vai queimar a terra com fogo com a ponta dos seus dedos e salgar a terra?

Tal titubeou. Seu rosto perdeu toda a cor e cambaleou para trás, o salto da bota prendendo-se em uma tábua irregular do piso.

— Já chega! — Athlen moveu-se entre eles e enfrentou Dara. — Sei que está preocupada com sua mãe, mas isso não significa que pode ser rude com o meu amigo.

Com o rosto vermelho, a menina apontou um dedo para o peito do garoto.

— Não é como se também lhe preocupasse.

— O que isso significa? — Tal questionou.

O olhar de Dara oscilou e Athlen rapidamente levantou as mãos.

— Ele não sabe? — perguntou. — Eu pensei que ele tivesse salvado você daquelas pessoas.

Athlen passou a língua nos lábios.

— Ele salvou. E não, ele não sabe.

— Ah — falou com um sorriso malicioso. — Também não confia nele. E seria estúpido em fazer isso. Ele vai usar você como aqueles outros fizeram.

Tal cerrou os punhos. A magia rugiu dentro dele, lambendo sua espinha em tentáculos quentes.

— Nunca o machucaria. Fiz uma promessa.

Ela soltou uma risada.

— E sabemos quão firmes são as promessas da realeza.

Athlen franziu a testa, sua expressão se transformando em desapontamento.

— Dara... Não entendo por que está sendo injusta comigo e com Tal.

— Você não entenderia. Mas acredite em mim quando digo que a família governante de Harth se preocupa pouco com seu povo.

— Isso não é verdade! — a voz do príncipe se elevou em indignação. — Minha irmã está prestes a se casar para formar uma aliança com outro reino para ajudar nosso povo. Meu irmão navega a maior parte do ano, protegendo os navios mercantes para garantir a prosperidade do nosso reino. Minha mãe tem feito tudo o que pode para reparar nosso relacionamento com outros reinos para nos manter longe da guerra.

Dara franziu os lábios.

— Tudo bem. Mas quando foi a última vez que alguém da sua família conversou com um fazendeiro sobre seus problemas? Ou um mercador sobre os impostos? Ou um comerciante? Sua família está tão preocupada com nossos relacionamentos com outros reinos que esqueceram do próprio povo no processo.

Tal apertou a mandíbula.

— Minha mãe e meus irmãos estão fazendo o melhor que podem.

— Talvez estejam. Mas e você?

Isso fez Tal ficar paralisado.

Uma tosse úmida e barulhenta vinda do outro cômodo quebrou a tensão crescente. Dara voltou a fazer o chá e deu as costas aos dois.

— Por mais que eu adorasse continuar este debate animado, Vossa Alteza, realmente tenho que cuidar da minha mãe.

— Estou feliz que Athlen tenha sido capaz de conseguir o que precisava. Seguirei o meu caminho. — Muito mais ousado do que se sentia, pegou a mão do outro garoto. — Venha, Athlen.

O rapaz afastou a mão estendida e foi para perto do príncipe sem pensar. A respiração de Tal ficou presa com aquela aproximação. Lançou um olhar por cima do ombro de Athlen, e Dara fingiu estar ocupada, mas ele não acreditou por um momento que não estivesse ouvindo.

— Não posso ir.

— Você disse que responderia às perguntas do meu irmão.

— Nunca disse isso. Você apenas presumiu que eu havia concordado.

Tal franziu a testa e a dor o atingiu como uma ferida aberta.

— Pensei que tivesse morrido. Achei que havia libertado você por engano e que… — Engoliu em seco. — Devo isso ao meu irmão.

— Ah, Tal — o outro garoto falou, baixando a cabeça. — Sinto muito. Não posso ir com você agora.

— Mas…

Athlen se aproximou. Sorriu, travesso e lindo, os olhos brilhando.

— Obrigado, meu príncipe, por tudo. Vou recompensar você.

Havia apenas um centímetro entre eles e a magia de Tal estremeceu. Sua pele ficou arrepiada com o desejo de ser tocada, lutando contra o calor de Athlen de modo que nunca havia experimentado antes. Tão perto, sentiu o cheiro do mar em sua pele e pôde traçar a constelação de sardas no nariz e nas bochechas de Athlen.

— Não é necessário — respondeu, a voz soando áspera e tensa.

— Eu sei, mas eu vou. — A voz de Athlen assumiu um tom mais profundo e havia firmeza em suas palavras, uma qualidade física que Tal só podia comparar a um encantamento, como o que fizera no navio abandonado.

O coração do príncipe bateu forte quando o rapaz encontrou seu olhar, a brincadeira se foi, substituída por uma apreciação sombria. Acenou com a cabeça e um arrepio correu pela espinha de Tal, como se uma onda fria tivesse espirrado sobre ele enquanto estava na praia quente e bronzeada pelo sol. O peso do momento significava algo. Tal não sabia o que, mas vermelho e dourado ondulavam sobre a pele de Athlen.

Era um pacto, uma promessa, uma declaração de intenções, como se o mago tivesse sido incluído no círculo do outro rapaz. Ele comparou com o sentimento de sua família, quando todos estavam juntos e felizes, mas não fazia sentido. Havia encontrado Athlen apenas duas vezes, e a cada vez Tal se sentira atraído por ele de maneira inexplicável. Talvez tivesse a ver com o segredo que ele obviamente guardava. Um segredo que apenas Dara e um capitão desaparecido de um navio abandonado conheciam. E um deles o havia machucado.

Tal deu um passo vacilante para trás, e Athlen estendeu a mão e puxou o punho da manga de Tal.

— Eu vou — disse mais uma vez. — Vou te encontrar e responder a todas as suas perguntas. Mas não hoje.

Então inclinou a cabeça para o lado e deu um sorriso largo e feliz. Seus olhos castanhos refletiram o sol forte, cintilando âmbar, e ele o soltou.

— Adeus, Tal.

O príncipe acenou com a cabeça, deu meia-volta e saiu. Quando o outro garoto fechou a porta, Dara o instruiu a queimar a raiz enquanto fazia o chá. Suas vozes sumiram, enquanto Tal tateava seu caminho para a rua principal, com a declaração de Athlen ecoando em seu peito.

Ele não tinha dúvida de que o veria outra vez.

3

— TALLY PASSOU A TARDE COM UM MENINO? — GARRETT perguntou, sorrindo amplamente. — Sozinho?

— Eu estava no mercado — resmungou o irmão. — Havia centenas de pessoas ao redor.

Shay gargalhou, a cabeça jogada para trás, os olhos castanhos enrugados. Ela cutucou Tal com o ombro.

— Boa tentativa. Você se esgueirou e se livrou de mim. — Ela deu um soco no braço dele. — Não posso acreditar que você agiu assim.

O príncipe esfregou o braço e murmurou um palavrão. Shay riu e deu uma mordida no pão.

Depois de deixar Athlen com Dara, Tal seguiu o som do mar de volta ao mercado, onde Shay o esperava. Seu alívio ao encontrá-lo superou sua raiva, e quando explicou onde havia estado, o alívio cedeu ao divertimento. Escoltando-o de volta ao navio, a moça o provocou durante todo o caminho e não deu ouvidos aos apelos do príncipe para não informar o ocorrido a Garrett. Ela contou toda a história assim que entraram nos aposentos de capitão do irmão mais velho.

Garrett parecia muito satisfeito, e Tal enterrou o rosto nas mãos, os cotovelos apoiados na mesa tosca diante deles. O navio balançou suavemente no cais, a sopa de Tal balançando com as ondas.

— Não quero falar sobre isso.

Garrett olhou de soslaio.

— *Precisamos* conversar sobre isso?

— Não! — O rapaz queria afundar no assoalho. Não. Ele *teve* aquela conversa. Seu tutor tinha falado com ele, e então Kest expôs sobre isso e... Foi mortificante. — Nada aconteceu, de qualquer maneira.

As sobrancelhas de Garrett se ergueram.

— Queria que algo tivesse acontecido?

— Oh, meus deuses, você pode não...?

Shay bagunçou seu cabelo.

— Ah, pequeno Tally. Sua primeira paixão em sua maioridade. Fofo! Eu me lembro da minha primeira paixão.

— Todo mundo conhece sua primeira paixão — Garrett falou, apontando a colher para ela. — Você ainda a tem.

Shay deu uma piscadela e passou o cabelo castanho liso por cima do ombro.

— Você está certo, e vou fazer minha cartada algum dia. Apenas espere.

Garrett sorriu, mas, antes que pudesse fazer qualquer piada de mau gosto que estivesse na ponta da língua, Tal se levantou.

— Preciso de ar. — Contornando a mesa, deixou o jantar e saiu dos aposentos do irmão.

O príncipe não foi longe. Cruzou o convés e se apoiou na amurada, olhando para a água e para a cidade portuária à sua frente. O mercado à beira-mar estava fechado; a costa, vazia onde horas antes fervilhava. Lanternas acesas estavam penduradas nas janelas dos edifícios. Nas ruas de paralelepípedos,

Tal avistou o início das fogueiras noturnas, a música e as risadas de uma taverna sopradas pela brisa.

O que Athlen estaria fazendo? Ele ainda estava com Dara e sua mãe? Ou havia fugido para qualquer lugar que chamasse de casa? Manteria sua promessa e encontraria o príncipe para lhe contar tudo? Ou desapareceria na maré da manhã?

O rapaz era um mistério que Tal não conseguia resolver. Incomodava o fato de não ter exigido que voltasse com ele para o navio. Em vez disso, permitiu que provavelmente se afastasse. Garrett desejava obter informação sobre o ocorrido. Tal não tinha certeza do motivo, mas um baú de ouro e um navio cheio de marinheiros não verificados certamente tinham uma história por trás.

Perdido em pensamentos, não percebeu o pássaro de caça marrom que pousou na grade até que piou para ele. Tal saltou e cambaleou, o pássaro piou de novo e balançou a cabeça como se estivesse rindo. O garoto sorriu ao ver seus familiares olhos negros orlados de ouro e as penas marrons manchadas ao longo das suas costas.

— Kest!

O animal agitou suas penas e asas.

— Vou chamar Garrett.

— Não precisa, ouvi vocês. — O outro irmão saiu de seus aposentos com um roupão na mão. O pássaro saltou para o convés e Garrett jogou o robe em sua cabeça. — Olá, irmão.

O bicho grasnou uma reclamação. O tecido se contorceu, amontoou-se e ficou mais alto e, em poucos instantes, um homem parou onde antes estava o pássaro. Ele deslizou os braços pelo roupão e amarrou-o na cintura.

— Kest! — Tal falou outra vez, jogando os braços em volta do irmão em um abraço. — O que está fazendo aqui?

Kest devolveu o abraço calorosamente, seu cabelo castanho na altura dos ombros roçando a bochecha do mais novo. O acadêmico era vários centímetros mais alto e tinha ossatura fina, um grande nariz curvo e uma boca pequena delineada por uma barba escura e aparada. Os olhos negros adornados de amarelo refletiram o sol poente e enrugaram-se nos cantos quando sorriu. Kest tinha a idade mais próxima da de Garrett, mas sempre tinha tempo para o mais novo, e se fosse forçado a escolher de qual de seus irmãos era mais próximo, seria ele. O fato de possuir um tipo de magia também ajudava.

O rapaz bagunçou o cabelo de Tal.

— Mamãe recebeu sua carta e me enviou para checar.

Revirando os olhos, o comandante deu um tapa forte nas costas do irmão.

— Ele está bem. Não foi nada.

— Foi alguma coisa — Shay interferiu, dando um passo à frente, o rubor nas bochechas. — Olá, príncipe Kesterell.

— Shay — cumprimentou-a.

Saindo do abraço com o irmão mais novo, endireitou o roupão e apertou o nó.

— Não precisava viajar todo esse percurso. Tenho Tally sob controle — disse Garret.

O príncipe mais jovem bufou.

Kest deu um sorriso largo.

— Não era longe para mim.

— Bem, você pode ter um breve descanso e voar de volta.

— Está tentando se livrar de mim, Garrett?

O irmão cruzou os braços.

— Não, mas não aprecio a insinuação de que não consigo cuidar do precioso filho mais novo da rainha.

Kest gargalhou. Ele agarrou o ombro do irmão.

— Não há dúvida de que consegue. Sugeri vir e mamãe aprovou. Para ser honesto, o prometido de Isa e sua comitiva chegaram ao castelo, e precisava de uma pausa da ostentação.

Garrett afastou a mão do rapaz, mas seu sorriso era genuíno.

— Idiota pomposo, não é?

— Você não tem ideia.

— Venha, então. — O capitão gesticulou para que os irmãos o seguissem até os aposentos dele. — Tome um pouco de sopa e conte-nos tudo.

Shay permaneceu na porta e fez uma reverência.

— Vou deixá-lo com seus irmãos esta noite.

— Boa noite, Shay — Tal se despediu, acenando da beira da cama de Garrett.

Ela sorriu e fechou a porta atrás de si.

O comandante esfregou as mãos.

— Conte-nos todas as fofocas, Kest.

Ele se acomodou à mesa e se serviu de uma tigela de sopa. Renunciando à colher, levou-a aos lábios e deu um gole. Depois, limpou a boca com a ponta da manga.

— Bem, eles chegaram em uma série de seis carruagens douradas cercadas por metade dos cavaleiros de seu reino, em óbvia demonstração de riqueza e poder. O príncipe e sua irmã mais velha viajaram separados, e, não quero falar mal de outros membros da realeza, mas agora sei o porquê. Ela é tão calorosa quanto um lago alimentado pela neve.

Princesa Vanessa. O tutor de Tal havia falado sobre ela. Ela era conhecida por sua beleza, suas pinturas e sua voz musical, mas não muito mais do que isso. Como segunda filha de Ossétia, não teria direito ao trono, mesmo que algo acontecesse com o irmão mais velho. Ossétia não tinha suas mulheres em tão alta consideração quanto Harth.

— Ela é boa de olhar? — Garrett perguntou.

Tal deu um suspiro, mas não disse nada.

— É linda, mas deixou bem claro que não tem interesse em nossa corte. Ela declarou isso, na minha cara, logo depois que nos conhecemos.

— Com o número de joias em suas mãos e a prata em seu cabelo, não é de admirar que Ossétia esteja lutando com Mysten pelas minas ao longo da fronteira. Eles precisam do material e da riqueza apenas para o guarda-roupa dela, sem mencionar o resto da comitiva ossetiana.

— Eles não soam tão desesperados quanto fizeram parecer.

Afastando uma mecha de cabelo da bochecha, Kest tomou outro gole de sopa, ignorando o irmão completamente.

— Eu não sei como Isa vai suportar o príncipe Emerick. Ele tem todas as características da realeza, mas nenhum tato ou aptidão.

— Ela mesma trabalhou para que o casamento acontecesse. Sabe onde está se metendo.

— Ele pensa no meu dom como um truque de salão, apesar de Isa corrigi-lo. — Kest bufou.

— O que você espera de um reino sem magia alguma? — Garrett retrucou com uma levantada de ombros.

— Ele tenta me alimentar com petiscos.

O capitão soltou uma gargalhada e o príncipe mais jovem escondeu um sorriso atrás das mãos.

— Bem — o irmão mais velho falou com cada gota de diplomacia que possuía —, precisamos da aliança. O reino deles é rico e nossos cofres estão diminuindo com as reparações que pagamos aos reinos do continente.

O mago abaixou a cabeça, as acusações de Dara soavam em seus ouvidos. O bisavô havia bagunçado as coisas entre Harth e o resto do mundo. Esse casamento foi uma das muitas ações que sua mãe e irmã fizeram para tentar restaurar as relações diplomáticas. Claro, não ajudou o fato de a rainha ter um filho mago com os mesmos talentos do homem que havia iniciado uma guerra devastadora. O mero boato sobre a magia de Tal era o suficiente para ameaçar a aliança. Ele puxou um fio solto do cobertor luxuoso de Garrett.

— Verdade. Mas, se quebrarem nossa aliança, sentirão muito a ausência de nossos soldados quando as disputas de fronteira com Mysten explodirem outra vez. Ainda que não seja tanto quanto sentiremos falta do ouro deles.

— Falando nisso, diga ao príncipe Emerick que encontramos um baú de ouro estampado com um antigo brasão em um navio abandonado na baía. Veja se ele sabe alguma coisa sobre isso.

Kest ergueu uma sobrancelha.

— Um baú de ouro?

— Sim. Provavelmente não circulado, pelo estado que se encontrava. O prisioneiro deixado para trás não disse muito antes de se jogar da popa.

O mais novo se mexeu, mostrando desconforto.

O irmão mais velho estremeceu, se desculpando. Ele virou sua bebida e deu um grande gole.

— Tem mais nessa história — Kest afirmou, o olhar penetrante passando rapidamente entre os dois. — Tally chorou.

— Ei! — o jovem protestou, mortificado. — Não precisa contar pra *todo mundo*.

— Acho que mamãe percebeu que você ficou chateado, pela carta. Não se preocupe — apressou-se a dizer, quando Tal empalideceu —, ela não me mostrou. Também pode ter mencionado o ouro para Emerick. Ele falou algo sobre um presente de casamento perdido.

— Ah. — Garrett coçou a barba. — Isso faz sentido. Ouro não circulado de seu tesouro seria um presente apropriado para o reino. Não tanto para Isa.

— Nem tanto se nunca chegou. Foram piratas?

— Segundo o prisioneiro, estava no fundo do mar. Mas não sei se acredito nele. O mais provável é que o navio que o entregou tenha sido atacado.

O acadêmico bebeu mais de sua sopa.

— Entendo.

— Malditos saqueadores. — O mais velho bateu sua caneca vazia, as gotas restantes espirrando na mesa áspera. — Gostaria de poder vasculhar o mar deles.

Os lábios de Kest se contraíram.

— Talvez um dia, quando não estiver levando nosso irmão mais novo em sua viagem de maioridade.

Os irmãos riram e o mais novo baixou a cabeça. O nó em sua garganta apertou.

— Emerick sabe sobre mim?

— Não — Kest respondeu rapidamente. — Sem dúvida ouviu os rumores, mas não confirmamos nada.

— Parece errado esconder meus dons do nosso cunhado.

— Ele ainda não é casado com Isa. — O mais velho apontou o dedo para o irmão. — Saber sobre você pode assustá-lo — disse isso como uma brincadeira, embora o mais novo não entendesse dessa forma.

— Ou seduzi-lo — Kest adicionou. — Um cunhado mago seria uma arma política formidável.

Garrett chutou o acadêmico por baixo da mesa.

— Não importa o que seria, precisamos dessa aliança.

— Quando ele se tornar parte da nossa família — Kest acrescentou de maneira apressada, lançando um olhar irritado para o outro —, todos nós concordaremos sobre como e quando contar a ele. Você não terá que ser um segredo para sempre, Tally.

O garoto franziu a testa. Ele abriu a palma da mão e uma pequena chama cintilou.

— Não sou nosso bisavô.

Os irmãos trocaram um olhar.

— Ninguém pensa que é, Tally — Kest esclareceu, a voz suave e sincera. — Mas ele fez coisas horríveis e, infelizmente, você foi sobrecarregado com o mesmo dom.

— Não foi a magia que o tornou cruel, e qualquer pessoa que conheça Tal não acreditaria que seria capaz de fazer as coisas que ele fez — Garrett adicionou.

— Mas *sou* capaz de fazê-las. — Tal enrolou os dedos e apagou a chama. A fumaça envolveu seu punho. — Sou capaz.

— Estamos cientes — o mais velho disse com suavidade.

Tal acreditava que não estivessem. Apenas a mãe e seu tutor sabiam toda a extensão do poder dele, conheciam os momentos em que ele explodia, violento e aterrorizante, imprevisível e abundante. Tal assustou-se com a facilidade com que poderia destruir sem pensar. A culpa cresceu em suas entranhas por causa da fé cega dos irmãos. Pode ter prometido que nunca usaria o poder para prejudicar ninguém, mas ele também sabia que Isa era a rainha e ela poderia ordenar-lhe isso. A magia existia para servir à família, e, uma vez que ela se casasse com Emerick, isso também o incluiria.

— Estou cansado — Tal falou, agitando a mão. — Vou ler na minha rede.

— Foi toda a correria por aí hoje — Garrett disse com um sorriso. Ao olhar perplexo de Kest, ele acrescentou: — Tally se livrou de Shay e se encontrou com um garoto no mercado.

— Um garoto no mercado, hein? Você saiu do castelo por apenas alguns dias e já está aproveitando a sua maioridade.

O rapaz gemeu.

— Você também não.

Os outros dois bateram suas canecas de vinho juntos e gargalharam.

— Estou indo — avisou.

— Boa noite, Tally!

— Bons sonhos com o menino do mercado.

Tal balançou a cabeça em descrença e fechou a porta atrás de si com mais força que o necessário.

— Idiotas — murmurou.

Eles não entendiam. Nunca entenderiam. Magia inata como a dele havia desaparecido do mundo. Os poucos magos que existiram foram alvejados e mortos pelo rei Lon para garantir a si mesmo como o único com poder. Seus conhecimentos haviam sido perdidos, exceto por alguns pergaminhos chamuscados que de alguma forma sobreviveram ao expurgo de seu bisavô. Agora havia apenas Tal, o último mago, intimidado enquanto se escondia. Os raros metamorfos existentes foram adotados nas casas nobres e seus dons, incorporados às famílias reais.

Seu bisavô havia sido o último nascido do fogo, como Tal. Inigualável em seu poder, era capaz de colocar o continente sob cerco com a força de suas chamas. Sem oposição, o rei Lon marchou pela terra, queimando aqueles que estavam em seu caminho, desmantelando reinos e criando um legado de fogo e medo.

O rapaz era seu descendente direto e carregava o fardo da herança. Athlen havia perguntado se ele era o único, o último da magia, e, até onde sabia, era.

Se outros reinos soubessem de sua magia, exigiriam que sua mãe o entregasse. Então o matariam — não importando se afirmasse que tinha um bom coração — para poupar o continente de outra devastação. Temendo pela vida do filho, sua mãe o escondera, alegando que o menino tinha constituição fraca. Isso não parou com os rumores, mas os moderou.

Certa vez, quando criança, havia escutado uma história de uma maga que havia desaparecido na água durante o auge da ira de seu bisavô. Ela implorou asilo, na esperança de sobreviver ao fogo que governava a terra. Tal acreditava que era um mito, uma história infantil, não mais real que unicórnios e sereias. Mesmo se tivesse existido e sobrevivido, odiaria o descendente do homem que a levou a se esconder, que a forçou a deixar sua casa e morar nas profundezas do mar.

O som de um respingo chamou a atenção do garoto para a proa. Ele se moveu pela amurada e viu um redemoinho na água calma. Semicerrando os olhos, pensou ter avistado um lampejo de vermelho e dourado.

O rapaz se afastou e desceu para o interior do navio, com sua rede amarrada no porão. Depois de tirar as botas, pulou na cama improvisada e se acomodou no cobertor. O ritmo suave da água era uma canção de ninar e ele adormeceu com uma visão de bochechas com covinhas, sorrisos maliciosos e sardas beijadas pelo sol seguindo-o nos sonhos.

O DIA SEGUINTE COMEÇOU COMO TODOS OS OUTROS — COM desjejum na cabine do capitão, com Shay e Garrett. Kest havia voado ao nascer do sol, de volta para o castelo e seus deveres. Ele completou uma volta ampla e preguiçosa ao redor do mastro principal do navio e soltou um grito agudo antes de seguir para casa.

Com o navio atracado, apenas uma tripulação reduzida era necessária para supervisionar as operações. O restante dos marinheiros estava gastando suas moedas no porto.

— Hoje faremos um passeio pela cidade — Shay anunciou com um sorriso encorajador. — Vamos passar a noite aqui e amanhã pegaremos uma carruagem para o interior.

Tal agitou a colher.

— Tanto faz.

— Esse é o espírito! — Garrett exclamou, dando um tapa no ombro do irmão. — Faremos um tour pela cidade e encontraremos uma boa taverna para passar a noite.

O rapaz escondeu um remorso quando as acusações de Dara ecoaram em seus ouvidos. Elas doeram, mas lhe deram uma ideia.

— Há uma doença na cidade baixa.

— Então ficaremos longe de lá.

— O quê? Não — falou o príncipe, balançando a cabeça. — Devíamos fazer algo a respeito. É uma doença pulmonar. Existem alguns ingredientes que tratam os sintomas. Devíamos comprá-los e distribuí-los.

As sobrancelhas da moça se ergueram.

— É assim que deseja passar o dia?

— Sim — Tal afirmou com um aceno autoritário. — Sim. É assim que desejo passar o meu dia.

Shay e Garrett trocaram um olhar.

— Está bem, então. Se você tem certeza.

— Eu tenho. Sei o lugar onde devemos começar. Juntem-se a mim no convés em dez minutos ou partirei sozinho.

Tal se levantou, deixando os restos do café da manhã. Com o calor florescendo no peito, pulou levemente os degraus até sua rede no porão vazio. Remexeu em seu baú, tirou seu traje real e trocou de roupa. Usava uma camisa fina de babados coberta com um colete de brocado e calças cortadas de modo a abraçar suas pernas. Depois de calçar as botas lustrosas, mexeu no cabelo, jogando-o para o lado. Disse a si mesmo que a preparação não tinha nada a ver com a possibilidade de ver Athlen, e mais com apresentar o rosto de um príncipe que se preocupava com seu povo.

Pensando nisso, Tal buscou a camisa que havia usado no dia anterior no mercado e pegou o dente de tubarão. Ele o segurou na palma da mão. Não tinha nada de especial nisso; ainda assim, Tal o colocou no bolso da camisa.

Pela primeira vez desde que saíram de casa, Tal tinha um propósito. Ele gostou da ideia de ajudar os outros. Não apenas era a coisa certa a fazer — afinal, tinha um dever com os súditos —, mas ficou animado com a ideia de provar que Dara e os aldeões estavam errados. Sua família *estava* preocupada com seu povo e eles estavam fazendo o possível para efetuar mudanças em alto nível; no entanto, Tal podia entender como isso poderia não chegar ao povo. Hoje ele ajudaria a mudar isso.

Arrumado, o príncipe se abaixou para pegar o livro que havia caído de sua rede e ouviu passos. Sentiu um arrepio na nuca e se virou para encontrar um dos marinheiros o observando.

Nervoso, pigarreou.

— Algum problema?

O marinheiro (o rapaz não sabia seu nome) entrou no aposento. A pele estava bronzeada pelo sol, evidência de muitas viagens, e ele semicerrou os olhos para Tal, estudando-o.

— Você pode agir como um príncipe, mas sei o que é de verdade.

— E o que sou? — O garoto estava orgulhoso; sua voz saiu calma e uniforme, apesar do arrepio de medo que percorreu sua espinha.

Os lábios do marinheiro se contraíram em um sorriso de escárnio, revelando fileiras de dentes amarelados e quebrados.

— Uma perversão. Vai destruir todos nós.

Tal empalideceu.

— Como ousa se dirigir a mim dessa maneira. Meu irmão vai ouvir...

O marinheiro diminuiu a distância entre eles e pressionou uma arma contra o peito do rapaz, uma adaga curta, não maior que o seu polegar, fechada em punho. O coração de Tal bateu forte no peito. Sua magia aumentou e queimou, e ele se iluminou por dentro. Lutando, o rapaz a conteve e, em vez disso, valeu-se do treinamento que os cavaleiros do castelo lhe deram quando criança. Ele permaneceu imóvel e procurou uma abertura para escapar. O gume da faca roçou a bochecha de Tal, raspando a barba por fazer, e o hálito fétido do homem caiu sobre ele, fazendo sua cabeça girar.

— Você não me assusta — declarou o príncipe.

— Deveria estar assustado. Não deveria ser permitido que o sangue da sua linhagem prosseguisse, muito menos poluir os outros reinos. Todos vocês deveriam estar mortos, mas especialmente você. Não vou permitir que você...

— Tally! — a voz de Garrett veio de cima. — Seus dez minutos autoimpostos acabaram.

O olhar do marinheiro cintilou em direção às escadas. Sua distração era a abertura de que o rapaz precisava. Chutou o homem no joelho. A faca cortou sua bochecha, mas foi o suficiente para escapar. Ele correu para as escadas, gritando pelo irmão enquanto escapava.

Shay o encontrou no topo e percebeu sua angústia. Ela agarrou seus braços.

— O que aconteceu?

O garoto apontou para baixo.

— Há um homem. Ele me atacou com uma faca e...

A garota o empurrou na direção de Garrett e desembainhou sua espada no instante em que o marinheiro subia correndo os degraus em direção à rampa de acesso ao porto. Ela partiu atrás dele, perseguindo-o até o cais e alcançando-o rapidamente.

Tal virou a cabeça quando ela enfrentou o marinheiro, antevendo o resultado sangrento.

— Você está bem? — Garrett perguntou, inclinando o rosto do irmão para cima. — Ele te cortou.

— Estou bem — assegurou, com o peito arfando. — Não acho que ele fosse me machucar. Queria me assustar. — Tal não tinha certeza de que isso era verdade.

— O que ele disse?

Tal engoliu em seco.

— Disse que era uma perversão e que toda a nossa família devia estar morta, especialmente eu.

Franzindo a testa, o comandante enxugou o sangue com um lenço.

— Tally, isso não soa como se ele só quisesse assustar você.

— Ele sabia. Tinha que ter visto ou...

— Provavelmente ouviu sobre nossos planos para o dia e não aprovou que você deseja passar o dia com os habitantes da cidade.

Balançando a cabeça, o garoto escondeu o tremor das mãos.

— Não. Isso não pode ser tudo. Ele falou que eu iria destruir a todos. Afirmou que meu sangue poluiria os outros reinos. Ele *sabia.*

Garrett puxou Tal para um abraço tranquilizador.

— Rumores — seu irmão garantiu. — São rumores. Ninguém sabe com certeza. — Porém não soou convincente. — Não há mais escapadas, no entanto. Shay ficará com você o tempo todo.

O mais novo concordou com a cabeça. Por mais que odiasse admitir, pressionar o rosto no ombro do irmão era reconfortante. Sua pulsação desacelerou e apenas estremeceu quando Shay reapareceu, limpando o sangue da espada com o lenço que o comandante passara a ela.

— Relatório.

— Eu o feri enquanto o perseguia, mas ele se jogou do cais no mar. Não ressurgiu. A trilha de sangue foi significativa.

— Morto; ou estará em breve — Garrett declarou com um aceno de cabeça. — Comida para os peixes.

— Você está bem, Tally? — a moça indagou. Ela segurou seu queixo e virou sua cabeça, olhando fixamente para o corte. — Deve ter sido assustador.

Com um suspiro, o rapaz recuperou a compostura. Afastou-se de Shay e Garrett e endireitou os ombros. Sua bochecha doeu e ele passou a palma da mão sobre o corte.

— Estou bem. Desejo continuar com nossos planos.

— Tem certeza? Não quer encontrar uma taverna e se esconder pelo resto do dia? Descansar?

— Não — Tal respondeu. — O dia apenas começou e não vou desperdiçá-lo por causa de um desgraçado com mau hálito.

Shay sorriu e Garrett riu.

— Ok, irmão. Por onde começamos?

O jovem os guiou até a casa de Dara, perdendo-se no caminho apenas uma vez. Ele acenou de volta quando bateu na porta, incerto de como seria recepcionado. A porta girou para dentro com dobradiças rangentes e a menina apareceu, o cabelo puxado para trás sob um pano, as bochechas manchadas com as cinzas de uma fogueira.

— Ele não está aqui — avisou. — Foi embora ontem à noite.

— Não estou procurando por ele — esclareceu o rapaz, corando fortemente quando o olhar dela o percorreu. Ela cruzou os braços na porta. — Estou procurando por você.

Isso a pegou de surpresa e o jovem se deleitou. Ela olhou por cima do ombro e seus olhos se arregalaram ao ver Shay e Garrett.

— Por quê?

— Você sabe quais itens ajudarão melhor as pessoas afetadas pela doença nesta parte da cidade. Gostaria que me dissesse, para que possa comprá-los e distribuí-los para quem precisa.

— Está falando sério?

— Sim.

— Ah — falou; então estreitou os olhos. — Isso não vai deixar você mais cativante para mim ou para ele.

— Esse não é o objetivo — Tal respondeu com suavidade. — Você não estava errada ontem. Às vezes, não sabemos o que está acontecendo no reino até que seja tarde demais, mas agora eu sei. E quero ajudar.

— Posso ditar uma lista.

— Obrigado.

— Eu os convidaria para entrar, mas... — Ela se inclinou e o rapaz ouviu o som inconfundível de Shay se aproximando, a espada tilintando ao lado do corpo. — Sua guarda-costas parece uma assassina.

— Ela é superprotetora — Tal justificou com um sorriso.

— Tem a ver com a sua bochecha? Está sangrando.

Tal tocou o corte e as pontas dos dedos ficaram manchadas de vermelho. Ele puxou um lenço e enxugou o ferimento.

— Não, isso é outro assunto. De qualquer forma, tenho um pedaço de pergaminho no bolso. Você acha que poderia avisar seus vizinhos para irem à praça perto do mercado à beira-mar se precisarem de algum dos suprimentos?

— Sim, é claro, Vossa Alteza. — Mergulhou em uma reverência e Tal riu.

— Ele estava certo, você sabe, não sou espalhafatoso.

— Você está vestido com roupas mais caras que a minha casa. — Ela ficou séria. — Ainda acho que sua família é arrogante e fora de alcance, mas talvez você não seja tão ruim.

— Vou aceitar como um elogio.

Depois de conseguir uma pena, Tal anotou os itens: cera de abelha; uma variedade de óleos, incluindo hortelã-pimenta, lavanda e gengibre. Quando deixaram Dara, o rapaz acenava enquanto conduzia o irmão e a guarda-costas em direção ao mercado. Juntos, compraram os itens necessários com ouro real, deixando muitos comerciantes felizes. Durante o resto do dia, distribuíram os remédios às famílias necessitadas. Shay ficou vigiando o tempo todo, uma mão na espada e uma carranca no rosto, mas nada aconteceu.

Quando o restante da raiz foi entregue, o garoto percebeu que havia se esquecido de procurar Athlen na multidão. Não esperava que ele se aproximasse, especialmente porque Garrett estava perto de Tal, mas ficou tão envolvido em sua tarefa que não teve a chance de procurá-lo.

Decepcionado, o rapaz tirou a poeira das mãos e esboçou um sorriso fraco.

— Essa foi a última. Obrigado a ambos por ajudar.

— De nada, Tally. Foi uma coisa boa a fazer. — Garrett colocou o braço em volta dos ombros do irmão, despenteando seu cabelo com suavidade.

Shay não concordava com isso, se a expressão em seu rosto desse qualquer indício, mas ela manteve sua opinião para si.

— Agora, por favor, me diga que está com sede — perguntou o comandante.

Tal riu.

— Sim, estou. E com fome.

— Excelente. Há uma taverna bem ali, e está chamando os nossos nomes. — O mais velho puxou o braço do rapaz. — Venha comigo.

— Os príncipes realmente acham que depois do que aconteceu esta manhã mais tempo ao ar livre é sábio? Ainda mais cercado por bêbados?

— Tally está bem — Garrett garantiu com um aceno de mão desdenhoso. — Ele fez uma boa ação hoje. Merece uma bebida e um momento divertido.

— Por favor, não bebam muito — pediu a moça esfregando a testa. — Não acho que consigo lidar com vocês dois.

— Relaxa, Shay. Nada vai acontecer.

— Alguém tentou matar Tally esta manhã. Ou você não se lembra?

— Alguém tentou *assustar* Tally esta manhã. Se o quisesse morto, Tally estaria morto.

— Isso não é reconfortante, Garrett.

— Desculpa. Mas sabe o que é reconfortante? Hidromel, cerveja e... companhia.

As bochechas de Tal queimaram. Ele ergueu um dedo.

— Não.

O mais velho dirigiu-se à taverna mais próxima, caminhando para trás, a boca em um sorriso largo e cheio de dentes.

— Talvez encontremos um amigo para você esta noite.

— Garrett...

— Eu sei que não será nenhum menino do mercado.

O jovem escondeu o rosto nas mãos, envergonhado, e murmurou:

— Oh, deuses.

— Mas pode haver um garoto ou garota aqui que vai chamar sua atenção.

Pararam brevemente em frente à taverna e Garrett afastou as mãos do rosto de Tal. A taverna parecia o prédio mais antigo do quarteirão. Feito de pedra, ficava entre duas construções de madeira que pareciam usar suas paredes externas como parte da própria estrutura. Uma placa de madeira pendurada sobre a porta mostrava duas canecas de cerveja transbordando. Apesar de ser apenas o início da noite, a multidão lá dentro estava estridente, o barulho vinha das janelas fechadas para a rua. Pelo que parecia, os frequentadores do local já estavam embriagados.

— Você é um príncipe de Harth. Não esconda seu rosto bonito. — Garrett inclinou a cabeça em consideração. — Mesmo que ainda não consiga deixar crescer uma barba decente.

Antes que o menino pudesse dar uma resposta, Garrett empurrou a porta de madeira e entrou. Tal o seguiu, com Shay logo atrás. Ele imediatamente estremeceu com o barulho. O prédio tinha dois andares, com um longo balcão de madeira e mesas colocadas nas duas salas da frente. Nos fundos havia uma cozinha, e o cheiro de ensopado fez o estômago do garoto roncar. Tudo o que comeram no almoço havia sido um pedaço de pão e uma maçã que um cidadão agradecido lhes tinha fornecido.

Infelizmente, assim que começaram a caminhar na direção de uma mesa, o barulho parou de repente. O comandante ignorou a multidão e puxou uma cadeira.

— Não se preocupem conosco — o irmão mais velho gritou, tirando uma moeda de ouro da sua bolsa e jogando-a em direção ao bar —, estamos aqui apenas para pagar uma rodada para todos.

Isso fez que alguns aplausos soassem e a conversa recomeçou aos poucos, embora o ar ao redor deles permanecesse tenso. Tal podia sentir os olhares rastejando sobre sua pele.

— Vou pedir jantar para nós — Shay avisou, a mão no punho da espada.

O menino se levantou.

— Não, eu vou fazer isso.

— Tem certeza?

Tal estufou o peito, as pontas das orelhas esquentando de indignação.

— Acho que posso comprar comida para nós. Pode vir me encontrar se não voltar em dez minutos.

— Cinco — a moça respondeu categoricamente. — Cinco minutos. Com dez minutos eu quase vi você ser morto esta manhã.

O rapaz bateu com as mãos na mesa e empurrou a cadeira para trás. Ele se afastou, o queixo erguido enquanto manobrava pelo labirinto de cadeiras e mesas até chegar ao bar. Esperou um momento para chamar atenção da garçonete, mas, assim que o viu de relance, ela abandonou a conversa com outro cliente. Era mais velha e bonita, seu cabelo loiro caía sobre os ombros em ondas. Sua sobrancelha se arqueou e seu sorriso se tornou sensual enquanto dançava na direção dele, a saia balançando e a alça da blusa caindo do ombro. Tal desviou o olhar e se concentrou na fileira de copos cintilando à luz do lampião atrás dela.

— O que vai ser, amor?

— Jantar para três. — Apontou com a cabeça para Garrett, que já estava na metade de uma caneca que outra garçonete havia levado. Shay o observava, os dedos apoiados na mesa e o olhar firme.

— Com certeza. — O olhar da garçonete vagou sobre ele e ela ergueu os quadris. — Mais alguma coisa que deseja? Tenho certeza de que podemos fornecer.

— Não — o menino respondeu. Puxou uma moeda de ouro e colocou-a no balcão. Os olhos da moça se arregalaram. — Na verdade, se mantiver o hidromel e a comida fluindo, e prometer não trazer nenhuma outra forma de entretenimento durante a noite, esta porção inteira é sua.

Empurrou a moeda na madeira e, assim que ergueu o dedo, ela a guardou.

— Selo real — suspirou. Então fez uma reverência e piscou. — Seu desejo é uma ordem, Vossa Alteza.

— Obrigado.

— Então, qual é você? Não tem sete de vocês?

— Cinco — Tal corrigiu. — E eu sou o quarto.

— O doente. Não me surpreende — disse, afastando-se. — É claro que o penúltimo encontraria o seu caminho para a minha taverna. — Tal omitiu que Garrett era o segundo na linha de sucessão, já que isso só iria estimulá-la. — Ah, bem, garantiremos que você e seus guardas serão bem cuidados. — A garçonete acenou com a mão, dispensando-o, e o rapaz não tinha certeza de como avaliar a interação. Ganhou um flerte e um insulto no espaço de alguns instantes. A vida fora do castelo era confusa, e ele começou a sentir falta da rotina e das maquinações da corte.

Tal deu um passo em direção à mesa, mas foi distraído pelo som de uma voz familiar. Esticando o pescoço, vislumbrou uma figura na sala ao lado, sentada em uma mesa, caneca vazia na mão, cantando letras sugestivas sobre a espuma do mar.

Athlen encontrou o olhar de Tal e deu-lhe um sorriso largo e embriagado antes de se curvar dramaticamente até a cintura.

— Meu príncipe!

O menino fez uma careta.

— Ah, não.

OS OLHOS DE TALLY SE ARREGALARAM E SEU CORAÇÃO BATEU forte quando Athlen tomou o último gole de hidromel, a garganta balançando. A estrutura alongada do pescoço estava exposta à luz do lampião, e o príncipe podia jurar ter avistado as marcas que vira antes no convés do navio.

Athlen o chamou para a outra sala enquanto continuava a cantar.

Sabendo que os olhos de Shay estavam sobre ele, Tal olhou ao redor. Encontrou uma caneca de lata vazia na mesa próximo ao seu corpo e a pegou discretamente. Dando uma olhada rápida, jogou-a por cima do ombro em direção ao canto onde Shay e Garrett estavam sentados. Não viu onde acertou ou pousou, mas os gritos altos e os xingamentos confirmaram que havia fornecido a distração de que precisava, e o príncipe entrou na sala onde o outro garoto dançava e uivava como um idiota.

— Tal! — cumprimentou, abrindo bem os braços. — Conheça meus amigos.

O grupo ao redor dele bateu palmas e riu quando o garoto se aproximou deles.

— Athlen — chamou em voz baixa e urgente. — Meu irmão está na outra sala, e se ele te notar…

— Deixe-o em paz — interrompeu uma voz rouca ao redor da mesa. — Não está machucando ninguém.

— Shhh. Ele está apenas tentando ser legal, embora seja ruim nisso.

Tal balbuciou:

— Não sou ruim em ser legal!

Athlen deu uma piscadela.

Contrariado, o príncipe endireitou os ombros.

— Tudo bem, mas se meu irmão vir você, vai arrastá-lo de volta para o nosso navio e realmente será um prisioneiro.

Tal deu meia-volta.

— Espere! — Um barulho ecoou e ouviu-se um insulto estranho em um idioma que Tal desconhecia, mas uma palavra soou como "peixe-espada". — Não vá!

O garoto virou a tempo de vê-lo pular da mesa e continuar caindo. Tal se lançou e pegou pelo cotovelo Athlen, em seguida puxou-o para cima. O rapaz riu ao cair no peito do príncipe, a testa pendendo na clavícula. Deu um tapinha no ombro, e o calor do toque o queimou mesmo debaixo das camadas de sua camisa. Mal conseguiu evitar arquear-se quando os dedos de Athlen o seguraram.

Ele se moveu para se afastar, mas o outro garoto tropeçou mais uma vez, e seu peso quase derrubou os dois no chão. Tal conseguiu virar e endireitar os dois, com o braço em volta da cintura do rapaz, enquanto se segurava como um polvo. Assim de perto, cheirava a hidromel e a mar, e seus olhos no estranho tom de âmbar brilharam à luz do lampião.

A expressão chocada se transformou em um sorriso sedutor.

— Realmente é um príncipe.

Tal revirou os olhos e deu de ombros, mas manteve a mão pairando por perto, caso caísse. O andar era desajeitado e ele se movia folgadamente, como se os ossos não pertencessem à pele. Apesar disso, pegou uma caneca de uma mesa e terminou o conteúdo em um longo gole.

— Você — chamou, deixando a caneca cair no chão de pedra, a argila rachando. Apontou o dedo para o peito de Tal. — Você — falou outra vez — é mole demais para ser um príncipe. Na verdade — cutucou o peito do rapaz com um pouco mais de força —, tem certeza de que é quem diz ser?

O príncipe deu um tapa no dedo dele. Deu um passo para trás e puxou a bainha do colete para endireitá-lo das carícias de Athlen. A pergunta incomodou como um antigo ferimento, que Tal tentava constantemente ignorar, mas que sempre o traía. Uma ferida que foi reaberta quando seu coração mole o havia levado a libertar um estranho, apenas para mergulhá-lo no desespero acreditando que tinha sido o responsável pela morte dele.

— Como se atreve a questionar minha ascendência? — estourou, a raiva e a vergonha se acumulando de modo intenso e quente no fundo da garganta. — Está agindo de maneira íntima demais para alguém que mal conheço. Eu te avisei uma vez sobre meu irmão. E quanto mais tempo demorar para retornar à minha mesa, maior será a probabilidade da minha guarda-costas vir investigar, e então definitivamente será pego.

— Acredito que não gosto da ideia de um pirralho da realeza ameaçando meu novo amigo — o homem ameaçou. Ele se levantou e cerrou os punhos.

— Estou saindo — o nobre falou. Acenou com a cabeça para o outro garoto. — Você também deveria.

A expressão de Athlen se fechou. Deu outro passo bêbado e estendeu a mão, mas fechou-a quando encontrou o olhar duro de Tal. Com um suspiro, pegou a caneca quebrada e cutucou a rachadura com a unha do polegar.

— Até mais — despediu-se, com um leve sorriso.

Tal não respondeu porque não sabia o que poderia dizer para continuar aquela conversa. Seu temperamento levou a melhor quando o garoto se aproveitou da sua fraqueza, e afastou a única pessoa com quem ansiava por se conectar. Envergonhado diante da expressão de coração partido do outro menino, o príncipe se virou. Sem uma palavra, fugiu.

Com as bochechas coradas, cambaleou durante o caminho por meio das mesas e dos clientes e sentou-se pesadamente ao lado de Garrett e Shay. Seu guisado esperava por ele com uma caneca de hidromel. Ele enfiou uma colherada da comida na boca e deu um longo gole no vinho de mel.

— Você está bem, Tally? Por que demorou tanto?

— Nada — respondeu, abaixando a cabeça. Enfiou a colher na boca e se concentrou em inalar a carne de coelho morna e pegajosa e os vegetais murchos.

— Tal — Shay instigou —, é sobre esta manhã?

Tal franziu a testa.

— Não. Não é sobre esta manhã. É sobre ontem.

A cara do irmão mais velho era de espanto. Uma garçonete inclinou para o lado dele, que passou um braço amigável ao redor dela. Os laços da sua camisa estavam esticados e perto de se romper e o decote estava na altura dos olhos do seu irmão. Garrett fez carinho no corpo da moça, mas o olhar permaneceu focado no irmão.

— O menino do mercado?

— Talvez. — O hidromel desceu pela garganta, delicioso e reconfortante, e entre a falta de comida, o álcool e sua raiva vergonhosa, ficou tonto.

— Ele está aqui? — Garrett esticou o pescoço para analisar ao redor.

— Ele foi embora — respondeu. Depois de esvaziar o último gole de sua bebida, bateu com a caneca e passou a manga pela boca. Seu peito arfou. Ele se dirigiu à garçonete. — Outro.

— Tem certeza? — Shay perguntou.

O rapaz concordou.

— Sim. Não é o que toda esta experiência deveria ser? Ficar bêbado e me envolver com meninos e meninas, em vez de tentar ser legal com os aldeões.

Os olhos da moça se arregalaram.

— Tally... O que esse menino falou para você? Não parece você.

— Bem, e se parecer agora? E se eu estiver amadurecendo?

O irmão empurrou a garçonete com gentileza e deu-lhe um sorriso conciliador.

— Tally...

— Meu nome é Tal. Não entendo por que não consegue enfiar isso na sua cabeça dura.

— Ok, é o suficiente. Você não tem estado nada além de mal-humorado desde que deixamos o castelo. Sei que você está chateado por causa das... coisas... — o comandante falou, deixando as palavras no ar.

O mais novo zombou. Coisas. *Coisas*. Coisas como o segredo da sua magia e o peso esmagador do legado, e o fato de que sua mera existência poderia ameaçar o casamento da irmã e a aliança com Ossétia. *Coisas* que atormentavam a mente de Tal no escuro, coisas que o separavam de sua família e o marcavam como verdadeiramente sozinho.

Garrett continuou:

— Mas estou fazendo o meu melhor. Sei que não sou Kest, e sei que temos pouco em comum, e...

O irmão gemeu.

— Por favor, não use seu problema com Kest.

— Eu não tenho problema com Kest.

Shay se intrometeu.

— Ah, por favor, comandante. Vocês dois sempre tentaram superar um ao outro.

— Isso não é verdade.

Tal comeu os restos de seu ensopado enquanto os outros dois discutiam. Quando acabou, o rapaz se afastou da mesa.

— Estou voltando para o navio.

— Íamos ficar na cidade esta noite e começar cedo com a carruagem pela manhã.

— Você já encontrou um lugar para ficar?

— Podemos ficar em qualquer lugar. Temos ouro suficiente.

— Então, não, você não nos arranjou uma cama na cidade esta noite. E se todas as camas estiverem ocupadas? E se quiser ir dormir agora?

— Ninguém vai recusar a realeza. Tal, por favor.

O óbvio privilégio fez o estômago do rapaz revirar. Ele colocou as mãos na cintura e revirou os olhos para o céu.

— Estou voltando para o navio. A carruagem pode ir me buscar pela manhã.

Shay se afastou da mesa.

— Vou caminhar com você.

O garoto franziu o nariz.

— Não.

— Tal, você foi atacado por alguém esta manhã. Seja razoável.

— Tudo bem — concordou. — Pode andar vinte passos atrás de mim. Não mais perto que isso.

A moça ergueu as mãos.

— Tudo bem, mas pegue isso. — Shay entregou sua adaga.

A contragosto, o jovem príncipe pegou a arma. Ele a amarrou em volta da cintura, apertando com força. Shay permaneceu sentada enquanto o rapaz se dirigia para a saída. O sol havia se posto e as ruas estavam escuras — exceto pelas fogueiras noturnas — quando passou pela pesada porta de madeira. Os cantos e becos da cidade estavam sombreados e a irritação de Tal aumentou.

Ele deu dois passos antes de uma mão fria cobrir sua boca e puxá-lo para as sombras.

Soltou um grito abafado e lutou contra as mãos fortes que o seguravam.

— Sou apenas eu, meu príncipe.

O rapaz parou de lutar e Athlen o soltou.

— Shhh — pediu. — Venha comigo. — O rapaz atravessou a rua, preferindo espaços escuros, e acenou para que Tal o seguisse. — Vou te contar tudo o que você quiser saber.

A raiva anterior do príncipe se transformou em curiosidade.

— Tudo? — sussurrou enquanto seguia o outro garoto nas sombras.

As cores do crepúsculo brincavam na pele pálida de Athlen enquanto se movia. Ele era etéreo e, por um momento, Tal pensou que ele parecia não pertencer a terra de forma alguma, que era uma criatura do mar. Então Athlen sorriu, com suas covinhas nas bochechas, os olhos castanhos brilhando, e o príncipe não conseguia mais imaginar metáforas poéticas. Só sentir a batida do seu coração e uma vibração em seu interior que não era condizente com um nobre.

Eles tomaram um caminho sinuoso pela cidade, mantendo-se nas sombras e nos becos escuros. Ele percebeu que não conseguia ouvir o ritmo familiar dos passos de Shay atrás dele, mas não estava com medo. Como poderia ter medo de um menino que implorou para ser libertado de uma corrente de ferro? Que não sabia a diferença de valor entre uma pérola e um vidro do mar?

O príncipe seguiu o garoto em direção às docas, os saltos das botas fazendo barulho nas pranchas de madeira, ruídos onde antes havia silêncio. Ancoradas na costa, as docas se estendiam sobre a areia até se projetarem na água. No meio do caminho para as fileiras de navios atracados, Athlen saltou para a areia. Tal fez uma pausa, admirando a vista dos navios sob o brilho da luz das estrelas, e respirou fundo o ar frio e salgado. A tensão dos ombros diminuía enquanto o estresse da cidade se dissipava na paz da praia.

O som do mar na praia encheu a cabeça do mago, assim como a música que o outro jovem cantarolava baixinho enquanto se afastava. Ele caminhava sem rumo, vagando ao longo da linha das ondas, espuma espirrando sobre seus tornozelos, escurecendo suas calças até os joelhos. Athlen percebeu que o nobre não o havia seguido e parou na água que se movia, as mãos nos bolsos, o rosto voltado para o céu.

— Tal — chamou enquanto estendia a mão, a palma para cima e aberta, sem tirar o olhar das estrelas —, vamos.

Um arrepio de promessa no timbre da voz de rapaz arrebatou o jovem príncipe. Estivera tão zangado poucos minutos antes, mas aquele sentimento fora reprimido, e agora seu sangue pulsava com um calor diferente. Tal sentou-se na beira do cais e tirou as botas e as meias, deixando-as ali. Ele saltou, o frio e a umidade do mar se chocando com os pés, os dedos afundando na mistura áspera de areia e conchas.

— Aonde estamos indo?

— Para algum lugar privado onde podemos trocar confidências — Athlen replicou com os lábios inclinados. — Mas só se quiser.

Em resposta, o príncipe cruzou a distância entre eles rapidamente e não resistiu ao impulso de agarrar a mão do outro rapaz para não ser abandonado.

Tal não conseguia imaginar para onde estavam indo enquanto serpenteavam para longe do porto, saltando sobre piscinas naturais e evitando rochas pontiagudas enquanto a água se infiltrava no terreno mais alto. Seus pés ficariam sensíveis no dia seguinte, e ele temeu que pudesse ser apanhado pela maré cheia mais tarde, mas não ousou parar de segui-lo.

Enfim pararam na entrada de uma pequena caverna. Tal se virou para olhar na direção da cidade e ainda podia ver os mastros dos navios a distância sob a luz da lua crescente; mas eles estavam longe, balançando suavemente contra o pano de fundo do céu noturno.

— Quase lá — Athlen avisou. Ele tocou a manga do outro garoto, que deu as costas aos navios e se abaixou sob a rocha suspensa.

Quando Tal emergiu do outro lado, sua respiração ficou presa. Uma pequena quantidade de luz vazava por um buraco no teto da caverna, cintilando ao longo das rochas e iluminando uma piscina de água serena. Uma saliência se estendia ao longo da borda, grande o suficiente para que Tal pudesse andar. Ouro, joias e vidro oceânico brilhavam ao longo do caminho.

— Não repare na bagunça — Athlen pediu com um sorriso. — Eu não esperava visita.

— É aqui que você mora?

O garoto deu de ombros.

— Quando não estou com Dara ou sou prisioneiro de homens maus.

— Há quanto tempo você vive aqui?

— Alguns anos.

O jovem sentou-se na saliência e mergulhou os pés na piscina. Ele deu um tapinha no espaço ao lado dele e o príncipe o seguiu. O reflexo da lua tremulava na água, e pequenos peixes inspecionaram os dedos dos pés do nobre antes de fugir.

Estreitando os olhos, Athlen se aproximou e cutucou a bochecha de Tal.

— O que aconteceu?

Tal quase não conseguiu evitar seu recuo.

— Nada. Foi só um arranhão. — Ele pegou uma joia de uma pilha e a ergueu, inspecionando-a. — Isso é lindo.

Athlen suspirou.

— Quando perdi minha família, tentei encontrar coisas que me lembrassem deles. Essa parece a cauda da minha irmã.

— A cauda... dela? — A irmã do rapaz tinha sido uma metamorfa, como Kest?

Athlen esfregou os dedos na testa e afastou os cabelos cor de cobre dos olhos.

O outro rapaz se inclinou mais perto, seus ombros se tocando.

— Por que aqueles homens te pegaram?

— Eu era o mensageiro deles. Tinham um acordo com outro povo da terra e precisavam de mim para recuperar o pagamento.

— Ouro?

— Sim — concordou com um forte aceno de cabeça. — Ouro.

Tal fez uma pausa. Isso não fazia sentido, não se Emerick fosse digno de crédito e o ouro fosse um presente para o reino pelo casamento com Isa.

— Onde estava?

— Não estava mentindo quando disse que era na Grande Baía. As pessoas que pagaram por ele não queriam ser implicadas, então jogaram o ouro no fundo da baía e deram a esses homens as coordenadas. Por muito tempo não sabiam como recuperá-lo, mas depois me descobriram e... Bem... Você viu as correntes.

Tal franziu a testa.

— Ainda não entendo.

— Não estou explicando bem.

— Você realmente bebeu um pouco.

O garoto riu, o som ecoando no pequeno espaço.

— Estou tentando explicar. Os homens que me pegaram não eram marinheiros; eram pessoas que matam outras por dinheiro.

— Mercenários — o príncipe esclareceu. — Está me dizendo que Ossétia pagava por mercenários? — O peito do rapaz ficou apertado. Com quem Isa estava se casando? Com quem sua família estava se aliando?

— Eles não conseguiam navegar bem, mas encontraram as coordenadas.

— Como poderia tirar um baú de ouro do fundo do mar?

Athlen piscou.

— Eu nadei.

— Como? — O jovem nobre balançou a cabeça ao ver a expressão vazia do outro garoto e continuou: — E sabe para que era o dinheiro? O que eles deveriam fazer?

— Não disseram. Veio a tempestade e muitos deles se afogaram e outros foram embora nos pequenos botes.

— E nós te encontramos. Como sobreviveu ao pular do navio de Garrett? Como nadou até aqui?

O garoto riu, mas sem humor.

— Ainda não percebe? Você é um mago. Deveria saber que há mais coisas além da compreensão humana. — Athlen se levantou e tirou a camisa, revelando as marcas fracas que percorriam os dois lados de seu torso. Ele desabotoou as calças e Tal desviou o olhar, com um rubor intenso nas bochechas.

— O que está fazendo? — A resposta foi um respingo. Gotas de água atingiram a bochecha de Tal, um contraste frio com o calor de seu rubor. — É seguro nadar?

— Claro — o rapaz falou.

— Tem certeza? O mar age de maneira estranha em pequenas enseadas como esta.

Athlen bufou.

— Eu moro aqui há anos, mas, se você está preocupado, eu sairei.

O príncipe fechou os olhos com força e ergueu a mão.

— Não. Não, está bem.

— Vocês, povo da terra, e sua modéstia.

Tal sentiu uma mistura familiar de raiva e vergonha tomar conta de seu peito com a zombaria de Athlen, mas a frase não fazia sentido. Foi a segunda vez que ele usou o termo "povo da terra".

— Povo da terra? É um tipo de designação de onde você é? — Apesar da reticência, o jovem nobre arriscou um olhar e depois se levantou rapidamente ao ver a imagem à frente. Tropeçou para trás, os calcanhares derrapando em joias e pedras molhadas, até que suas costas bateram na parede da caverna, áspera. Ele balançou a cabeça, mas isso não mudou a imagem de Athlen com os braços cruzados na saliência baixa, sua longa cauda vermelha e dourada arqueada.

O rapaz engasgou. Um tritão! O outro garoto era um tritão! Sereias eram mitos e lendas — mulheres que cantavam belas canções e levavam os marinheiros à morte ou à fortuna, dependendo da fábula. Tal esfregou os olhos, mas Athlen permaneceu transformado. Não era uma alucinação por causa do vinho que havia bebido — era tão real quanto a concha furando a sola do pé.

As respostas às perguntas do príncipe se encaixaram. Os mercenários usaram o tritão para transportar o ouro porque podia nadar até o fundo do mar e era forte o suficiente para puxá-lo para a superfície. Foi assim que sobreviveu ao salto do navio de Garrett.

Mesmo em seu choque, o rapaz não podia negar que a forma de Athlen era linda. Suas barbatanas flutuavam longas e delicadas, finas como uma teia enquanto chicoteavam na água rasa. Ele havia notado antes que os ombros do outro garoto eram largos, mas, apoiado como estava, podia ver os músculos esculpidos da parte superior do seu corpo. Seu torso era forte por causa da natação e se estreitava até os quadris, onde sua pele se fundia com escamas abaixo da linha do umbigo. Athlen rolou de costas na piscina e colocou as mãos espalmadas atrás da cabeça, mostrando a Tal as marcas ao longo das costelas — guelras, que estavam fechadas.

Tal não falou por vários segundos, estudando a maneira como as nadadeiras de Athlen se moviam, como suas escamas vermelhas e douradas refletiam a lua, a força inerente à linha do seu corpo, construída para a velocidade entre as ondas. Tal não sabia que tinha deixado o momento se arrastar por muito tempo até que a expressão de Athlen se fechou e ele cruzou os braços sobre o corpo deslizando para baixo da linha da água.

— Eu nunca mostrei a ninguém — declarou com o rosto virado, e o príncipe podia ver o punhado de escamas ao longo do seu pescoço e ombros. — Dara sabe o que sou e me viu nadar, mas eu não... — Ele engoliu em seco. — Você é um mago. Achei que entenderia, já que também é o último. Sozinho. — O olhar do garoto voltou para Tal, e seus ombros se encolheram. — Sei que pareço estranho. Eu não deveria ter...

— Não — o jovem mago interferiu rapidamente. — Não, não sinta... Eu nunca conheci um tritão... Não queria te envergonhar. Eu só... Você é lindo.

O sorriso de Athlen era como o sol surgindo entre as nuvens.

— Não está com medo?

— Com medo? — O coração do rapaz bateu rapidamente e suas palmas ficaram escorregadias de suor. As reações do corpo foram semelhantes àquelas quando o marinheiro o encurralou naquela manhã, mas em uma situação totalmente diferente. Era surpresa e admiração por ser alguém em quem Athlen confiava um segredo.

— Não, eu não acho que poderia ter medo de você.

— Eu queria contar — Athlen justificou. — Mas aqueles homens me mantiveram acorrentado e me deixaram para morrer. Seu irmão agiu da mesma forma, como se estivesse decidido a me manter, e sabia que seria pior se soubesse o que sou.

Tal piscou, lembrando-se daqueles momentos no porão em que o rapaz o tocou, implorou a ele, evocou a promessa com a condição de fornecer informações a Garrett. Tudo havia sido uma atuação. O jovem príncipe franziu a testa, zangado e envergonhado com a facilidade com que Athlen o manipulou.

— Você... Você me *enganou.*

— Um pouco — admitiu o tritão. — Não conseguiria me transformar totalmente com aquele grilhão em meu tornozelo. Precisava que ele saísse.

— Você me disse que minha magia era maravilhosa e beijou a minha palma. — Tal pressionou a mesma mão contra o peito, onde uma pontada de dor o atingiu. — Você disse que não tinha medo de mim.

Athlen se ergueu e apontou um dedo unido em membrana para Tal.

— Isso era verdade! — exclamou com a voz firme. — Não estava com medo de você por causa da sua magia. E realmente acho você maravilhoso. Essa é a verdade.

O rapaz não sabia o que dizer. Um turbilhão de emoções o percorreu, mas a que veio à tona foi alegria por Athlen considerá-lo maravilhoso.

— Sinto muito. — O rapaz abaixou a cabeça e deixou que os ombros caíssem na água, o queixo submerso. — Sinto de verdade. Mas não conhecia você ou seu irmão e vi uma chance de escapar. Eu aproveitei.

Tal não podia culpar Athlen por sua trapaça. Compartilhavam um fardo semelhante, um segredo que os marcava como diferentes, e Tal sentia empatia com o medo do tritão de não saber como os outros reagiriam se esse segredo fosse revelado. Cruzou o pequeno espaço e se acomodou na borda da saliência, maravilhado enquanto o luar brincava nas escamas de Athlen. Timidamente, o príncipe estendeu a mão e tocou as costas da mão do outro garoto.

— Eu entendo.

— Obrigado por me salvar.

— Obrigado por não ter medo de mim.

O sorriso de Athlen voltou, seus lábios se erguendo nos cantos.

— Então, aqueles mercenários...

O garoto fechou a cara e esfregou o dedo unido em membrana na ponta do nariz.

— Cometi um erro que lhes deu a oportunidade de me capturarem. Eles me mantiveram preso em ambas as formas, acorrentando-me à âncora ou ao chão da cabine. Nunca houve uma oportunidade de escapar, então finalmente fiz o que pediram e recuperei o baú de ouro na esperança de que isso me valesse a liberdade. Mas nunca tiveram a intenção de me deixar ir. Quando senti a tempestade chegando, tentei avisá-los que estava além das suas habilidades de resistir, mas não confiavam em mim. Pouquíssimos deles eram marinheiros experientes, e esses poucos foram os únicos que sobreviveram. Os outros foram levados para longe.

Todos os sentimentos residuais de aborrecimento de Tal desapareceram com a confissão do rapaz. Ansiava por envolvê-lo em um abraço, por protegê-lo de todos os males do mundo.

— Athlen... — disse com a voz suave.

— Estou bem — o garoto o cortou. — Estou, de verdade. — Fungou, esfregou os olhos com a mão e lançou ao outro rapaz um sorriso e uma piscadela. — Eu juro.

— Ok. — O príncipe não acreditou nele, mas sabia que não deveria pressionar. — Já que é o primeiro e o único tritão que conheci, tenho perguntas.

Athlen abriu os braços, exibindo suas nadadeiras e guelras.

— Pergunte à vontade. Sou um livro aberto.

Tal avistou outra joia em meio às pilhas de bugigangas.

— O que aconteceu com a sua irmã? Por que precisa de uma recordação para se lembrar da cauda dela?

A expressão do rapaz se fechou. Ele passou os braços em volta do torso.

— Vários anos atrás, o fundo do mar mudou e fui separado da minha família durante a comoção. Fui para onde sabia que poderiam reconstruir se sobrevivessem à mudança, mas não estavam lá. — Os cílios dele tremeram contra suas bochechas. — Procurei por um longo tempo, mas não os encontrei.

Tal mordeu o lábio.

— Sinto muito pela perda.

— Não desisti. Tenho certeza de que eles também estão procurando por mim e um dia atenderão ao meu chamado. Até lá... — Esboçou um pequeno sorriso e estendeu as mãos.

O lábio de Tal se contraiu no canto.

— Então... — o jovem apoiou a cabeça nas mãos. — Compartilhei segredos com você. Agora é a sua vez.

Tal balançou os pés na água, o lampejo de diversão deixando-o em uma onda de ansiedade.

— Aqui está meu segredo.

Abriu a palma da mão e as chamas lamberam seus dedos. Tal transformou as chamas em uma bola e a lançou cada vez mais para cima, até que pairou no arco do teto e lançou uma luz bruxuleante ao longo das paredes esculpidas da caverna.

— Magia — Athlen falou com um sorriso. — Você já me mostrou antes.

— Sim, mas tem mais.

— Mais? — indagou, espantado.

Tal acenou com a cabeça.

— Você pode não saber a nossa... história do povo da terra, mas meu bisavô foi o último mago poderoso do nosso reino... de todos os reinos. Ele... pensava que era seu destino conquistar todo o nosso continente. Travou guerra contra qualquer um que se colocasse em seu caminho. Machucou milhares de pessoas, e seu legado é a perdição da minha família.

O príncipe respirou fundo.

— Ninguém sabe o que sou. Rumores começaram a circular quando minha magia se manifestou pela primeira vez e também não consegui controlar, mas nunca foi amplamente confirmado. Minha mãe diz que, se as pessoas soubessem a verdade, os outros reinos iriam nos atacar ou forçá-la a me entregar para a prisão.

Athlen afundou na água.

— Você tem que se esconder?

— Sim — Tal respondeu. Vasculhou outra pilha de conchas, pérolas e ouro. — Não tive permissão para sair do castelo. Meus irmãos visitaram todos os outros reinos em um esforço de melhorar a diplomacia, mas esta é minha primeira vez saindo pelo mundo.

— Sinto muito.

Tal deu de ombros.

— Não sinta. Foi culpa da minha família.

— Não parece justo.

— Não importa se é justo. É meu fardo como príncipe. É responsabilidade da minha família desfazer o dano que meu bisavô causou da melhor maneira que pudermos. — O garoto trouxe os joelhos até o peito, os dedos dos pés puxados da água, e passou os braços em volta das canelas. Apoiou o queixo na dobra dos joelhos.

Com olhar sério, Athlen olhou para a mão do nobre.

— Como funciona? É sempre fogo?

— Nem sempre. — O príncipe flexionou os dedos. — Às vezes consigo fazer que os objetos se movam, mas apenas se me concentrar. Não é tão fácil quanto o fogo. — Ele se inclinou mais perto. — Nem sou muito bom nisso — admitiu em voz baixa. — Meu tutor diz que, com o tempo, serei tão poderoso quanto meu bisavô, mas ele não pode me ensinar além dos pergaminhos que temos.

— Eu conheço uma bruxa do mar! — o tritão exclamou. Puxou o corpo para uma rocha inclinada ao lado do outro rapaz e se apoiou de lado. — Ela vive nas profundezas e virá para qualquer pessoa que chame seu nome com um desejo em seu coração. É poderosa, bonita e assustadora. Mas... — parou. — Você tem que negociar e eu não... Esquece, não acho que seja uma boa ideia.

Tal se animou.

— Como conhece uma bruxa do mar?

Athlen corou.

— Você acha que os tritões têm a habilidade de ter pernas sempre que quiserem? Eu tive que fazer uma barganha.

— E qual foi a sua?

O garoto gargalhou e caiu para trás, os braços sobre o peito. Ele balançou a cauda, fazendo que as gotas de água arqueassem no ar e pousassem no rosto de Tal.

— Já contei um segredo. Um é o suficiente por agora, meu príncipe. — O jovem cruzou os braços atrás da cabeça e se espreguiçou, os olhos brilhando à luz do fogo.

O nobre estreitou os olhos.

— Tudo bem, mas você vai me contar mais tarde. — Não era um pedido, e Athlen sorriu.

Um silêncio amigável pairou sobre eles enquanto estavam deitados um ao lado do outro na rocha lisa, os pés descalços de Tal ao lado da cauda magnífica de Athlen. Seus braços se roçaram, a pele bronzeada do príncipe contrastava com o corpo pálido do ser do mar. Havia uma estranha afinidade entre eles; ambos foram forçados a esconder seu verdadeiro eu ou correr riscos — e, no caso de Athlen, a sofrer como prisioneiro.

Suspirando, o jovem nobre esticou o corpo e alongou os dedos dos pés. Ele encontrou alívio nos minutos tranquilos e no barulho da água enquanto a maré recuava revelando mais da casa de Athlen.

— Obrigado por me salvar — falou o tritão, quebrando o silêncio. — Faz muito tempo que não tenho ninguém cuidando de mim além de Dara. É bom ter outro amigo.

O sentimento que brotou no outro garoto estava além de qualquer descrição, mas se forçado alegaria que era entusiasmo e orgulho.

— Tenho que ir — disse, sentindo os olhos pesados. — Shay vai ficar com muita raiva de mim por me livrar dela outra vez.

— Você quer que te acompanhe de volta ao navio?

— Vou ficar bem. — O rapaz se sentou e bocejou. — Não há necessidade de se vestir e me seguir.

Athlen bufou.

— Vou usar a água e nadar na costa. Pode acenar para mim quando estiver nas docas.

Tal revirou os olhos.

— Você é tão ruim quanto a minha família.

— Bem, de nós dois, tenho mais experiência com os humanos da cidade.

— Diz o menino que não sabe a diferença de valor entre uma pérola e um pedaço de vidro do mar.

O outro garoto estufou o peito.

— Consigo o que preciso. — Ele estendeu as mãos. — Tenho muito para compartilhar. Não entendo por que todo mundo é tão ganancioso.

O jovem balançou a cabeça.

— Você é uma maravilha.

— Assim como você — retrucou com a voz melancólica, livre de provocações.

O rubor de Tal voltou com força total, mas Athlen não percebeu, pois já havia desaparecido nas profundezas da piscina.

Sem as botas, o príncipe recuou com cuidado pelo caminho por onde tinham vindo. A maré havia baixado, deixando mais espaço de areia para caminhar, mas isso também significava que o outro rapaz estava mais longe, além da rebentação. Tal não conseguia vê-lo nas ondas, mas se consolou em saber que estava ali, um companheiro na noite escura, as estrelas como únicas testemunhas de seus segredos e amizade.

Iluminado pela lua, o cais parecia mais movimentado do que o normal. Quando Tal se aproximou, um grupo de homens se destacou das sombras, acompanhado por um grande animal. O rapaz parou, o medo crescendo enquanto eles o rodeavam.

— Estivemos esperando por você, principezinho.

Um brilho de metal na mão do homem fez o garoto recuar. Contente pela paranoia e insistência de Shay, desembainhou a adaga ao lado do corpo e se agachou defensivamente, os dedos dos pés se enrolando na areia molhada.

— Não se aproximem.

Com a lâmina em uma das mãos, Tal abriu a outra ao seu lado, sua magia borbulhando sob a superfície da pele. As chamas lamberam a espinha e o calor se espalhou pela barriga. Feitiços defensivos ficaram na ponta da língua. Poderia derrotar esses homens com fogo e aço.

— Por quê? Vai usar essa lâmina em nós? Ou tem uma arma diferente queimando nas veias?

Eles riram enquanto se aproximavam. O animal — agora perceptível como um enorme gato selvagem — estava em seus calcanhares, orelhas para a frente, lábios curvados em um rosnado.

— Agora, vamos, principezinho. Mostre as faíscas.

As palavras deixaram o jovem nobre perplexo e o invadiram como uma onda de frio. Esses homens queriam que ele usasse magia. Desejavam que provasse que os boatos eram verdadeiros. Pensaram que o forçariam a usá-la em um conflito. Ele não teve tempo de se perguntar o porquê; só sabia que não lhes daria essa satisfação. Cerrou o punho, extinguindo qualquer desejo de usar as chamas, a fumaça envolvendo seus dedos enquanto sumia com a magia.

— Quem são vocês? — O príncipe usou sua voz mais autoritária, aquela que o fazia parecer arrogante e mimado. — O que querem?

— Você. — O marinheiro sacudiu a lâmina na mão enquanto os outros homens se aproximavam.

O pulso de Tal disparou, mas ele se preparou e respirou fundo. Se não uma revelação mágica, então um sequestro. Havia sido treinado para isso; a realeza sempre estava em risco. Recorreu às práticas que aprendera nas aulas obrigatórias de autodefesa ensinadas pelos cavaleiros do castelo e segurou a adaga com força. Eram cinco contra um. Estava superado em número, mas os faria sangrar por isso.

Tal se esquivou do primeiro homem que se lançou sobre ele, golpeando com a lâmina e agarrando o tecido da túnica. A faca cortou de forma limpa, rasgando a camisa e provando a habilidade de defender a si próprio. Abaixou-se e rolou para longe do próximo ataque, raspando um punhado de areia e jogando no rosto do agressor. O mercenário gritou e cambaleou para trás, esfregando os olhos com a manga.

— Não é tão filhote no fim das contas — o líder rosnou. — Parem de brincar com ele e peguem-no.

Tal não hesitaria em escapar, mas eles estavam bloqueando sua fuga para as docas e ele se recusava a levá-los de volta à enseada do outro garoto. O mar era sua única opção, mas as ondas batiam forte na costa, rolando escuras como breu e escondendo as próprias ameaças, conhecidas por vagar para o interior durante a noite. Mesmo se pudesse correr bem rápido, não seria capaz de ultrapassar o grande gato que espreitava além do alcance do círculo. O animal rosnou para ele, seus olhos amarelos cintilantes provando-lhe ser um metamorfo, como Kest.

— Quem são vocês? — Tal exigiu. — O que querem comigo? Seja quem for que estiver pagando vocês, posso pagar mais.

Eles riram.

— Confie em nós. Você vale mais para a gente capturado que livre. Talvez ainda mais morto que vivo.

O corpo de príncipe ficou gelado. Ele não conseguiria escapar. Balançou a adaga, agarrando o cabo de forma diferente, e manobrou até ficar de costas para as ondas.

— Venham me pegar então.

Eles atacaram.

O rapaz lutou. Chutou e socou, mordeu quando um braço carnudo agarrou seu pescoço, o sangue enchendo sua boca até que engasgou. Perdeu a adaga quando seu pulso foi dobrado para trás, os dedos afrouxando, a arma caindo inofensivamente na areia. Ele gritou e se debateu, lutando inutilmente contra as mãos e os braços que batiam em seu corpo.

Forçando uma cotovelada, o rapaz acertou alguém no estômago, e afastou seus braços. Subitamente livre, tropeçou ao longo da costa, os pés descalços levantando areia. Poderia chegar ao cais se recuperasse o equilíbrio e ultrapassasse o metamorfo.

— Tal!

Virou a cabeça para o lado para ver o tritão nas ondas. No pico de adrenalina e medo, o príncipe esqueceu que ele o seguia nas ondas.

— Athlen!

— Estou indo!

O jovem nobre mudou de direção e correu para o oceano, a água ensopando suas calças até as coxas. Estava quase segurando a mão estendida do outro rapaz, quase em segurança.

O gato bateu nas pernas de Tal. Com um grito, ele caiu. As ondas o atingiram, a água subiu pelo nariz e pela boca, enquanto o animal mordia o tecido da camisa — os dentes arranhando a pele do garoto — e o puxava de volta para a gangue de homens, rosnando. Cuspindo e ensopado, o rapaz juntou os pés sob o corpo, a camisa rasgando-se, e deu uma última cambalhota em direção ao mar.

Um chute rápido na perna o parou. O joelho de Tal dobrou-se e ele caiu de lado com força.

Levante-se. Levante-se. Levante-se!

O rapaz rolou para longe e agarrou cegamente uma grande concha. Ele lançou o objeto contra o agressor mais próximo enquanto cambaleava em pé. O sangue espirrou na areia. Com a voz de Athlen em sua cabeça, lançou-se para o oceano. O tritão estava lá fora. Poderia puxá-lo para o mar, para a segurança, e ele poderia escapar. Seus agressores não esperariam por isso. O caminho estaria desimpedido. Athlen nadava nas ondas, Tal tinha certeza, e se não estivesse, preferia se afogar a se tornar refém. Poderia fazer isso. Ele poderia...

O golpe na nuca roubou-lhe o fôlego e o jogou na areia, a concha escapou de suas mãos. A visão ficou turvada e seu estômago embrulhou. Tentou se apoiar nos cotovelos, mas só conseguiu deslizar a testa na areia. Outra onda atingiu a praia e o príncipe ofegou quando a água salgada entrou pela boca.

Ele lutou, os marinheiros rindo dele enquanto agarrava a areia fracamente.

— Se fosse como seu ancestral, já teria usado as chamas.

As botas encheram o que restava da sua visão, e então havia uma mão em seu cabelo, e sua cabeça foi puxada para cima, o pescoço esticado.

— Vamos, garoto. Mostre-nos o que você pode fazer.

Tal cuspiu um bocado de areia.

— Queime no inferno.

O soco jogou a cabeça do príncipe para o lado e ele desmaiou.

TAL ACORDOU AOS POUCOS, VOLTANDO À CONSCIÊNCIA LENtamente, como a vazante e o fluxo de uma maré, mas em tons de cinza em vez de azul cristalino. A primeira coisa que percebeu foi a dor aguda em sua cabeça. Seus olhos lacrimejaram e seu estômago embrulhou. Mais de uma vez, isso o mandou cambaleando de volta para a escuridão, até que finalmente era apenas uma pulsação surda combinando com seus batimentos cardíacos, em vez de uma adaga em sua têmpora. Em seguida, notou o balançar do chão, o raspar áspero das ripas de madeira e alcatrão sob as palmas e os sons de madeira rangendo e água pingando. Não estava amarrado, o que era uma sorte, mas estava no interior de um navio, disso tinha certeza. Talvez Garrett o tivesse encontrado. Ou Shay o tivesse salvado.

O rapaz manteve os olhos fechados e focou na respiração, moderando a dor o melhor que pôde. Contorcendo-se, tentou encontrar uma posição mais confortável, mas, quando esticou as pernas, seu joelho teve um espasmo e ele reprimiu um grito. Enquanto se encolhia, seu pé descalço prendeu em uma barra de aço. Com os olhos marejados, Tal enfiou o queixo no peito e invocou sua magia. No começo ela foi esquiva, escapulindo enquanto a concentração vacilava com a dor, mas logo ele conseguiu controlar. O calor familiar o acalmou, o estabilizou, e foi capaz de pensar com clareza.

Estendendo a mão, os olhos ainda fechados, os dedos sentiram mais aço próximo à cabeça, e reprimiu um soluço ao perceber que estava enjaulado.

Havia sido sequestrado.

O medo cresceu dentro dele como lava quente, seguida rapidamente pela culpa. Garrett e Shay se culpariam por não manter uma vigilância melhor, e sua mãe, que havia pressionado para a viagem da maioridade do rapaz, ficaria fora de si de preocupação.

Ele mordeu o lábio inferior. Desde que tinham idade suficiente para entender, Tal e seus irmãos haviam sido avisados sobre pessoas que gostariam de machucá-los. Ainda assim, nunca pensou que isso fosse acontecer com ele. Todos tiveram aulas de autodefesa e guarda-costas designados. Mas Tal era o único com magia queimando em seu interior que poderia derreter areia. Como pôde ter se deixado levar? Uma voz interna sussurrou que deveria ter lutado com mais garra na praia. Deveria ter permitido que as chamas explodissem dele em um inferno. Ele deveria... O rapaz sufocou um soluço. Enfiou o punho na boca e permitiu um momento de pânico, mordendo os dedos para abafar qualquer som.

Contou mentalmente e, quando chegou a cem, tomou uma respiração trêmula e se recompôs.

Precisava descobrir quão gravemente estava ferido. Tentou sondar com os dedos, encontrando cabelo úmido e emaranhado atrás da orelha direita e um rastro de sangue pegajoso no pescoço e no ombro. Mesmo o leve toque foi o suficiente para enviar faíscas atrás dos olhos, e pressionou a testa no chão e cerrou os dentes enquanto subia a sensação de náusea. A inspeção havia revelado um ferimento até então — uma lesão na cabeça que sangrou consideravelmente. A perda de sangue era a razão de sua boca estar tão seca. Ele testou a perna e encontrou outro: um joelho inchado devido ao último chute debilitante, o que tornava difícil correr. Seu corpo doía e provavelmente tinha hematomas, e ele poderia ter uma mordida do metamorfo em seu braço. Precisaria esperar até que estivesse mais estável para tentar escapar, se fosse possível empreender uma fuga.

Passos na escada o deixaram tenso e ele forçou seu corpo a relaxar. Afastou a cabeça do som e esperou que, independentemente de quem fosse, não seria capaz de dizer que estava fingindo. Apesar dos olhos fechados, o jovem pôde discernir a mudança na luz quando os dois homens pararam diante dele.

— Ainda não está acordado? Quão forte o Mac bateu nele?

— Não forte o suficiente para desorientá-lo, mas é o príncipe doente. Ele é mole.

— Não mole demais. Ele lutou e ofereceu resistência na praia. Rot tem um corte que tivemos de costurar e Mac ainda tem areia nos olhos.

Tal ficou um pouco satisfeito com isso.

— Ele usou magia?

— Não, não usou. Os rumores podem não ser verdade.

— Nós temos ordens. Se ele tiver, vamos extrair.

— Pegue o anel dele — o outro ordenou. — Vamos precisar se a capitã quiser pedir resgate por ele.

O rapaz ficou imóvel e não vacilou quando o marinheiro estendeu a mão por entre as barras e ergueu a sua mão, torcendo o anel de sinete do terceiro dedo. Reprimiu um grunhido quando derrubaram sua mão.

Eles saíram, os passos diminuindo cada vez mais no porão, e o rangido da escada avisou a Tal que estava sozinho de novo.

Ele piscou e abriu os olhos, notando que o direito estava inchado e só podia abrir um pouco. Acrescentou um olho roxo à lista de ferimentos. O porão estava escuro, exceto por um raio de luz brilhante que irradiava da abertura da escada. Acima dele ficariam os aposentos da tripulação e, acima disso, o convés. Pela posição do sol, adivinhou que era meio-dia. Puxou o corpo para uma posição sentada e gemeu quando os músculos protestaram e a cabeça girou. A garganta estava seca, mas seus raptores não tinham deixado água.

Ele se acomodou contra a divisória e examinou a cela. Três lados eram barras planas de metal reforçadas por madeira e o quarto era o próprio lado do navio. Havia mais jaulas como a dele em uma fileira, mas estavam vazias. Ele poderia quebrar a fechadura, como havia feito com a corrente de ferro, mas para onde iria? Estavam no mar — o ritmo distinto do navio denunciava isso —, mas não se moviam. Estariam atracados? Esperando por instruções? Aguardando que usasse magia?

Tal engoliu o nó na garganta e avaliou os fatos.

Havia sido sequestrado por pessoas que desejavam uma prova da sua magia. Pegaram seu anel, provavelmente para exigir um resgate à mãe ou para mostrar ao seu superior que o tinham. Foi planejado. Alguém o viu sair da taverna e aguardou que voltasse ao navio enquanto Garrett permanecia na cidade, esperando a chance de assustá-lo e fazê-lo mostrar seu poder. Estava relacionado ao homem que o atacou no porão do navio no início do dia? Ele queria matar Tal, mas esses homens o sequestraram. Poderiam tê-lo assassinado na praia, então, ou o plano mudou durante as horas entre os dois incidentes, ou não estavam relacionados.

Além disso, esses homens tinham um metamorfo — alguém que possuía aquela habilidade incomum, como Kest. Metamorfos não eram tão raros quanto o tipo de magia que pulsava nas veias de Tal, mas também não eram triviais. A habilidade percorreu as linhagens. Procurados durante a época dos ancestrais de Tal, os metamorfos eram reverenciados por alguns por causa do poder e mantidos como animais de estimação por outros. Muitos se casaram em famílias nobres e agora, dos poucos que sobraram, a maioria pertencia às casas governantes. Entretanto, em suas aulas sobre as outras famílias reais, não se lembrava de aprender sobre ninguém que pudesse se transformar em um grande felino.

Quem quer que fosse o gato, tudo indicava um sequestro político.

Isso estava relacionado ao baú de ouro do tritão? Aos mercenários que o prenderam?

Tal respirou fundo. *Athlen*. Ele estava bem? Havia escapado? Contaria a Garrett o que tinha acontecido? Ele havia seguido o navio ou teria abandonado o príncipe à própria sorte, inseguro ou desinteressado pelos assuntos humanos?

O jovem apalpou o bolso da camisa e encontrou o pequeno e duro caroço do dente do tubarão. Ele o pegou e segurou na mão, com a ponta cortando sua palma. Por mais diferente e estranho que Athlen fosse, ele não abandonaria Tal a este destino. Havia feito uma promessa na casa de Dara, uma que não permitiria que o deixasse em perigo evidente. Eles foram unidos pela magia em suas palavras. E, embora o jovem não colocasse sua fé apenas no tritão, ele também não o dispensaria. Ele deslizou o dente no bolso da calça para mantê-lo seguro.

Fechando os olhos, Tal caiu contra a antepara de madeira. A insistente dor na cabeça provocou uma vertigem. Ele precisava descansar. Arrumaria um plano quando a cabeça estivesse mais clara e o medo não fosse tão tangível. Até então, tinha uma certeza: seus raptores não poderiam descobrir sobre a magia, não importava o que acontecesse.

O CHACOALHAR DA JAULA DESPERTOU TAL EM UM SOLAVANCO. ELE ERGUEU A cabeça de onde seu queixo estava apoiado em seu peito e a vertigem o atingiu. Tombou para o lado e evitou que o corpo caísse usando o cotovelo.

— Ah, o filhotinho está acordado.

Com os olhos semicerrados, o príncipe distinguiu o falante como o líder da gangue na praia. Era mais baixo que Garrett e seus longos cabelos caíam em mechas oleosas. A linha do cabelo recuava no alto da cabeça e sua grande testa enrugou-se quando fez uma cara feia para Tal. Havia levado alguns pontos na bochecha, onde o jovem havia esmagado o rosto com a concha durante a briga. Devia ser o Rot.

— Sinto muito, meu senhor, mas seus servos não estão aqui para vesti-lo.

Tal revirou os olhos e teria retrucado, mas isso terminaria em vômito.

Rot puxou um molho de chaves do cinto e destrancou a porta. Ele a escancarou.

— A capitã quer te ver.

Estendeu a mão e agarrou o braço de Tal, colocando-o de pé. Tal tropeçou, o joelho protestando contra o movimento, a dor percorrendo seu corpo e sua cabeça. Agarrou a jaula com a mão livre, as ripas de aço cravando na palma.

— O quê? Príncipes não conseguem andar?

Tal inspirou pesadamente pelo nariz, parecendo o velho touro que os administradores do castelo exibiam em festivais, representando virilidade e prosperidade, no entanto ele não se sentia muito próspero no momento. Cerrou os dentes e arrastou os pés pela pequena abertura da cela.

Todo o corpo doía, da cabeça aos pés descalços, mas manteve-se de pé com coragem, apesar do balanço do navio. Arrastou seu corpo escada acima para os alojamentos da tripulação, então continuou subindo os degraus para o convés superior. Rot manteve uma argola de ferro no braço do garoto, apertando o ferimento do metamorfo, mas ele foi capaz de tolerar assim que a brisa fresca do oceano atingiu o convés. Inclinou a cabeça para trás e mostrou o rosto para o sol, a mente clareando e a náusea se dissipando ligeiramente.

Rot o puxou e Tal cambaleou em direção aos aposentos da capitã na popa do navio, captando as imagens e os sons ao redor. O mar se estendia em todas as direções sem nenhuma terra à vista. Ondas pequenas balançavam o navio, que estava ancorado, e os marinheiros descansavam preguiçosos no convés, jogando cartas ou dormindo. Alguns pescavam na proa, espantando gaivotas. Apertando os olhos, o rapaz avistou um marinheiro no ninho do corvo. As velas estavam enroladas, então ele deveria vigiar os navios que chegavam.

O homem bateu em uma porta ornamentada. Não esperou pela resposta antes de empurrar o prisioneiro. Tal tropeçou, mas se controlou antes de cair de joelhos.

— Bem, ele não se parece com um príncipe — uma voz falou divertida quando Rot entrou logo atrás de Tal.

— Podemos tê-lo maltratado um pouco, capitã.

— Deixe-nos. — Ela acenou com a cabeça.

O sequestrador não hesitou em sair e fechar a porta.

Tal ficou em frente à grande escrivaninha enquanto a capitã se apoiava em seus braços estendidos, estudando-o com um olhar penetrante. Seu cabelo loiro era cortado curto, raspado nas laterais e espetado com gordura no topo. Tinha uma cicatriz que corria longitudinalmente ao longo do nariz, outra na parte inferior da mandíbula e pés de galinha pouco visíveis ao redor dos olhos. Vestia-se como um marinheiro, com roupas leves, e estava adornada de maneira simples, exceto por uma longa corrente de ouro ao redor do pescoço e de argolas nas orelhas.

Ela o analisou em silêncio. O garoto travou os joelhos, desejando que o corpo permanecesse em pé.

— Você é a criança de quem todos têm medo? Não parece muita coisa. — Ela estreitou os olhos. — Mas disseram que o rosto do seu bisavô parecia cera derretida, então tendo a não julgar apenas pela aparência.

— Exijo saber o nome da pessoa que me detém e a quem representa.

— Palavras fortes vindas de um menino machucado e quebrado. — A mulher se endireitou, então caminhou até a frente da mesa, apoiando-se na beirada e cruzando os tornozelos. Suas botas eram velhas e gastas, desbotadas pela água salgada e pelo sol. — Meus homens te machucaram?

— Dei tanto quanto recebi — o nobre se gabou. Isso estava longe de ser verdade. Alguns pontos e areia nos olhos não se comparavam a um ferimento na cabeça, um olho roxo e um joelho inchado, mas não reconheceria isso para esta pirata.

— Meus marinheiros disseram que você era mole, mas há aço em sua espinha. Admiro isso.

— Liberte-me e garantirei que sua morte seja rápida.

— Bem — falou abrindo um sorriso —, não gosto *disso*. Ameaças não vão funcionar comigo. Sei qual será meu provável destino se a sua família souber onde está. Aceitei esse negócio de olhos abertos. Também sei que a sua segurança será poderosa em uma negociação.

— E onde estou?

— Está em águas profundas, garoto. Além da baía e do domínio do seu reino. Distante do continente e do único aliado que a sua família tem.

Tal enrijeceu. Realmente viajaram tão longe? Há quanto tempo estivera inconsciente? Ele passou a língua pelos lábios secos.

— Por que você está me prendendo?

A pirata sorriu, dura e cruel.

— Por que mais eu teria um príncipe? — Ergueu as mãos. — Resgate. Assassinato. Guerra. — Seus olhos cinza brilharam. — Magia.

O rapaz não mordeu a isca. Permaneceu impassível.

— Bem — ele respondeu após um momento de silêncio —, qual deles?

Ela deu uma risadinha.

— Não é um assassinato, por enquanto, mas me teste, e pode ser.

— Seja o que for que você estiver recebendo, minha família vai igualar e pagar um pouco mais.

A moça bufou.

— Pequeno principezinho, se os rumores forem verdade, eu não o liberaria de volta para sua família nem por todo o ouro no continente e nas ilhas. E se não forem, bem, a pessoa que me contratou determinará o que fazer a seguir.

— E quem te contratou?

Ela estalou a língua.

— É ruim para os negócios revelar segredos.

A luz forte que entrava pelas janelas fez a cabeça de Tal latejar. Seu joelho estava quente e inchado e a mordida em seu braço sangrava lentamente. Teve que manter cada gota da sua força de vontade para não se precipitar para a garrafa de vinho balançando na beirada da mesa.

— Também é ruim para os negócios tratar mal seus prisioneiros políticos.

— E o que o príncipe exige?

— Água — ordenou, a palavra raspando fora de sua garganta. — Comida. Um banho. Roupas. Bandagens para as feridas.

A capitã gargalhou com as mãos na cintura e a cabeça jogada para trás. Avançou com a espada balançando a cada passo. Segurou o queixo de Tal com a mão, usando as unhas como garras cravadas na pele. Moveu a cabeça de um lado para o outro, estudando-o.

— Por que não usa sua magia e invoca água doce? Ou cura suas feridas? A lenda diz que o rei Lon sobreviveu a uma lança em sua garganta com o poder da magia. — Pressionou um dedo contra o ferimento na cabeça de Tal. — Isso deve ser fácil.

As chamas queimaram o garoto por dentro, ferozes e selvagens, transformando sua resolução em cinzas. Ele as apertou para baixo, as palmas das mãos suando com o esforço.

— Não possuo magia — rangeu. Ele se encolheu para longe dela, e desta vez caiu no convés, o joelho desabando. Engoliu um grito e fechou os olhos com força enquanto lacrimejavam. O tapete luxuoso na cabine abafou o baque e ele se afastou até que suas costas bateram na parede de madeira. Abriu os olhos para encontrar a capitã encarando-o com os braços cruzados e as sobrancelhas levantadas.

Ela se agachou na frente do rapaz, os cotovelos apoiados nos joelhos dobrados, a testa franzida de preocupação. As pontas dos dedos dela roçaram sua têmpora enquanto tirava o cabelo escuro e emaranhado dos seus olhos.

— Precisa fazer uma escolha, pequeno príncipe. Ou prova que os rumores são verdadeiros ou não. Mas não se engane; ambas as escolhas têm consequências.

Tal se firmou, então projetou o queixo. Mimado e arrogante, era isso que ele precisava exibir, e não o coração mole de que Garrett o provocava.

— Quanto tempo tenho até essa consequência?

— Até o casamento da sua irmã.

— É sobre a aliança, então. Garantir que falhe ou que aconteça. Qual dos dois?

Ela franziu os lábios.

— Ah, você é inteligente. Isso prova que um boato é falso.

Tal franziu a testa. O casamento de Isa era em menos de um mês. Ele precisava entrar em contato com sua família ou fugir o mais rápido possível.

— Suas ordens são para me matar?

— Hoje não — respondeu. Ela se levantou e ofereceu a mão. — Pode me chamar de Zeph. Sou a capitã deste navio e até que meu empregador me diga o que fazer estará seguro. Mas você não é um príncipe aqui. É um prisioneiro e uma boca extra para alimentar. Você trabalhará, como todo mundo.

O garoto aceitou a sua mão e ela o pôs de pé, mas não o soltou.

— E se não fizer isso?

— Homens que não se esforçam não estimulam a camaradagem. Você é um estranho aqui. Vai querer toda a gentileza que puder encontrar.

Soltando-o, ela voltou para a mesa e pegou a garrafa de vinho e uma taça. Serviu uma porção generosa e entregou a ele. As mãos de Tal tremiam quando agarrou o ouro aquecido pelo sol e o levou aos lábios, engolindo o vinho doce.

— Estará sob vigia, é claro. Os marinheiros podem ficar inquietos quando ancorados por muito tempo. Eles gostam de causar problemas, e você será um alvo fácil. E, embora não pareça tolo, até mesmo homens inteligentes ficaram tentados a escapar. Não há nada lá fora, apenas peixes e mitos. Espero que também não queira se tornar comida. — Ela agarrou o cabo ornamentado da sua espada, o delicado trabalho de metal da cruzeta deslocado contra seu traje simples; provavelmente roubado. A ação pretendia ser uma ameaça ou uma demonstração de força, mas o jovem não se intimidou, tendo crescido com Shay como sua sombra.

Enxugou a boca com a manga, ofegando de tanto beber e perdendo o fôlego.

— Não prometo nada.

— Eu não pensei que você faria. — Suspirou. — Temos uma curandeira que cuidará das feridas. Vou garantir que tenha água disponível em suas... acomodações, e você será alimentado na próxima refeição.

— Suponho que deveria ser grato.

— Você deveria — replicou, arrancando a taça da mão dele. Ela se afastou de Tal e acenou com a cabeça para a porta. — Rot!

A porta se abriu e o pirata entrou, um cantil pendurado no peito, segurando um pacote embrulhado em uma das mãos.

Ele o jogou para Tal, que o pegou com mãos desajeitadas. Desembrulhou o pacote e encontrou carne de porco salgada e biscoitos secos. Seu estômago roncou alto. Com uma ferocidade inadequada a um príncipe, o garoto dilacerou a comida. Dura como couro e densa de sal, era a melhor coisa que provava em anos.

Rot gargalhou.

— Leve-o e tenha seus ferimentos verificados. Em seguida, mande-o de volta ao porão. Amanhã começa o trabalho, principezinho.

Tal engoliu em seco e fez uma careta quando o pedaço de comida atingiu seu estômago vazio. A refeição ameaçou voltar, mas, antes que pudesse vomitar, Rot agarrou-o pelo braço e o arrastou dos aposentos da capitã.

— MORDA ISSO — A CURANDEIRA AVISOU, EMPURRANDO UMA TIRA DE COURO entre os dentes de Tal. Grunhiu em protesto, mas, antes que pudesse cuspir, ela abriu a rolha de uma garrafa de licor claro e derramou sobre o ferimento na cabeça dele. As lágrimas vieram rápidas e quentes, o álcool queimando a ferida aberta. Tal gritou, os olhos bem fechados, o couro caindo da boca para o seu colo.

— Ah, sim — ela se solidarizou, cutucando a pele machucada e rachada em seu couro cabeludo. — Isso tinha que doer. Vou ter que costurar. Eles cortaram você bem aberto, como um melão. — A mulher empurrou os dedos em seu braço. — É melhor também limpar isso. Mordidas de animais tendem a ficar ruins, sabe?

O rapaz se preparou e enfiou o couro de volta na boca bem rápido. A curandeira tomou um longo gole da bebida antes de virar a garrafa sobre a ferida.

Tal se encolheu, curvando a cabeça, as mãos cerradas com força no tecido da calça. Engolindo em seco, mordeu o couro.

Sentado em uma caixa no porão bem ao lado da jaula, Tal se curvou sobre os joelhos e encostou os dedos dos pés na madeira áspera. A camisa rasgada estava caída sobre o cano ao lado dele. O rapaz não estava amarrado, mas Rot ficou de vigia na base da escada. A curandeira, uma jovem chamada Poppy, passou a linha alegremente em uma agulha.

— Você é um príncipe, hein? Nunca conheci um membro da realeza antes. — Empurrou a cabeça dele para a frente. — Acho que o sangue rico sangra da mesma maneira. De qual reino você é? No continente, aposto.

— Ele é de Harth.

— Ah — Poppy disse. — O castelo à beira-mar, então. Você é aquele que pode se transformar em um pássaro?

Tal respirou pelo nariz enquanto Poppy beliscava sua pele. A laceração queimou e doeu. O estômago embrulhou. Estava com medo de responder, temendo perder o vinho e o peixe que havia comido poucos minutos antes.

— Não — Rot respondeu por ele.

— O comandante, então?

O pirata riu.

— Não, ele é o que fica escondido naquele castelo... Aquele com magia.

Poppy cantarolava conforme Tal ficava tenso e imóvel como uma estátua enquanto costurava. Os tendões em suas mãos e braços incharam e seu corpo tremia com a contenção.

— Não sabia que havia um terceiro de vocês. Magia, hein? Eu não pensava que havia sobrado nada disso no mundo além dos metamorfos. E até mesmo eles são raros.

O jovem esperou até que o trabalho dela se tornasse suportável, então tirou o couro da boca.

— Você conhece o gato? — Tal indagou com a voz ofegante e tensa. — O que me mordeu?

— Não — Poppy falou, apesar dos gestos de mão de Rot. — Nunca conheci um metamorfo, mas, se conhecesse, eu teria um monte de perguntas. Tipo, isso dói? E se você ficar grudado nisso? O que você vê e ouve? E se morrer?

O rapaz estremeceu enquanto cutucava de maneira descuidada, sem saber que tinha fornecido a informação. Então o gato não fazia parte da equipe regular. Talvez Poppy deixasse escapar outros detalhes.

— Posso responder às suas perguntas — confabulou Tal. — Se quiser. Meu irmão, o pássaro, me contou todas essas coisas.

O marinheiro cruzou o espaço.

— Não. Você não deve conversar com ele, Poppy. Apenas a capitã e eu. Ninguém mais.

Tal esticou o pescoço ligeiramente para ver a curandeira fazer beicinho, mas assentiu.

— Desculpe. Você o escutou. E não vou ser jogada nessas correntes por causa de um menino, mesmo que seja tão bonito quanto você. Posso ser capaz de nadar quando estivermos atracados mais perto da costa, mas aqui, nas águas profundas, não teria chance. Sabia que há uma corrente aqui perto que vai te arrastar direto para o fundo do mar, para as sereias?

— Não existem sereias — retrucou o príncipe com a garganta apertada.

— Isso mostra o que você sabe — bufou. — Existem tritões e sereias se escondendo. Algumas gerações atrás, eles vinham direto à superfície para brincar, mas agora permanecem nas profundezas.

— Você já conheceu alguma?

— Alguma o quê?

— Alguma sereia?

Poppy fez um barulho grosseiro com os lábios.

— Não. Elas não vêm à superfície. Seu bisavô cuidou disso. — A curandeira se dirigiu a Rot, apontando para o jovem e revirando os olhos. — Não é tão inteligente, não é? Aposto que nem sabe sobre a bruxa do mar. Que grande marinheiro é! Que bom que ele não foi feito para o trono, ou Harth teria mais problemas do que já tem.

Tal ignorou o golpe.

— Bruxa do mar? — questionou, empertigando-se da sua postura relaxada. — Você a conhece? — Athlen havia mencionado uma negociação com ela. Talvez ela ajudasse o garoto, se pedisse. Era uma aposta tola, mas ele não descartaria qualquer meio de fuga, não importava quão improvável fosse.

— É claro — zombou a curandeira. — Ela é apenas o ser mais poderoso do mar. Mais poderosa do que os príncipes da terra, até mesmo os magos.

Tal não mordeu a isca. Não era vaidoso o suficiente para discutir sobre quem era mais poderoso. Porém foi interessante. A bruxa do mar precisava ter alguma habilidade mágica para conceder pernas a Athlen. Ela e a maga que seu bisavô havia perseguido para o mar seriam a mesma pessoa?

— Você já a conheceu?

— Eu conhecerei um dia — Poppy afirmou com um aceno de cabeça firme, rasgando uma bandagem com os dentes. Envolveu o braço de Tal e amarrou-o com força. — Eu a chamarei quando precisar dela. Tudo bem, terminei. Mantenha-os limpos e ficará bem.

Rot revirou os olhos.

— Como você a chama?

— Achei que tivesse crescido perto da costa. Deveria saber dessas coisas.

Tal abriu a boca para retrucar, mas a fechou quando Rot ergueu um olhar penetrante. Exausto e dolorido, não lutou quando o pirata o puxou para cima e o empurrou de volta para a jaula. Ele deixou o cantil de água e Tal ficou grato. O rapaz afundou no chão e encostou-se na antepara de madeira enquanto os outros dois desapareciam escada acima. Tal vestiu a camisa e puxou as pernas contra o peito. Com a testa nos joelhos, fechou os olhos e agarrou o dente de tubarão escondido em seu bolso.

O PRIMEIRO DIA INTEIRO DE PRISÃO COMEÇOU COM ROT batendo nas ripas. Tal passou uma noite agitada tentando dormir no recinto apertado. Seu sono foi preenchido com preocupações e pesadelos. Foi um alívio para seus próprios pensamentos quando o pirata o tirou da prisão e o forçou a enfrentar o dia.

O desjejum no convés da tripulação foi com biscoitos secos e um gole de água, enquanto um grupo de marinheiros o observava com olhos penetrantes. Aguentou os olhares divertidos quando Rot o agarrou pela nuca como um cachorrinho desobediente e o conduziu até a proa dando-lhe ordens para esfregar o convés. O príncipe observava o nascer do sol de joelhos, esfregando um arenito no pavimento enquanto outros jogavam uma mistura de água fria do mar e areia na madeira. Levou horas para completar a tarefa, removendo os cristais de sal e alisando buracos na madeira e no alcatrão. Ao final, as mãos de Tal, cortadas, ardiam. As costas doíam. A calça estava rasgada na altura dos joelhos e a pele, rosada por causa do sol.

Enquanto isso, os marinheiros o insultavam e o desafiavam a usar magia para se salvar. Em determinado momento, um deles despejou um balde d'água sobre a sua cabeça, ele cuspiu e inalou bruscamente, engasgando e tossindo até conseguir rastejar para a proa do navio e vomitar pelo outro lado. O estômago retorceu, as costas se curvaram e os marinheiros riram.

Tal não desistiria. Sua magia aumentava e diminuía dentro de si como as ondas que balançavam o navio, mas ele não a liberaria. Embora queimasse por dentro como brasa quente, ele não daria a Zeph a satisfação ou a vantagem. Esse pedaço de si mesmo permaneceria seu.

Em vez disso, o jovem procurou um meio de escapar. Avistou dois botes fixos na popa, inúteis nas águas profundas, a menos que se soubesse em que direção remar. Procurou por uma fagulha de vermelho e dourado nas ondas e tentou não demonstrar decepção quando não viu uma cauda familiar. Prestava atenção na conversa dos marinheiros na esperança de obter alguma informação útil, mas eles apenas cantavam canções obscenas e falavam de mitos e conquistas. A tripulação era eclética, uma mistura de tons de pele, sotaques e gêneros; alguns, do próprio reino de Tal, o encaravam com expressões indecifráveis, enquanto outros, dos reinos que a família do rapaz havia destruído, o estudavam com olhos estreitados e ar de zombaria. Rot o manteve longe dos abertamente hostis, mas, até mesmo com seu olhar vigilante, o jovem sofreu um chute com bota nas costelas e um punhado de cuspe na bochecha.

Pendurado na amurada da popa, Tal cerrou os lábios e fechou os olhos, descansando a cabeça latejante na madeira lustrosa por um momento, respirando pesadamente pelo nariz. Sua mente vagou; esperava que o casamento de Isa e a aliança que ela havia trabalhado tanto para cultivar não fossem arruinados por seu desaparecimento. Dos cinco, Isa era a que tinha a mente mais política e a mais competente; não teve escrúpulos em usar beleza e astúcia para garantir o que o reino precisava. Cortejou Emerick com cartas de amor e presentes e garantiu a aliança, apesar da insistência da mãe, que não desejava que a filha tivesse um casamento político.

Mas Isa estava determinada a aumentar o apoio estrangeiro e proteger a fronteira oriental. Como se um compromisso vitalício com um estranho não fosse qualquer sacrifício.

Tal sentia falta da irmã mais velha desesperadamente e desejava que sua última interação com ela não tivesse sido com ele carrancudo enquanto ela segurava a mão do rapaz e o levava ao navio de Garrett para começar seu tour de maioridade.

— Ei — Rot chamou, interrompendo os pensamentos do garoto. — Sem descanso para príncipes magos. — Ele o tirou de seu estado de exaustão. — Para o esgoto do porão com você.

No interior do navio, agachado na água pegajosa, o rapaz bombeava a alça da bomba do porão — um dispositivo que o lembrava dos foles na lareira do grande salão. Ele dispersava a água que se acumulava nas entranhas do navio. Até os de guerra mais bem-feitos vazavam e exigiam que essa tarefa fosse feita todos os dias, mas, nesta embarcação, que rangia e gemia na menor das ondas, o porão tinha que ser esvaziado sem parar. Tal trabalhou por horas, até que seus braços gritaram em protesto e outro marinheiro o substituiu.

O jantar foi peixe fresco cozido em uma pequena fogueira. O garoto comeu sua parte, lambendo os dedos quando acabou, e bebeu a água que passaram para ele.

— A capitã quer te ver — Rot avisou, enquanto o rapaz cochilava em seu lugar no convés da tripulação.

Exausto, cambaleou e seguiu o pirata até os aposentos da capitã. A porta foi escancarada e o marinheiro não hesitou em entrar na sala da capitã. Tal o seguiu de cabeça baixa e ombros caídos.

Zeph estava sentada à sua mesa, cortando um grosso filé de peixe, uma taça cheia de vinho ao seu alcance.

— Deixe-nos — ordenou, sem olhar para cima. Apontou com a cabeça para uma cadeira à sua frente. — Sente-se.

O príncipe cambaleou e afundou lentamente nas almofadas, estremecendo quando suas juntas protestaram. Ele nunca havia se machucado assim antes — seu corpo inteiro estava sensível e ferido. Havia treinado com os cavaleiros do castelo, caído de cavalos, dançado por horas em bailes e corrido por jardins enquanto brincava com a irmã mais nova. Entretanto, nunca fora submetido a trabalho manual repetitivo como naquele dia.

— Por que não usou sua magia para completar as tarefas? — Zeph questionou com a boca cheia de comida. — Teria sido mais fácil.

— Não tenho magia.

— Que pena. — Ela bebeu um gole de vinho. — Isso tornaria sua vida melhor aqui. O que resta dela.

— Qual reino não quer a aliança entre Harth e Ossétia? Quem arriscaria me sequestrar?

— O que te faz pensar que esse é o motivo?

— Foi você quem mencionou o casamento.

Zeph deu de ombros.

— Talvez seja para garantir que a aliança vá adiante. Ou talvez seja para ver com o que estamos lidando: outro homem louco como o rei Lon, ou o príncipe molenga e doente que sua rainha-mãe empurrou para o resto do mundo. — Ela apontou o garfo para ele, jogando pedaços de peixe na mesa. — Talvez seja para manter sua magia perigosa longe de Emerick para que ele não descubra e dissolva o contrato. É por isso que sua família o mandou embora antes que sua comitiva chegasse, não é?

O rapaz estreitou os olhos.

— É a minha viagem de maioridade no reino. É a tradição da nossa família.

— Conveniente que o casamento tenha sido planejado para a mesma época.

Tal não havia pensado nisso dessa maneira. Sua família havia programado assim? Certificaram-se de que ele não estaria por perto para pôr em risco a aliança? Não, não, eles não fariam isso. O garoto tinha que manter sua fé. Estava exausto, física e mentalmente, e Zeph queria manipulá-lo. Cavar brechas em sua confiança e fazê-lo questionar sua família seria uma maneira fácil de quebrá-lo.

— O que tenho que fazer para voltar para casa?

Zeph sorriu, entrelaçando os dedos.

— Eu já disse: tudo depende de você. Mostre-nos sua magia e avisarei ao meu empregador, então ele determinará o que acontece a seguir. Resista e ficará aqui, trabalhando, até que sua família o resgate ou você morra. — A rolha estourou quando ela a tirou da garrafa e se serviu de outra taça. — Isso não faz diferença para mim. Sou paga de qualquer maneira.

— Quando minha família vier, eles vão te matar.

— Podem tentar, mas farei um acordo. Sempre faço. — Ela voltou para o jantar. — Tenha uma boa-noite, principezinho. Descanse bem. Você tem outro dia de trabalho amanhã.

Tal ficou de pé com as pernas trêmulas e saiu para o convés. Obediente, ele seguiu Rot até o porão e para dentro da gaiola de aço, de cabeça baixa. As feridas coçavam e o corpo tremia, mas ficou em pé até que o pirata subisse a escada para os alojamentos da tripulação.

Depois que se foi, Tal cedeu ao desespero que o assombrava. Desabou no chão e permitiu que as lágrimas que ameaçaram brotar o dia todo caíssem. Enquanto se encolhia e chorava, sentiu todas as novas feridas físicas que havia acumulado, desde as costas doloridas e a pele queimada pelo sol até os nós dos dedos arranhados e os joelhos latejantes. A mente se encheu com as zombarias e os escárnios da tripulação e com as perguntas de Zeph sobre a sua família.

Estariam procurando por ele? Ou seria melhor assim? Não estava lá para arriscar ou estragar tudo. Eles não teriam que continuar a mentir por ele.

Nunca deveria ter saído de casa. Deveria ter ficado com Garrett e Shay na taverna. Deveria ter lutado mais na praia, usado sua magia e escapado. Ele deveria ter se despedido das irmãs e irmãos, ter beijado Athlen na caverna.

Fungando no chão no escuro, o mago virou a cabeça para o lado e parou. Com os olhos no nível do chão, viu algo preso embaixo de um caixote. Apertando os olhos, arrastou os pés em direção às ripas de metal. Era um pergaminho? Seguro de que estava sozinho, abriu cuidadosamente a palma da mão. Uma chama apareceu, lançando luz e sombras enquanto dançava sobre sua pele.

Chegando mais perto, pôde ver que não era um pergaminho, mas um tecido. Um pedaço de pano de vela de navio havia sido colocado debaixo de uma caixa. Estava muito danificado, mas conseguiria usá-lo. Ele poderia enviar uma mensagem para sua família!

Fechando o punho, extinguiu a luz. Estendeu a mão através das barras, o ombro pressionado com força contra as ripas de aço. Cerrou os dentes quando seus músculos se esticaram e doeram, mas seus dedos não alcançaram, nem mesmo chegaram perto. Lágrimas de frustração saíram de seus olhos, derramando-se em suas bochechas já úmidas.

Respirou fundo. Poderia fazer isso. Ele *tinha* que fazer isso.

Dentro de si mesmo, Tal encontrou sua magia. Normalmente, isso vinha a ele na forma de fogo, mas desta vez implorou por força de vontade. Ele se concentrou no poder e agarrou-o, desejando que o pano viesse até ele.

— Por favor — sussurrou. — Por favor. Por favor. *Por favor.*

A sucata estremeceu.

Soltando uma risada ofegante, concentrou-se, juntando as sobrancelhas, o rosto vermelho pelo esforço, e *desejou* que o pano viesse até sua mão. Saiu debaixo da caixa e, em uma rajada de vento, bateu na palma da mão do garoto.

Ele puxou por meio das barras e apertou-a contra o peito. Tonto de esperança, Tal sorriu.

Abrindo o pano no chão da cela, o rapaz agarrou o dente do tubarão em seu bolso. A borda serrilhada serviria de ponta fina, mas precisava de tinta.

Engolindo em seco, olhou para as mãos machucadas. Mais um ferimento não faria diferença. Espetou a ponta do dedo com o dente de tubarão. Uma gota de sangue jorrou e, usando a ponta do dente como uma pena rudimentar, ele a pressionou contra o pano e escreveu:

Sequestrado. Águas profundas. Correntes fortes.

Depois das primeiras letras, o príncipe apertou o dedo mais uma vez e, após mais algumas palavras, espetou a ponta de outro.

Continuem com o casamento.

Não era muito, mas poderia dar à família um ponto de partida.

Colocou a mão sobre a mensagem e se concentrou. Invocou sua magia e as letras queimaram como brasa. Ele murmurou o encantamento e lentamente as palavras foram sumindo até que tudo o que restou foi o tecido de vela e o dente ensanguentado.

O feito era pequeno e a mensagem vaga, mas o rapaz apertou o dente na mão, esperando uma chama tremeluzente no estômago. Alguém o encontraria — Athlen, Garrett, Kest ou Isa.

Exausto, fechou os olhos e caiu em um sono sem sonhos.

O DIA SEGUINTE FOI QUASE IGUAL AO ANTERIOR E, EM SUA BREVE PAUSA NO TRAbalho árduo, Tal observou por cima da amurada do navio e desejou por um vislumbre da cauda do tritão. Manteve os olhos e ouvidos abertos para mais informações, mas a tripulação estava calada e a água se estendia até onde poderia ver.

Depois do jantar, Zeph o chamou para seus aposentos e o provocou com descanso se ele apenas usasse magia. Tentou dar uma olhada nos mapas espalhados na mesa, mas ela era mais experiente e bloqueou sua visão.

— Eles não estão vindo atrás de você — declarou a capitã, girando o vinho em sua taça. — O que se diz é que pararam de procurar e consideraram você morto.

O jovem mordeu o lábio. Não era verdade. Não era verdade. Não era verdade. Sua mãe não permitiria que parassem de procurar.

Naquela noite, pegou o pedaço da vela. Sem ninguém por perto, tocou a ponta do dedo no alcatrão entre as tábuas e o aqueceu até borbulhar. Mergulhou o dente no líquido viscoso e o arrastou pelo tecido. Por um momento, ele se imaginou ateando fogo no navio, escapando em um dos botes e remando para longe. Mas seu corpo estava fraco, ele não tinha suprimentos e nenhuma pista de onde estava. Não duraria muito. Passou a língua pelos lábios rachados. Ele poderia suportar. Aguentaria até que Garrett e Shay o encontrassem.

Mesmo lugar. Cpt Zeph. Gato metamorfo

Tal fez uma pausa, respirando com dificuldade, antes de acrescentar: *Ferido.*

Os dias transformaram-se em noites e o tempo passou em um ciclo de trabalho e sono. Tal não reuniu nenhuma informação nova. Ele se curvava no porão e bombeava a alavanca até os músculos dos braços se contraírem e queimarem. Trabalhava no convés, esfregando a madeira ou enrolando a corda, até que sua pele queimava e descascava e suas mãos escorriam com bolhas e sangue. Ele resistia às declarações ousadas de Zeph de que a família não procurava mais por ele e havia desistido. Os dias voaram, assim como o tempo antes do casamento da irmã. Seu corpo e sua determinação murcharam lentamente, e a chama da esperança que mantinha diminuía a cada dia.

Toda noite enviava uma mensagem que não sabia se sua família receberia. Como não tinha nenhuma informação nova para compartilhar, as mensagens apenas serviram para assegurar à família de que estava vivo e implorar para que continuassem procurando por ele. Então dormia pesado. Algumas noites não sonhava. Outras, sonhava com Athlen, com a comoção de magia e intimidade que compartilharam na caverna. Sonhou com sua irmã Corrie incitando-o a brincar com ela e suas bonecas, com Kest voando para salvá-lo, com a risada de Garrett e os olhos gentis de Isa, e a expressão severa de Shay quando se livrou dela na cidade portuária. Quando acordava e os sonhos se dissipavam na poeira e no ar fechado do porão, o coração do garoto afundava enquanto o desespero voltava.

Não sabia que dia era quando Poppy o acordou bem antes do amanhecer com um toque em seu rosto através das grades.

— Príncipe — sussurrou.

Tal se agitou, os olhos se abrindo em fendas embaçadas. Ela sorriu e deslizou um cantil pelas ripas. Confuso e exausto, o rapaz se levantou. Abriu a tampa e cuidadosamente levou à boca. Molhou os lábios primeiro, depois engoliu a água fria, acalmando sua garganta ferida e a pele rachada ao redor da boca.

— Onde está Rot? — perguntou em uma censura sonolenta.

— Dormindo. Ficaria chateado se soubesse que estou aqui. — Apontou para a água. — Beba mais. Você precisa disso.

Tal não a questionou e sorveu mais água até que encheu a barriga vazia. Respirou fundo, então derramou o resto sobre o rosto febril, riachos cortando linhas através da sujeira.

— Por que você está aqui?

Ela fechou a cara.

— Não gosto do que estão fazendo com você. — Ela desviou o olhar, as sombras obscurecendo seu rosto. — Lamento que sua família não esteja vindo atrás de você.

O garoto passou a manga esfarrapada pela testa e não respondeu.

— Eles querem quebrar você. Dizem que é perigoso e tem esse poder que pode enviar todos os reinos de volta à guerra. — Ela balançou a cabeça, os cachos castanho-claros saltando sobre as maçãs do rosto. — Mas você não parece perigoso, e continua aceitando o castigo que lhe dão.

— Não sou perigoso.

— Não pensei que fosse. — Ela cobriu a mão dele com a sua, a pele seca e fria. — Você é bonito e mimado, mas resiliente. Você é o tipo de nobre que os contos de fadas descrevem.

Enevoado de exaustão, o rapaz encarou por muito tempo onde ela tocava sua mão, trazendo à tona a memória da última pessoa que ousara estar tão familiarizada com ele: Athlen, que confessou seus segredos e solidão a Tal sem nenhuma intenção, que ouviu abertamente seus fardos em vez de o pressionar a revelar seus segredos para seus próprios objetivos.

O príncipe puxou a mão de Poppy e a colocou perto do peito, o toque dela parecendo uma traição àquela memória.

— Não sou perigoso — repetiu.

— Mas você tem? — Ela o encarou com um olhar pensativo. — Você tem magia?

Apesar da água, a língua de Tal estava grossa e pesada em sua boca.

— O que isso importa?

As sobrancelhas de Poppy se ergueram.

— Porque se tem, mostre a eles! O trabalho e os insultos vão parar!

— E se eu não tiver?

Ela se inclinou e colocou as mãos ao redor das barras.

— Você tem?

Tal riu, o som áspero e seco. Ele tinha. Ele *tinha*. Poderia queimar o navio ao redor deles e enviá-los para as profundezas. Ferveria o mar. Envolveria a capitã Zeph em correntes de fogo e a provocaria como o provocou. Poderia explodir a fechadura e sair valsando da jaula para o convés. Mas era isso que eles *queriam*. O jovem poderia ter um coração tão mole quanto seus irmãos afirmavam, mas era teimoso. Balançou a cabeça.

— Não.

O rosto dela se fechou.

— Gostaria de ver magia — sussurrou. — Como nas histórias dos grandes magos, dos unicórnios e dos sereianos. Minha avó costumava me contar sobre nadar com eles nas ondas quando era menina. — A curandeira se inclinou mais perto, como se estivesse contando um segredo. — Às vezes sonho em mergulhar nas profundezas e ficar lá, esperando por eles e morando no mar.

— Você se afogaria.

— Não. — Balançou a cabeça e ajoelhou-se. — Eu faria uma barganha com a bruxa.

— E o que teria a oferecer a uma bruxa poderosa?

A moça torceu o nariz.

— Minha servidão, é claro. Eu lhe prometeria minha vida se me deixasse viver no mar com ela.

O príncipe suspirou. Isso realmente não parecia terrível. Ele não se importaria de viver no fundo do oceano com Athlen se isso significasse escapar. *Athlen*. Sentia falta dele.

— Conte-me mais sobre os sereianos.

— Já contei o que sei das histórias. Eles se esconderam quando a terra queimou porque sabiam que seriam os próximos. Ficam abaixo das ondas agora, para nunca mais emergir e serem roubados por causa de sua magia. Eu compartilhei sobre a magia do mar; conte-me sobre o seu fogo.

Tal pressionou os lábios.

Ela suspirou.

— Deve ser terrível carregar esse segredo. Não poder contar a ninguém sobre o que pode fazer.

— Eu sei o que está fazendo.

A moça franziu a testa, confusa.

— O que quer dizer?

— A água e as promessas. — O garoto gesticulou. — Você veio a mim como uma amiga, alguém em quem confiar, e, quando baixar minha guarda, correrá para Zeph como uma heroína. Isso é um ato. Você é parte disso.

— Você está fora de si. — Puxou um pacote embrulhado de seu bolso e deslizou em direção a ele. — Aqui. Deve estar com fome para estar delirando. Peguei nos depósitos quando ninguém estava olhando.

Os pedacinhos de carne vermelha dura tinham um cheiro horrível, mas Tal os enfiou na boca mesmo assim, mal sentindo o gosto do sal e do músculo antes de engoli-los. Rasparam sua garganta enquanto engolia, então caíram pesadamente no estômago.

Poppy olhou para ele.

— Não quero ver você morrer, mas é isso que vai acontecer. Você não está comendo nem bebendo o suficiente. Suas feridas não estão sarando. Elas vão piorar.

— Se está tão preocupada comigo, diga-me onde estamos.

A moça torceu o nariz.

— Não posso fazer isso.

— Por que não? — Tal esfregou os olhos com a mão, retirando a areia. Ele se animou, o sono se dissipando com a comida e a água extras, e com a maneira como a curandeira o encarava com olhos azuis arregalados.

— Eu não posso trair Zeph. Ela é minha capitã. Minha família.

— Família? — bufou Tal. — Ela é uma tirana.

— Ela me *salvou*. — Poppy bateu com a mão nas barras. — Ela é justa e boa para a tripulação, e isso é tudo o que importa. Que se danem as opiniões de príncipes.

— Então por que sonha com o fundo do mar?

Isso paralisou Poppy. Ela estreitou os olhos.

— É por isso que Rot não queria que conversasse com você. — Ela balançou o dedo. — Está tentando me enganar.

— Por favor — pediu o rapaz com a voz embargada —, diga-me onde estamos.

— Como isso vai te ajudar? Como saber onde estamos ancorados os impedirá de fazê-lo trabalhar até a morte?

— Não sou mago — Tal declarou. Negar a verdade *doeu*, mas ele seguiu em frente. — Sou o quarto filho da rainha Carys, de Harth, e não sou uma ameaça como os rumores fazem todo mundo acreditar. Não sou o herdeiro do trono. Não sou forte ou inteligente como meus irmãos. Não sou astuto ou bonito como minhas irmãs. Eu sou *nada*.

Poppy suspirou. Abaixou a cabeça.

— Você ainda é um príncipe. Ainda vale mais do que minha vida jamais valerá.

— Isso não é verdade. Todo mundo vale a pena. — O jovem nobre fechou os olhos e recostou-se na antepara. — Só desejo ir para casa. Mas, se não puder, gostaria de pelo menos saber onde estou quando morrer.

— Estamos no Mar de Morreline.

A garganta de Tal travou. Abriu os olhos para encará-la.

— O quê? Tem certeza?

— É claro que tenho. Navego nessas águas toda a minha vida. — Ela inclinou a cabeça. — Agora me diga que tem magia. Mostre-me. Quero ver.

Tal gargalhou.

— Se tivesse magia, você não acha que já a teria usado?

— Acho que não é um mentiroso tão bom quanto pensa que é. — Ela ficou de pé. — Mas Zeph estava errada. Pensou que se você não quebrasse com as exigências físicas, poderia desmoronar em uma demonstração de bondade. — Poppy chutou a cela. — Talvez não tenha sido gentil o suficiente, ou você seja muito inteligente para o seu próprio bem. — A moça deu as costas para ele e caminhou até a escada. — Espero que sua morte seja rápida.

Depois que ela saiu, o rapaz se moveu para pegar o pano e o dente. Não tinha muito tempo, mas rabiscou "Mar de Morreline" no pedaço de vela e passou a mão sobre as palavras. Com um encantamento murmurado, elas se iluminaram em ouro e depois desapareceram.

O príncipe fechou os olhos e desabou. O Mar de Morreline de fato era em águas profundas, além da baía que cercava a fronteira sul do seu reino. Mas não era grande, nem desabitado. Várias nações insulares chamam esse mar de lar. Para Tal não ser capaz de ver terra em nenhum canto, significava que deveriam estar bem no meio.

O rapaz encostou a ponta do dente na vela para adicionar detalhes, mas o som dos passos de Rot na escada o interrompeu. Depois de colocar o dente no bolso e enfiar o pano em um pequeno espaço entre a madeira e a jaula de metal, ficou parado e esperou.

Ele cruzou os braços sobre o peito e controlou sua expressão enquanto a esperança reacendia em seu peito. Eles o achariam. Sua família o encontraria, e, até lá, suportaria qualquer coisa que Zeph e a tripulação lhe causassem.

Em seguida, garantiria que Garrett e Shay lhes pagassem na mesma moeda.

DUAS NOITES DEPOIS, TAL SE REVIROU NA PEQUENA ÁREA DA CELA. HAVIA ENFIM caído em um leve cochilo, apenas para ser acordado por um som que não era o balanço suave do navio, o rangido das tábuas de madeira ou o barulho da bomba de esgoto. Não, isso era algo dos seus sonhos de casa, do castelo.

O garoto sorriu preguiçosamente quando ouviu, de novo, um leve trinado, seguido por um arrepio de penas. Ele se mexeu e olhou na escuridão. Contorcendo-se, colocou as mãos ao redor das ripas, o metal pressionando suas palmas esfoladas, e viu um pássaro. Com um bico em forma de gancho e garras afiadas, o pássaro afofou suas penas marrons e virou a cabeça.

Tal tapou a boca com a mão, abafando o suspiro de alegria, avistando os olhos negros orlados de ouro.

— Kest — sussurrou. A esperança crepitou em seu peito. — Kest, é você?

O pássaro pulou mais perto batendo o bico, as penas estufando de surpresa. Em um momento era um pássaro e, no seguinte, com um estalo de magia e uma transformação de músculos e ossos, Kest se manifestou em sua forma humana. Ele se ajoelhou nas barras com movimentos cautelosos.

— Tally?

Na luz fraca, não tinha certeza de que não era outro sonho, mas uma visão estimulada por seu cansaço. A visão abriu um sorriso e Tal se lançou sobre o irmão. Kest retribuiu o gesto, alcançando-o através da madeira e do metal e agarrando o irmão em um abraço estranho.

— Tally — respirou fundo. — Você está vivo.

— É você? — engasgou o mais novo com as palavras. — Você é real?

— Sim, sou eu.

O rapaz soluçou e se arrastou mais para perto, agarrando os antebraços de Kest com força. O cabelo comprido do irmão fez cócegas na bochecha de Tal, e o pequeno e familiar detalhe quebrou a angústia que até então represava dentro dele. O alívio inundou seu corpo e sua alma. No entanto, tudo estava tingido de medo. Seu irmão estava vulnerável, nu e desarmado. Poderia facilmente ser capturado, mas estava ali, em carne e osso.

— Shhh — acalmou Kest. — Estou aqui. Estou aqui. — Passou a mão trêmula pelo cabelo do garoto. — O navio de Garrett está no horizonte. Estará aqui ao nascer do sol.

Lágrimas escorreram pelo rosto de Tal, deslizando pelo queixo e salpicando a pele nua do metamorfo.

— Vocês têm recebido as minhas mensagens?

— Sim — respondeu. — O que eles fizeram com você? — ele perguntou baixinho, inspecionando o irmão sério. — Pode correr?

Tal assentiu freneticamente.

— Sim. Posso quebrar a fechadura e podemos ir. Eles têm escaleres na popa. Nós remaremos.

Kest se levantou, carrancudo.

— Há marinheiros no convés.

— Vou matá-los — Tal retrucou em um acesso de desespero, endireitando-se com as pernas trêmulas. Ele ignorou o olhar de surpresa de Kest, sua boca aberta e seus olhos arregalados. — Vou usar magia e vamos escapar e...

Passos interromperam o jovem. Eles ecoaram no alto, movendo-se em direção à escada que levava ao porão.

O mais velho se virou.

— Alguém está vindo.

— Não...

— Garrett está por perto, e agora que sabemos sua localização exata, estará aqui em breve. Aguente por mais algumas horas, Tally.

O olhar do jovem príncipe disparou para a escada, depois de volta para o irmão. O estômago afundou.

— Não me deixe. — Kest recuou e Tal jogou o corpo contra as barras, machucando o peito e o torso, a mão estendida, as pontas dos dedos roçando a pele do mais velho. — Não me deixe. Por favor, Kest. — Sua voz falhou. — Por favor.

— Estarei de volta ao amanhecer com Shay e Garrett. Eu prometo a você.

O desespero fechou a garganta de Tal. Sua respiração engatou em suspiros e soluços dolorosos enquanto lágrimas escorriam dos seus olhos. Ele estremeceu, agarrando-se às barras para se manter de pé.

Os passos pararam no topo da escada. A madeira rangeu e um par de pés apareceu no degrau superior.

— Não posso ser visto. Eu *prometo* a você, Tally.

Em um piscar de olhos, Kest se transformou. O pássaro levantou voo, asas estendidas, penas brilhando na luz fraca do luar. O marinheiro na escada se assustou e praguejou quando o metamorfo disparou pelo poço até o convés acima. Com um grito curto, mas agudo, seu irmão desapareceu da vista.

Tal caiu no chão, as pernas desmoronando sob ele. Enterrou o rosto nos joelhos. Seu irmão o havia deixado. Seu irmão o havia *deixado* trancado em uma cela de um navio inimigo, ferido, febril e chorando.

Zeph queria quebrá-lo. Tentou punir o corpo dele. Fez provocações e incitações. Ele resistiu, manteve sua magia perto do peito e mentiu e mentiu, agarrando-se à esperança de ser resgatado por sua família ou por Athlen. Suportou por dias; no entanto, por mais inadvertido que fosse Kest aparecer para, em seguida, deixá-lo para trás, foi muito mais cruel do que qualquer coisa que a capitã havia feito.

O rapaz se encolheu e sua alma doeu com a traição. Naquele momento, se a pirata pedisse para confessar, o príncipe não tinha certeza se recusaria.

ZEPH ESTAVA AO LADO DE TAL ENQUANTO SE AJOELHAVA NO convés perto da popa, com arenito nas mãos maltratadas, lama de areia e água se espalhando diante dele. As botas da capitã haviam sido polidas e seus botões brilhavam. Os curtos cachos do cabelo estavam despenteados pelo vento e o sol cintilava ao longo da fileira de brincos de ouro na orelha.

— Rot contou que havia um pássaro no porão. — A moça ergueu uma sobrancelha. — Era seu irmão?

O garoto havia acordado naquela manhã com as bochechas manchadas de lágrimas e uma vaga lembrança de Kest abraçando-o através das grades antes de voar para longe. Febril e exausto, não conseguia confiar em si mesmo. Não teria sido a primeira vez que havia sonhado com resgate.

— Não — respondeu.

Ela inclinou os quadris e se apoiou no corrimão.

— Você achou que era?

— Por um momento — Tal confirmou.

A pirata estalou a língua.

— Eu falei que eles não viriam. Ninguém sabe onde está. E sua família está envolvida em uma dança política sem espaço para príncipes magos perdidos.

O rapaz não respondeu.

O sol ainda não havia nascido no horizonte, mas o céu estava consideravelmente mais claro. O navio balançava violentamente, os mares mais agitados que eles experimentavam até então. Um grande respingo fez Tal olhar para a água, prendendo a respiração quando avistou um lampejo de escamas vermelhas e douradas. Balançou a cabeça. Primeiro imaginara Kest no porão, e agora um fantasma de Athlen.

Uma risada histérica borbulhou da garganta.

— O que é tão engraçado? — Zeph perguntou.

O garoto esticou o pescoço e encontrou seu olhar duro. Passou a língua pelos lábios secos. Talvez mostrasse a ela. Deveria queimar o navio, condenando todos eles às profundezas.

— Navios! — o marinheiro do cesto da gávea berrou, apontando para a proa. — Três deles no horizonte. Vindo para cá em grande velocidade.

O rapaz girou a cabeça para seguir a linha de visão.

— Qual bandeira? — Zeph gritou de sua posição na popa. — Amigáveis?

O vigia ergueu a luneta. — De Harth.

Garrett? Aquilo... não foi um sonho.

— Levantem a âncora — a capitã ordenou. — Soltem as velas. Vamos fugir.

Não! Tal ficou em pé e correu em direção à proa, esquivando-se dos braços estendidos da tripulação.

— Segurem ele! — a pirata ordenou. — Não deixem que escape!

O rapaz chegou à proa ileso e jogou uma perna por cima da amurada antes de ser agarrado e puxado. Ele lutou e gritou, determinado a se libertar, chutando e mordendo enquanto o arrastavam para o porão.

— Capitã, estão mudando o curso.

O coração de Tal saltou para a garganta. Por quê? Por que virariam? Eles o deixariam de novo?

— Não importa. Estão perto demais para ficarmos confortáveis. Mudaremos para o próximo local.

Zeph agarrou as lapelas da camisa do jovem príncipe e puxou-o na direção dela. — Calma, garoto. Está fazendo uma cena.

Tal envolveu os pulsos dela com as mãos.

— Deixe-me ir — implorou. — Por favor, deixe-me voltar para minha família. Não fiz nada. Fiz o que pediu. Não sou mago. Não sou mago. — Engasgou com um grito desesperado. — Eu não sou mago.

As feições da pirata suavizaram.

— Ah, pobre principezinho. Mago ou não, nunca voltaria vivo.

— O quê? — Lágrimas quentes e frescas correram pelo rosto de Tal, as palavras soando como um soco no estômago.

Ela balançou a cabeça, a boca rosa virada para baixo.

— Se fosse um mago, deveríamos entregá-lo a Ossétia para usar como uma arma em nome do príncipe Emerick. Mas você não é. Eu acredito nisso agora. Assim, nossas ordens mudaram. Devemos matá-lo e incriminar Mysten. Eles protestaram contra a aliança por meses. Sua morte forçará sua mãe à guerra e resolverá a disputa sobre as minas da fronteira.

A boca do rapaz se moveu inutilmente; nenhum som saiu, exceto o estalar de seus lábios quando o significado da revelação de Zeph o atingiu.

— Eu… Eu…

Se morresse, a família ainda estaria em perigo, manipulada para uma guerra da qual não precisavam. Durante toda a sua vida escondera sua magia — sob guarda e ameaça. Negara seu verdadeiro eu, esmagara suas chamas, sufocando-as até *doer*, até que a fumaça entrara em sua garganta e a língua queimara com as cinzas, tudo em nome da proteção da sua família. E tinha sido por *nada*.

A capitã acariciou sua bochecha.

— Shhh — ela falou. — Está tudo bem, principezinho. Vou garantir que sua morte seja rápida quando chegar a hora.

Tal engasgou e se encolheu.

— Eu não… — Fez uma pausa enquanto o entendimento o atingia. Precisava viver, e para isso necessitava da magia. Não precisava esconder nesse momento. Ela ferveu dentro dele, faiscando em uma chama, então se elevando como no inferno.

— Será uma perda para sua família, mas é o quarto na linha. O reino continuará e sua morte será o motivo. Pense nisto: uma forte aliança para sua família e prosperidade por meio de guerra e conflito.

O mago esfregou os olhos com a manga da camisa. A fumaça envolveu-o com a crescente luz. Brasas cintilaram nas pontas dos dedos.

— É uma coisa boa.

— Sim — Zeph concordou com um aceno de cabeça forte. — É uma coisa boa.

— Não. — Tal deu um passo para trás e ela permitiu. Foi um erro. — Não, quis dizer, é uma coisa boa, então — continuou, trincando seu olhar nela —, que tenha magia.

Ela empalideceu.

Tal estendeu a mão para o céu. A magia explodiu, crua e descontrolada, enquanto desencadeava uma coluna de fogo. Ele derramou seu espírito nela, desejando que crescesse, mais quente do que o sol nascente e mais brilhante do que a lua vigilante. A chama rasgou o ar, um farol para os navios de seu irmão. A intensidade do seu fogo inato cortou o céu do amanhecer como uma espada flamejante, um sinal luminoso proclamando a prova de vida e magia. Em sua despreocupação, chamuscou o mastro e incendiou as velas.

A lona pegou fogo e as chamas lamberam as vigas. A madeira chiou e estourou. Brasas caíram sobre eles enquanto o rapaz se esquivava do alcance de Zeph e escalava para a popa, em direção aos botes, com a intenção de escapar depois da sua exibição.

— Parem ele!

Uma faca passou zunindo por sua orelha e se cravou em uma viga à frente. Ele derrapou até parar quando uma linha de tripulantes bloqueou seu caminho com armas em punho. Ele se virou e, mesmo enquanto o navio continuava a arder, a capitã o perseguiu.

— Deixe-me ir! — Tal gritou acima dos sons dos mares tumultuosos e do rangido de madeira pegando fogo. — Eu não quero te machucar!

— Não vai sair daqui vivo. O mundo vai me agradecer por isso!

Cercado e sem tempo, o rapaz passou a língua pelos lábios rachados. Nunca quis machucar ninguém, mas não tinha escolha. Disparou uma rajada nos homens mais próximos, espalhando-os como cinzas, então canalizou as labaredas para o convés, persuadindo e empurrando o fogo para onde desejava até que todo o navio queimasse, enegrecesse e se retorcesse com o calor. A fumaça subia em uma massa ondulante, varrendo da popa à proa, obscurecendo os marinheiros e o equipamento da vista. O calor borbulhava sob os pés do príncipe enquanto madeiras e pranchas estalavam e rebentavam. Suor gotejava ao longo do couro cabeludo e rolava pela espinha em riachos, enquanto todos os segredos e preocupações que conteve por tanto tempo eram arrancados dele em uma torrente.

Conseguiria escapar. Ninguém o impediria. Ninguém poderia. Porém, quando o fogo brilhou na frente dele, selvagem e bruto, o mesmo aconteceu com as memórias das últimas semanas, as provocações, a tortura, as manipulações cruéis. Tal optou por se apoiar em seu poder, em sua raiva, e queimar o navio até as cinzas, não restando nada daqueles que o haviam deixado desamparado e com medo. Estava cansado de ser ferido, de ser usado. Era sua vez de arrancar o controle de sua vida dos caprichos e das maquinações de outros. Era seu momento de virar a maré a seu favor. O navio balançou e a madeira rangeu e estilhaçou. Cordas caíram e as cinzas giraram enquanto o rapaz fazia chover destruição. Ele inclinou a cabeça para trás e respirou o ar quente, quente. Seu corpo tremia de adrenalina e alegria, todas as feridas foram esquecidas, e sua garganta seca estava em carne viva por causa do grito catártico.

Se fosse morrer, levaria Zeph e sua tripulação com ele em um espetáculo cruel de poder, luz e chamas.

Tal respirou fundo, controlou o fogo que crescia dentro dele e cerrou as mãos para examinar o caos que havia causado. Os marinheiros que conseguia ver através da fumaça espessa corriam pelo convés como formigas, tentando apagar o fogo, enquanto outros fugiam nos botes, pulando do navio para o alívio do mar. Vigas incineradas racharam e caíram, rompendo o convés e a amurada. O navio balançou ao se encher de água.

A capitã o encarou com a boca aberta de surpresa e horror, até que seus lábios se curvaram em nojo.

Então era assim que era ser temido. As pessoas que ouviram os rumores sempre suspeitaram do rapaz, desconfiadas das possibilidades do seu sangue, mas nunca se acovardaram diante dele. Elas nunca gritaram em pânico e correram para longe como faziam nesse momento. A pulsação de poder era inebriante, quente e satisfatória, combinando com seu batimento cardíaco acelerado. Intoxicado, finalmente entendeu o apelo. Nunca se sentiu tão próximo de seu bisavô, com as brasas tremulando no vento quente e o terror tomando conta da mente daqueles que o machucaram. Ele não estava mais impotente e fraco. Estava no controle.

Um golpe duro por trás o fez estatelar-se no convés. A bochecha raspou ao longo da textura quando um joelho pressionou sua coluna. A bota brilhante de Zeph pisou em sua nuca.

A voz de Rot era áspera em seu ouvido.

— O que você fez, filhotinho?

O rapaz lutou e engasgou quando o pirata torceu suas mãos nas costas.

— Minha família está vindo.

— Pena que estará morto antes que cheguem aqui. — A capitã pressionou com mais força e o rapaz sufocou, o pomo da sua garganta empurrado contra a madeira. — Prenda-o com ferros. Tenha cuidado com as mãos dele.

Tal invocou sua magia e acendeu as palmas das mãos, fazendo Rot praguejar, mas anéis de ferro cercaram seus pulsos. Zeph o soltou e o empurrou de costas com a ponta da bota. Ela se inclinou e zombou.

— O que esperava conseguir? Ainda vai morrer.

— Sim — retrucou com a voz tensa. — Mas você também vai.

Com as feições retorcidas de fúria, a mulher o pôs de pé e o jogou com força contra a amurada.

O navio queimou, tombando para o lado. Os marinheiros subiram ao longo do convés, jogando baldes de água no fogo, sem sucesso. Três navios de guerra se aproximaram, hasteando bandeiras com o emblema da casa de Tal, derrapando na água com as velas cheias de vento e vingança.

O peito do príncipe pesou.

A capitã agarrou o queixo, as unhas cravando na carne. Ela o puxou para perto. Os olhos cinza brilharam.

— Eu mesma vou te matar. — A moça o soltou e desembainhou a espada, pressionando a ponta em seu peito. Ele se preparou para a dor e esperava que sua família encontrasse seu corpo em meio aos destroços.

Um grito agudo perfurou o ar. Um lampejo de garras e uma enxurrada de penas marrons encheu a visão de Tal. Kest mergulhou, abrindo caminho entre o trio. Sangue respingou. Zeph gritou. Sua espada bateu no convés. O irmão guinchou de novo, o bico estalando, as garras arranhando, perfurando a pele até o osso. Tal cambaleou para longe, abaixando a cabeça enquanto Kest eviscerava a pirata com o bico e as garras, e Rot se encolhia de medo.

Em meio à briga e aos gritos, o navio tombou, jogando o marinheiro de lado em cima de Tal. A colisão fez que ele cambaleasse, os pés deslizando pelo convés liso e limpo.

Atingido por ondas e pelo fogo, o navio estremeceu em seus barulhos de morte e deslizou para o lado. Entre um momento e outro, Tal perdeu o equilíbrio e caiu.

A água fria o atingiu como um tapa, roubando o fôlego dos pulmões enquanto deslizava para baixo. Chutando descontroladamente, o rapaz forçou para cima e rompeu a superfície com a respiração ofegante de choque. Ele balançou um pouco acima da linha da água, as ondas batendo em seu rosto enquanto se debatia para se manter à tona. Com as mãos amarradas nas costas, lutou para nadar nas águas turbulentas do mar, inclinando o corpo para manter o nariz e a boca acima da crista das ondas. Cuspindo a cada arremesso das ondas, o garoto se esforçava para ficar perto do navio, mas a forte corrente o arrastava para longe.

Olhando para o amanhecer, a fumaça se espalhando como gavinhas grossas e escuras contra o céu laranja, Tal riu da destruição que havia causado. Água salgada enchia a boca. Pelo menos morreria sabendo que sua família tinha vindo atrás dele, eles não o haviam deixado como temera.

O rapaz inalou uma mistura de fumaça e água, então deslizou sob as ondas.

O peito queimava com o último suspiro. Os sentidos foram silenciados enquanto afundava nas profundezas sombrias: a visão turva, os ouvidos inundados pelo som de água correndo misturado ao seu próprio batimento cardíaco, um sinal de medo. Uma pluma vermelha surgiu à frente dele enquanto o ombro sangrava em um fluxo constante. A adrenalina e a indiferença haviam impedido Tal de perceber o ferimento até então, mas agora doía, uma pulsação de dor igual à pressão que crescia atrás dos olhos e no peito.

Mesmo que não estivesse sangrando, estava muito enfraquecido pelos ferimentos da briga na praia e pelos maus-tratos da tripulação. Não conseguia lutar para subir e respirar, também não conseguia nadar para longe das correntes que o conduziam para as profundezas do oceano. Esta seria a sua morte, marcada apenas por um mergulho.

Olhando para cima, o príncipe mal distinguiu a sombra dos navios acima, os cascos balançando de modo violento. Bom. Algo positivo viria da sua morte. Talvez seus raptores logo estivessem nas mãos de Shay e Garrett. Uma sombra menor mergulhou em direção ao mar, uma imagem de asas batendo loucamente, mas Tal estava muito distante para ter certeza.

A luta do garoto aos poucos deu lugar a contrações frágeis — os membros estavam muito lentos e descoordenados para se libertar das algemas. A magia se esvaiu para longe dele, esquiva por causa da consciência em declínio. A visão escureceu, manchas pretas cresceram na frente dos olhos.

A morte, descobriu, era simples; não o destino aterrorizante e assustador que pairava sobre ele durante seu tempo no navio. Foi fácil ceder, deixar os olhos semicerrados, deixar o corpo flutuar no ritmo do mar. Sua dor diminuiu; a queimadura no peito e no ombro tornou-se distante, como se nada estivesse acontecendo. Porém, ainda sentia pena de nunca mais ver sua família, de nunca mais ver Athlen...

A imaginação deve ter sentido compaixão por ele nos últimos momentos, porque uma visão do tritão apareceu subitamente diante dele, encarando o príncipe com seus grandes olhos de sol, sua linda boca vermelha aberta. Mas a sensação das mãos de membranas de Athlen segurando o rosto dele era chocantemente real, suave e gentil.

O primeiro beijo de Tal foi áspero e frenético, a boca do outro jovem machucando-se contra a sua, um selo apertado nos lábios do mago. Uma explosão de oxigênio se seguiu, enchendo os pulmões como velas de navio. Tal voltou à consciência. Athlen se afastou, o olhar vagando pelo corpo, então enganchou um braço forte em volta do torso do rapaz. Com um movimento de cauda e uma ondulação do corpo, o tritão o puxou pela água no ritmo de um golfinho. Nem mesmo o navio de Garrett conseguia se mover tão rápido nas condições do mar, mas os movimentos e a espuma não atrapalharam Athlen enquanto ele o impulsionava pela água.

Tal não teve muito tempo para apreciar a mobilidade e a velocidade antes que eles surgissem na superfície.

O garoto se engasgou, sugando grandes goles de ar, enquanto Athlen o segurava perto. Seus braços doíam por causa da posição estranha e suas feridas queimavam na água salgada. Mas ele estava vivo.

Ele estava vivo!

— Athlen. — O nome saiu de dentro de Tal, enquanto sua cabeça pendia na clavícula dele, a espuma respingando em seu queixo.

O tritão deu-lhe um sorriso tenso. Água gotejava ao longo dos seus ombros nus, seu próprio cabelo cobre molhado e escuro emaranhado ao redor das suas orelhas e testa. Eles flutuaram acima da linha de água, os braços de Athlen aconchegados ao redor do corpo do príncipe enquanto ele se apoiava pesadamente no peito dele.

— Você está bem?

— Você me salvou.

— Ainda não. — Ele balançou a cabeça.

O olhar de Athlen estava longe e Tal o seguiu. Atordoado com a distância que haviam percorrido, mal conseguia discernir os navios no horizonte, a única indicação de qualquer perturbação eram as grossas colunas de fumaça.

— Minha família — falou.

O outro garoto concordou com a cabeça.

— Eu vou levar você de volta para eles. Mas ainda não. É muito perigoso nadar perto de navios, especialmente batendo uns nos outros.

— Confio em você. — Tal tossiu, depois fez uma careta ao ouvir o som molhado, a água gotejando do canto da boca.

— Precisamos chegar à costa.

O jovem fitou a linha dura da parte inferior da mandíbula cerrada de Athlen.

— Como me achou?

— Segui os navios do seu irmão. — O sereiano engoliu em seco. — Falaremos mais quando não estivermos no meio do Mar de Morreline com uma tempestade se formando. Precisamos levar você para a praia. — Ele olhou por cima do ombro. — Até os tritões se cansam.

— Há uma tempestade chegando? — O príncipe lançou os olhos para o céu claro. O sol havia subido totalmente, projetando raios que machucavam a cabeça de Tal e brilhavam na água espumosa.

— Sim, e, ah! Isso vai ajudar.

O rapaz esticou o pescoço. Um pequeno bote flutuava nas proximidades, solto de um dos navios. Athlen passou cortando a água, carregando o outro com facilidade.

— Você pode pegar o... — o tritão parou. — Suas mãos estão amarradas e você está sangrando.

— Sim.

— O que fizeram com você?

Tal riu. Sentia dor até à medula. Cada parte do corpo que conseguia sentir *doía*. Ele não sabia como responder a essa pergunta.

— Você pode invocar magia para se libertar das algemas? — perguntou, o ombro batendo na lateral do barco. — Como fez por mim?

Tal considerou, mas estava completamente fraco e os dedos encontravam-se dormentes. As pálpebras ficavam pesadas a cada momento que passava. Pensamentos invadiram o cérebro. Estava com frio e calor ao mesmo tempo. Quase se afogou. O peito doía e ele não conseguia sentir muito abaixo dos joelhos.

— Não acho que seja uma boa ideia tentar agora.

— Ok. — Athlen tinha um braço em volta da lateral do barco e o outro em torno de Tal, e olhou entre os dois com uma ruga na testa. — Respire fundo.

— O quê?

— Confie em mim.

Tal respirou fundo e outro jovem o soltou. Ele afundou como uma pedra pela segunda vez naquela manhã. O pânico o sufocou por um segundo doloroso, mas então estava de volta aos braços do tritão e foi impulsionado para cima.

A rapaz caiu no fundo do pequeno barco com um uivo. Seu rosto arranhou na madeira e seu corpo se contraiu, e nunca esteve mais feliz por estar de volta a um barco em sua vida.

A cabeça de Athlen apareceu na beirada.

— Tudo bem?

Tal rolou para o lado para aliviar a pressão nos pulsos e nas mãos.

— Claro — respondeu com a voz rouca.

— Fantástico. Há uma corda aqui. Eu vou puxar você para a costa.

O príncipe havia nadado até seu limite. Agora finalmente se sentindo seguro, assentiu com a cabeça, os olhos se fechando.

— Obrigado.

A resposta de Athlen foi um respingo. O pequeno bote entrou em movimento. O rapaz relaxou e desmaiou.

9

TAL ACORDOU TREMENDO. FECHOU OS OLHOS COM FORÇA, enrolou-se como uma bola e amaldiçoou quem havia deixado a porta para a ala real aberta. Seus aposentos ficavam em um longo corredor, entre os quartos de Kest e Corrie, com o de Garrett do outro lado. No inverno, brisas violentas sopravam do oceano e os corredores de pedra se transformavam em túneis de vento. Era inevitável que as tapeçarias caíssem — não importando quantos prendedores os camareiros usassem — e rajadas agudas uivavam, assustando a todos com a promessa de fantasmas. As portas ajudavam a moderar o frio e a força das brisas, mas apenas se estivessem fechadas e trancadas.

A última vez que a porta havia sido deixada entreaberta foi quando Kest entrou sorrateiramente em seus aposentos durante a madrugada após passar a noite com alguém. Ele não quis contar quem era, mas Tal adivinhou que poderia ser Shay. Sua paixão não era segredo para ninguém, exceto talvez para a rainha. Apesar de que o jovem não duvidava que sua mãe também soubesse.

Ela sabia sobre Tal antes mesmo de lhe contar que se sentia atraído pelos escudeiros atléticos, pelas belas damas da corte e por aqueles que se identificavam em algum lugar entre os dois. A mãe apenas sorriu e segurou as bochechas coradas em seus dedos cheios de joias e falou que ele era afortunado por ter tantas pessoas para escolher como seu cônjuge em potencial — quando e se ele quisesse um. E qualquer pessoa que escolhesse teria sorte em tê-lo.

Isso foi antes da magia, antes da sua vida mudar de maneira irrevogável e seus sonhos se dissiparem em uma nuvem de fumaça. Pensamentos sobre um futuro desapareceram quando ateou fogo a uma toalha de mesa enquanto discutia com Corrie durante o jantar. A partir de então, ficara confinado no castelo, longe tanto dos funcionários quanto dos nobres. Os sussurros se espalharam tão rápido quanto a brisa soprando pelos corredores: doente, tímido, melancólico, *mágico*.

— Tal?

Franzindo a testa, o rapaz tentou se encolher ainda mais em uma bola, joelhos contra o peito, mas os braços estavam presos nas costas. Uma explosão de dor o atravessou até as suas mãos e o garoto gemeu.

— Tal?

— Kest?

— Não. É o Athlen.

O príncipe abriu os olhos aos poucos. Tinha crostas de sal grudadas em seus cílios. — Athlen?

— Estou aqui.

O peito do jovem doía. A garganta estava em carne viva. Os lábios estavam rachados. A pele parecia esfolada, esticada com força sobre as juntas. A cabeça latejava.

— Ajude.

— Eu... O quê? Tal?

O rosto de Athlen ficou borrado acima dele. A boca se curvou em uma careta. Cílios escuros emolduravam os grandes olhos de mel. Ele se inclinou sobre a borda do pequeno bote, gotas de água escorrendo sobre os ombros.

— Frio.

— Ah. Aguente.

Houve um respingo de água. A cama de Tal balançou. Ele ergueu a cabeça e sacudiu os restos do seu sonho. Mas não conseguia se livrar da febre ou do frio que havia afundado em seus ossos. Ele piscou. Ainda estava no barco.

— Onde estamos?

— Minha casa — o tritão respondeu. Ele reapareceu ao lado do príncipe e colocou uma vela úmida sobre seu corpo, arrumando o tecido em volta dele. — Já esteve aqui antes. Não se lembra?

Ele lembrava. Vividamente. Mas ser enfiado no fundo de um bote nas águas rasas da enseada de Athlen era muito diferente de sentar ao lado dele em um relevo de bugigangas.

— Eu lembro.

— Pode invocar sua magia agora? Nos ferros? Não tenho uma chave e seus dedos não estão com a aparência que deveriam.

O príncipe flexionou os dedos, então desejou não ter feito, pois alfinetes e agulhas espetavam ao longo da sua pele. Ele precisava libertar as mãos ou arriscar danos permanentes, mas teria que usar magia. O pensamento o deixou com mal-estar no estômago, e fechou os olhos. Uma imagem do navio em chamas iluminou-se em seus olhos, e ele os fechou com mais força para forçá-la a sumir. Mas ele não podia; a visão estava gravada na memória. Ele tinha feito isso. Havia destruído o navio de Zeph com raiva e desespero. Os gritos dos tripulantes moribundos ecoavam em seus ouvidos.

— Tem algo que possa quebrá-los? — A voz do rapaz era áspera e fraca.

— Não. Eu procurei. Basta invocar a magia como você fez comigo.

Cheio de culpa, o jovem cerrou os dentes, concentrou-se na centelha de magia em sua barriga e a canalizou para as pontas dos dedos. Elas piscaram com o calor repentino. Ele se encolheu, ofegando quando seus dedos se curvaram em direção às palmas das mãos. Abriu os olhos e encontrou o olhar preocupado de Athlen.

— Eu não consigo.

— Você consegue — afirmou o tritão, movendo a lona para observar as mãos do rapaz. — Sei que você consegue.

Tal mordeu o lábio. Não merecia a fé do outro jovem, mas não podia recusá-la, então tentou de novo. Lágrimas de frustração, dor e arrependimento esmagador arderam em seus olhos. Seu fogo crescente chiou de maneira dolorosa pelos nervos. Envolto em uma vela e cercado por madeira, ele se imaginou acendendo tudo por acidente, machucando a si mesmo — ou pior, machucando Athlen —, especialmente com quão disperso estava. Precisaria encontrar outra maneira.

Ele havia usado a força de vontade para tirar a vela de debaixo da caixa e enviar mensagens para sua família. Talvez pudesse... Se ele... Tal reuniu sua magia. O âmago dele foi inundado com bendito calor e poder, mas era diferente de antes, era mais difícil de manejar. Ele tentou fazer que as algemas se quebrassem, ansiou que o ferro se tornasse quebradiço, mas sua magia escapuliu dele em uma onda de tontura.

Respirando fundo, o garoto se concentrou em suas aulas de decoro. Ele aprendera a ser da *realeza*, a exigir respeito e comandar atenção. Obteve ensinamentos perpetrados desde a tenra idade: ombros para trás; coluna reta; olhar monótono e intimidante. Era um príncipe. Seu nascimento e seu sangue exigiam obediência e respeito, mas seriam sua integridade e seu caráter que mereceriam lealdade e respeito. Exceto que nada sobre suas decisões recentes o fizera sentir que merecesse. No entanto, o sereiano ainda estava ali, apoiando-o, acreditando nele. Talvez a pequena parte de Tal que havia mostrado bondade com um estranho ainda estivesse por lá, bem no fundo. Era possível que uma pequena parte dele ainda fosse boa.

O mago sufocou seus sentimentos de autoaversão e se concentrou em se lembrar de como se sentiu quando ajudou o tritão a escapar das algemas, buscando mais longe do que jamais teve que ir por sua magia. Poderia fazer isso. Conseguiria fazer isso. Tinha que fazer isso. Ele *faria* isso.

Exigiu que o metal se *quebrasse*.

Um estalo como de um chicote ecoou na caverna rompendo o silêncio. Tal rangeu os dentes, esticou os braços e as algemas se partiram.

O jovem gritou. Estava rígido por causa do frio e por ter ficado preso, então mover os braços era uma agonia, mas persistiu e conseguiu ajeitar os membros à sua frente. Os dedos estavam escurecidos por falta de circulação e hematomas rodeavam os pulsos. Apesar do quão miserável seu corpo se sentia, estava tonto com o pensamento de que, por algum milagre, ele havia escapado. Procurou a ponta da vela cegamente, agarrou-a e se enterrou embaixo dela. Frio, úmido e miserável, mas livre.

— Você conseguiu! — Athlen cutucou Tal no braço até que ele abriu os olhos. O outro jovem sorriu acima dele. — Eu sabia que conseguiria.

Assentindo, o príncipe não tentou ir mais longe. Os sentidos dele estavam à beira da exaustão. Queria dormir de novo, mas estava com medo.

O sorriso do tritão desapareceu.

— Você não parece bem. — Ele inclinou a cabeça. — Você está... — Ele se inclinou mais perto. — Você está doente?

O rapaz ergueu uma sobrancelha. Ele estremeceu, mas o corpo queimava. A cabeça latejava.

— O quê?

Os dedos do garoto estavam frios ao deslizarem pela testa de Tal, depois pela bochecha e pela linha da mandíbula.

— Você está quente e pálido, com exceção das bochechas. — Ele empurrou o ombro do príncipe gentilmente, que abafou um grito. — Seu ombro está sangrando. — Ele passou a língua pelos lábios. — Isso dói?

Tal riu, o som saiu como um arranhão na sua garganta ferida.

— Sim.

O barco balançou quando Athlen deu uma olhada mais de perto, puxando a vela e a camisa molhada do rapaz.

— Os sereianos curam muito mais rápido que os humanos. Nossa pele é mais grossa e cicatriza rapidamente, então não tenho certeza de como te restaurar. Foi esfaqueado?

— Houve uma briga antes de cair. Acho que foi quando aconteceu.

O tritão franziu a testa. Sem pensar, Tal ergueu a mão fracamente e traçou a curva da boca com os dedos desajeitados. Athlen estalou a língua quando o rapaz fez uma careta com a ação, mas ele não lamentou, não quando Athlen pegou a mão dele, envolveu seus próprios dedos nodosos com membranas em torno dos de Tal e os segurou perto do peito.

— Você me salvou — declarou o nobre.

O outro garoto esboçou um sorriso.

— Você me salvou primeiro, lembra? Estava retribuindo o favor.

— Isso foi há muito tempo.

Tal sorriu de modo preguiçoso e seus olhos se fecharam. Um forte tapa em sua bochecha o trouxe de volta a um estado acordado. Ele fez uma careta.

— Não durma ainda. Acredito que esteja doente. Preciso conseguir ajuda.

Athlen ergueu o corpo da água com um grunhido, a linda cauda criando ondulações na superfície lisa. Uma vez na saliência, ele se transformou, fazendo uma careta quando suas nadadeiras se fundiram no corpo e as escamas se suavizaram. A cauda se dividiu e Tal desviou o olhar, relutante em olhar o resto.

Um farfalhar de tecido se seguiu e o príncipe esticou o pescoço para ver o tritão vestido com calça e camisa. Ele enfiou o chapéu de aba larga na cabeça.

O pânico tomou conta do rapaz.

— Não me deixe. — A voz era queixosa, beirando um ganido, nem um pouco condizente com um príncipe.

— Voltarei logo com a Dara. Prometo.

Athlen cruzou a área e pegou uma trouxa de tecido. Ele o sacudiu, espalhando moedas de ouro, vidro marinho e joias pelo chão estreito. Ele puxou o barco — por ora, a cama de Tal — para mais perto da saliência e estendeu o cobertor sobre o corpo do rapaz. Ele o prendeu ao redor dele como fizera com a vela e, embora estivesse mofado, estava infinitamente mais quente.

O príncipe suspirou no calor.

— Eu amarrei o barco. Não vai ser levado pela correnteza.

— Me leve com você.

— Consegue andar?

Tal remexeu os dedos do pé e seus músculos se contraíram. Ele cerrou os dentes para não gritar. A cabeça estava confusa e ele queria dormir; estava esquecendo pedaços de tempo, a realidade entrando e saindo da mente. Era irracional desejar que o tritão ficasse quando os dois sabiam que precisava ir, mas o jovem estava com medo. Com medo de que seu resgate fosse um sonho. Com medo de uma recaptura. Com medo de *si mesmo*, do monstro que se tornara em sua raiva e dor.

Athlen se ajoelhou ao lado do barco. A palma dele era pesada e fria na pele quente do rapaz.

— Não posso... — A garganta de Athlen secou. — Não sei como cuidar de um ser humano doente. Nunca fiz antes. Preciso pedir ajuda. Esteve sangrando todo o tempo que levei para rebocar o barco até aqui. Você poderia estar morrendo e não saberia. Eu não posso... Não posso perdê-lo também.

Tal engoliu um soluço forte.

— Estou sendo infantil.

— Não. — O outro garoto balançou a cabeça. — Não está. Mas está seguro aqui. E prometo que voltarei o mais rápido possível.

— Ok. — O rapaz piscou e suas pálpebras permaneceram teimosamente fechadas. — Confio em você. Não conte a ela sobre a magia.

— Não contarei.

Houve uma pressão úmida e quente na testa do príncipe, seguida pelo cheiro de uma brisa salgada.

Tal adormeceu ao som de bugigangas espalhando-se pela pedra, do farfalhar de tecido e do som de passos ecoando nas paredes de pedra.

— Por que simplesmente não me diz aonde está me levando?

O garoto acordou do sono agitado. Ele havia sonhado de novo, visões de casa misturadas com as do navio para criar uma miscelânea de calor e terror. Elas o deixaram inquieto e com medo.

— Dara, poderia confiar em mim, por favor?

Athlen. Ele voltou. Agradecido e aliviado, o príncipe sentiu o pânico que o estrangulava se soltar, e seus músculos tensos e doloridos se aliviaram, assim como as rugas na testa.

— Eu confio, às vezes, mas não é muito sincero.

— Se é sobre não mostrar a minha cauda...

— Não, eu sei que é uma coisa especial.

Tal tinha visto a cauda do rapaz. Era linda — vermelha e dourada com barbatanas finas e escamas que cintilavam — e poderosa o suficiente para atravessar os mares espumosos e levar o nobre a um local seguro.

— Mas... Já somos amigos há um tempo — a moça continuou — e você entra e sai da minha vida sem avisar. Onde esteve? Achei que tivesse sido capturado outra vez. Estava preocupada.

— Não era minha intenção te preocupar, mas realmente preciso da sua ajuda agora. Cuidado com a cabeça.

As vozes se aproximaram e o garoto esticou o pescoço para encontrar Athlen conduzindo Dara dentro da caverna. Os longos cabelos castanhos estavam trançados e pendurados sobre o ombro. Usava calças, botas, uma blusa justa de mangas compridas e gola alta que possuía renda no pescoço. Ela o fez lembrar de Shay — exceto pelo rosto mais redondo e a pele mais clara — e os olhos se encheram de lágrimas.

Tal sentia falta de Shay. Sentia falta do rubor dela quando Kest a provocava. Sentia falta da sua desaprovação quando ele e Corrie escapuliam. Sentia falta da risada quando ela e Garrett se envolviam em um jogo ou outro. Ele tinha perdido sua adaga. Teria que comprar uma nova para ela, se a visse novamente. Se quisesse ficar perto dele depois do que havia feito.

— O que é este lugar? — Dara questionou, tirando uma taça de ouro do caminho.

— Minha casa.

— Aqui? — ela perguntou. — É aqui que você dorme?

— Não. — O tritão apontou para a água. — Lá embaixo. É bom e calmo, e há um canto bem na lateral da parede da caverna e... — Ele balançou as mãos. — Não é importante. — Ele apontou para Tal no barco. — Ele é importante.

O rapaz percebeu o momento em que Dara entendeu quem ele era; as sobrancelhas se ergueram, a mandíbula cerrou-se e duas manchas vermelhas apareceram nas bochechas, depois mancharam as têmporas, descendo pelo pescoço.

— O príncipe desaparecido! Athlen! O que você fez? Você o sequestrou?

O garoto zombou e colocou as mãos nos quadris.

— Não. Eu o salvei.

— Ele me salvou — Tal ecoou. — Dos mercenários.

Os olhos de Dara se arregalaram com o som da sua voz e ela caiu de joelhos na beira da água. Inclinando-se, ela estendeu a mão para ele, então hesitou.

— Hum...

— Você pode me tocar.

Athlen franziu o nariz. — Você tem que perguntar?

— Ele é da realeza. Claro que se pergunta.

— Eu não perguntei.

— Abro exceções para os mitos do mar — o rapaz falou com um sorriso bobo.

— Eu não sou um mito — o outro murmurou.

A moça colocou a palma da mão na testa dele.

— Está queimando. O que aconteceu com você? — Tal abriu a boca para responder, mas ela balançou a cabeça. — Esquece. Não fale. Vai ser uma tolice com uma febre tão alta.

— Ele também está sangrando. No ombro.

O rosto de Dara se mostrou preocupado quando ela puxou os cobertores e encontrou a camisa ensanguentada. A moça franziu a testa enquanto examinava o ferimento. O príncipe fez uma careta quando sentiu os dedos por cima do ombro, depois ela colocou o dedo nos lábios dele quando gemeu.

— Precisamos limpar e enfaixar, e as outras feridas também. — A moça ergueu a mão machucada de Tal. — Até mesmo pequenos cortes podem piorar. Então, precisamos tirá-lo dessas roupas molhadas e aquecê-lo. — Acenou com a cabeça para Athlen. — Dê-me a minha bolsa. — Em seguida, para o jovem nobre: — Você pode se sentar?

Agarrando-se à lateral do barco, o rapaz lutou para se sentar, mas o corpo tremia e a cabeça girava.

O franzido na testa de Dara se aprofundou e ela o firmou com uma mão nas costas.

Tal permaneceu rígido e imóvel enquanto Dara o examinava e o enfaixava. Derramou um líquido fedorento sobre o ferimento que doía e ardia, e cerrou os dentes para não estremecer. Em seguida, usando um feixe de pano da bolsa, ela apertou uma bandagem em volta do ombro e amarrou o braço junto ao peito. Esfregou uma pomada nas mãos com bolhas e as enfaixou. Verificou o corte de semanas na cabeça, e fez uma careta quando ela prendeu os pontos toscos. Estabilizou o joelho inchado com varas colocadas ao longo de cada lado da junta e, em seguida, o embrulhou em um pano. Deu-lhe um cantil com água fresca e o garoto resistiu ao impulso de engolir tudo.

— Ele precisa de roupas secas. Athlen, tem alguma escondida aqui?

O rapaz correu para o outro lado da caverna onde, em um canto escuro, havia um baú. Abriu-o e tirou um par de calças e uma camisa que eram mais finas do que qualquer coisa que Tal o vira usar. Corou quando precisou dos dois para ajudá-lo a se trocar, enquanto ficava tremendo no ar úmido da casa do tritão — os dedos dos pés enrolados na faixa de pedra úmida e gelada. Com o rosto vermelho pela febre e pelas queimaduras de sol, o garoto esperava que não notassem seu constrangimento. Se perceberam, não comentaram. De qualquer forma, o sereiano não tinha compulsão por nudez.

A moça ergueu a camisa esfarrapada de Tal entre o polegar e o indicador:

— Vou jogar isso fora.

— Espere. — Ele se lançou para a frente, tropeçando em um esconderijo de bugigangas. Athlen o segurou pela cintura enquanto Dara entregava-lhe a camisa com uma sobrancelha levantada e depois o nariz enrugado.

Com dedos trêmulos, o rapaz enfiou a mão no bolso do peito e, apesar da luta e da água agitada, o dente de tubarão milagrosamente ainda estava enfiado lá dentro. Ele agarrou-o na palma da mão, a ponta reconfortante atenuada pelas bandagens.

— O dente? — Athlen perguntou. — Você guardou?

— Sim. — A boca do jovem ficou seca. — Ele me ajudou quando fui capturado.

— Ah, é? — O olhar do outro garoto foi para a mão de Tal, depois para seu rosto. Os lábios se curvaram em um pequeno sorriso. — Mesmo?

As bochechas de Tal queimaram quando assentiu. Seus joelhos tremeram e Athlen o segurou com mais força. Tão perto, o príncipe inclinou a cabeça para trás para encontrar o olhar firme do tritão. Ele avistou a linha leve de sardas que se espalhava sobre o nariz, a covinha em sua bochecha e a inclinação do pescoço quando a gola da camisa escorregou para o lado. O sangue do rapaz latejava e a cabeça girava; não sabia se era devido à doença ou outra coisa; algo sobre a proximidade de Athlen, o forte aperto dos braços e o cheiro salgado da pele.

— Precisa se deitar — Dara avisou. — Antes que caia.

Athlen levantou bruscamente e Tal agarrou sua camisa com a mão livre para não escorregar para o chão.

— Desculpe! — o outro rapaz falou, o aperto beirando à dor. — Você está bem?

O garoto balançou a cabeça, mas a tontura persistiu.

— Não me sinto...

— Está desidratado e com febre — Dara esclareceu, interrompendo. — Com o braço amarrado, seu equilíbrio ficará prejudicado. Vamos colocá-lo de volta no bote. É o único lugar nivelado e organizado aqui.

Por mais que não gostasse da ideia de dormir no pequeno barco, não havia muita escolha. Recostado no casco como uma carga, com roupas limpas, bandagens e enrolado em cobertores com uma almofada sob a cabeça, Tal finalmente se sentiu aquecido. Não se sentia forte; a barriga roncou com água e sem comida, as mãos coçavam, mas estava seguro.

Ele estava a salvo, mesmo que não quisesse considerar o que tinha feito para escapar, como havia aberto seu caminho para a liberdade. Reprimiu os sentimentos de fraqueza e vergonha que cresciam, baniu-os o melhor que pôde e fechou os olhos contra as imagens de fogo e fumaça. Em vez disso, concentrou-se no envoltório apertado de bandagens limpas contra a pele e no cheiro de mofo da camisa emprestada. Apertou o dente do tubarão com a mão, a ponta cravada em sua palma, prendendo-o ao presente e a Athlen como uma corda. Ouviu seus amigos sussurrarem um com o outro, o som suave das vozes como um zumbido reconfortante. Tal respirou profundamente; o ar fresco da enseada estava muito longe do ar quente carregado de cinzas que borbulhava das pranchas queimadas do navio de Zeph.

Depois de alguns momentos, o rapaz sentiu-se mais estável, enfiou o dente no bolso da calça e abriu os olhos para contemplar o buraco no teto do local. As estrelas cintilavam acima dele e a meia-lua estava parcialmente obscurecida pelas nuvens. Havia amanhecido há muito, e os acontecimentos da manhã pareciam mais um sonho que uma memória, por mais confuso que estivesse. Por quanto tempo havia dormido? Há quanto tempo Athlen o havia rebocado pelos mares?

— O que aconteceu com a tempestade?

A discussão sussurrada entre o tritão e Dara parou abruptamente.

— Tempestade? — a moça questionou. Ela se inclinou, bloqueando a visão do príncipe do céu, e passou as costas da mão em sua bochecha. — A febre baixou, então não deve estar delirando.

— Ele não está — Athlen esclareceu, sua voz insinuando divertimento. — Eu lhe contei esta manhã que havia uma tempestade se formando. Já passou pelo mar.

O jovem franziu a testa.

— Avisarei se outra estiver vindo.

— Você pode fazer isso? — Dara perguntou, a trança acariciando o queixo de Tal enquanto ela se virava.

Uma nuvem que passava dividiu a lua em duas. A caverna escureceu, inundada em tons de azul e gotas de ouro.

— Sim, quando estou perto do mar. Não viajei muito para o interior para testar em terra. — O sereiano molhou os dedos dos pés na água. — Você deveria descansar, Tal. Dara e eu vamos vigiar, se estiver preocupado.

— Não estou. Sei que estou seguro aqui.

— Ótimo.

Os olhos do mago se fecharam. O balanço suave do barco o acalmou, e o ritmo das ondas longe da caverna o fazia se lembrar de casa e dos sons das ondas na praia do lado de fora da janela do seu quarto. Envolto em calor, caiu no sono.

— Qual era o seu plano? — a garota sussurrou. — Você não pode mantê-lo aqui para sempre. Ele está doente e essa caverna úmida não vai lhe fazer nenhum bem. E se piorar?

— Se ele piorar, então o levarei para a sua casa.

— Do outro lado da cidade, onde o príncipe desaparecido foi visto pela última vez? Ele será reconhecido em um instante.

— Não é uma coisa boa? Isso o levará para sua família. É o que ele quer. É disso que precisa.

Dara bufou.

— Um grupo de mercenários tentou matá-lo! Não é seguro para ele ser visto em público, muito menos com um garoto com a reputação de ser estranho. Você não sabe quem mais está atrás dele ou o que as pessoas podem dizer ou pensar. Ele é um príncipe.

— Isso é um problema? Ele ser um príncipe?

— Você não entende. — O tom da moça não era condescendente, mas afetuoso e gentil. — Não sei como era no lugar de onde você veio, mas os príncipes não brincam com os plebeus. E certamente não *aquele* príncipe. Segundo o boato, esta é a primeira vez em anos que ele sai do castelo, e já foi sequestrado e quase assassinado por uma pessoa.

Tal se contorceu e se mexeu no barco. Dara não estava errada, mas isso não significava que gostara do que ela estava insinuando.

— Duas pessoas — murmurou o rapaz, a língua enrolada.

— O que disse? — A voz de Athlen ficou cortante. — Duas pessoas?

— Zeph e sua tripulação me sequestraram, mas, antes disso, um dos marinheiros do meu irmão também tentou me matar.

Se aquele marinheiro tivesse tido sucesso, então não teria matado Zeph nem sua tripulação, e minha família não teria que se preocupar comigo por mais tempo. Talvez tivesse sido melhor, se não tivesse gritado por socorro, se Shay não interviesse. Era um pensamento perturbador, que o garoto teve apenas por um instante, porque, apesar da sua turbulência interior, ele sabia que precisava viver para salvar sua família. Mas a dor da decisão por machucar e destruir perturbava o fundo da sua mente. Isso o deixou se sentindo vazio.

— Viu? — Dara esbravejou, a voz beirando o estridente. — A própria tripulação do irmão dele tentou matá-lo. Ele não pode confiar em ninguém, exceto em sua família. Você tem que levá-lo para casa.

— Vou levá-lo agora. Vamos pegar um barco e partiremos...

— Está muito fraco para se mover. Precisa de alguns dias para se recuperar antes de sair vagando pelo reino.

— Nada de barcos — Tal pediu. — Chega de barcos.

— Tudo bem. Sem barcos. Iremos por terra.

O príncipe abriu um olho.

— Você ficará bem em terra?

— Lidarei com isso.

Dara suspirou.

— Vá dormir, principezinho.

O rapaz estremeceu com o apelido, o pânico latejando forte em seu peito, e ele despertou da sua sonolência, os escárnios e provocações de Zeph ecoando em seus ouvidos.

— Tal, por favor. Só... me chame de Tal.

— Tal — repetiu a moça, o tom suavizando. — Descanse um pouco. Conversaremos mais pela manhã. Você também, Athlen. Nadou por horas... Deve estar exausto.

Os ombros do tritão relaxaram e ele tombou para a frente, apoiando a cabeça nas mãos e os cotovelos nos joelhos. O cansaço era evidente em sua postura e pelas olheiras. Tal não havia notado antes.

— Vai cuidar dele?

— É claro. Minha mãe não vai começar a se preocupar até de manhã. — Athlen concordou com a cabeça, as pálpebras se fechando. Ele jogou o chapéu em um canto arredondado. — Estarei bem aqui. Não vou entrar na água. Apenas em caso de precisar de mim.

Ele não se moveu para outra parte da caverna, apenas se virou de lado como uma bola, a cabeça apoiada nas mãos como um travesseiro, prova da sua exaustão. Deitado na saliência, ele estava ao nível de Tal. Os rostos encontravam-se a poucos centímetros de distância, a lateral do barco era a única coisa entre eles. Na pouca luz e nas sombras, o outro garoto parecia de outro mundo — frio, bonito e fora do alcance de Tal. Mas seu sorriso era caloroso.

— Obrigado — sussurrou o príncipe. — Agradeço aos dois.

— Vá dormir, Tal.

Ele concordou com a cabeça e fechou os olhos, o rosto virado para Athlen, seguro de que seus dois novos amigos cuidariam dele durante a noite.

— TAL! ACORDE! EU TROUXE COMIDA.

O rapaz se ergueu assustado, o barco balançando embaixo dele. Seus olhos se arregalaram e ele gemeu, cerrando-os com força enquanto o sol forte o cegava. Tentou levantar a mão para se proteger, mas se viu amarrado de forma que não conseguia se mover. Fechou os olhos com força, uma intensa luz laranja entrando pelas pálpebras.

— Você está dormindo há horas. É quase meio-dia.

Uma sombra passou por cima dele e, com cuidado, Tal abriu um olho. Ele dormira toda a manhã, mas poderia ter continuado dormindo se o outro rapaz não tivesse falado tão alto.

O tritão estava acima dele usando seu chapéu de aba larga, uma camisa e um par de calças com bainhas esfarrapadas e um buraco no joelho. Os dedos pálidos estavam na borda da saliência. Ele segurava uma panela de estanho com comida quente e cheirosa o suficiente para despertar o jovem nobre. O estômago roncou quando tirou os cobertores e empurrou seu corpo para se sentar.

— Aqui. É da taverna. Pedi tudo que tinham para café da manhã. — Athlen a colocou no colo de Tal com um sorriso largo. — Tenho que devolver o prato quando for almoçar. E prometo limpar um lugar hoje para sua cama. Sei que você não deseja ficar nesse barco mais tempo que o necessário.

O sereiano divagou enquanto Tal olhava para a pilha de ovos macios, montes de salsichas e dois biscoitos grandes. O estômago apertou de fome e náusea. Ele equilibrou o prato sobre os joelhos e, usando a mão livre, colocou a comida na boca com desamparo. Os ovos estavam salgados, a salsicha gordurosa e os biscoitos um pouco duros, provavelmente feitos no dia anterior, mas era a melhor refeição que comera desde que saíra do castelo. Ele a devorou, sem se importar se estava manchando as ataduras dos dedos ou se todo o decoro havia sido posto de lado em favor da comida.

— Aqui está a água.

A voz do outro garoto assustou o príncipe, tão concentrado estava no prato à sua frente, mas ele pegou o cantil agradecido e sugou a água fresca e limpa entre as mordidas.

— Dara partiu antes do amanhecer, mas ela estará de volta esta tarde para ver como você está — comentou Athlen enquanto se movia graciosamente ao redor da sua casa. Havia uma pilha de cobertores na entrada que o rapaz trouxera com o prato de comida. Moveu-se para o local mais próximo da parede e abriu um espaço; peças de ouro, joias e louça de barro mergulhavam na água ou rolavam ao longo da saliência rochosa. O tritão puxou os cobertores e os estendeu com cuidado, endireitando as pontas e alisando o tecido luxuoso.

— Ouvi dizer que os príncipes estão acostumados com camas grossas. Isso está bom ou preciso conseguir mais cobertores?

O jovem sorriu, e um calor sem relação com a febre se espalhou por seu peito.

— Está bom. Obrigado.

Athlen deu um sorriso largo.

— Como está a comida?

— Está boa. É o máximo que tive em dias. — Estremeceu logo que as palavras saíram e foi inundado pela memória da fome e da sede incessantes que o atormentaram enquanto estava no navio. Ele lambeu os dedos distraidamente e, em seguida, mordeu outra salsicha enquanto os pensamentos corriam de maneira inevitável em direção às circunstâncias da sua fuga, sua mente repassando imagens cruéis das escolhas que havia feito. Bebeu mais água, que correu pela garganta, atingindo o estômago cheio. Fez uma careta, sentindo a comida, assim como a culpa, empilhar-se na goela, a próxima mordida alojando-se no topo. Tudo azedou e foi rejeitado, e Tal pôs a mão na boca, querendo que a comida ficasse no estômago. Não funcionou, e ele se dobrou antes de vomitar na água. As costas se abaixaram, o estômago revirou e lágrimas escorreram do cantos dos seus olhos.

Odiava os barcos. Odiava a água. Odiava vomitar. E odiava que tivesse se tornado uma ocorrência comum.

Assim que acabou, caiu pesadamente de volta em seus cobertores. Suando, respirou fundo e engoliu em seco várias vezes para evitar outro incidente.

Athlen o encarou segurando o chapéu, a pele pálida.

— Isso é normal?

A risada borbulhou diante do ridículo, e o príncipe agarrou a barriga com o braço bom.

— Não, não é. Acho que comi muito rápido. Sinto muito ter desperdiçado.

O tritão dispensou a desculpa do rapaz com um aceno. Sua boca se curvou em preocupação e incerteza.

— Devo buscar a Dara?

— Não. — Tal balançou a cabeça. — Vou ficar bem.

— Talvez devêssemos tirar você do barco?

— Essa é uma boa ideia. — A cabeça do garoto doía com a luz que entrava, e o local que o sereiano limpara estava em um canto mais escuro, onde poderia voltar a dormir com facilidade.

Com a ajuda de Athlen, Tal foi capaz de sair do barco para a saliência e caminhar até a pilha de cobertores. Ele se abaixou devagar sobre ela e o tritão se inquietou, cobrindo-o com outra colcha e aconchegando-o na cama. Colocou a palma da mão fria na testa do jovem nobre.

— Deveria ter te encontrado mais rápido. — Ele se sentou ao lado de Tal. — Deveria ter interferido na praia.

O príncipe semicerrou os olhos.

— Não. Eles teriam te machucado.

O sereiano deslizou os dedos pela bochecha superaquecida de Tal.

— Eles machucaram você.

— Não havia nada que pudesse ter feito. — O príncipe se inclinou para o toque de Athlen. — Eles estavam preparados.

— Poderia ter puxado você para as ondas. Eu tentei, mas havia aquele gato e... Eu tive medo daqueles humanos. Eles agiam como aquelas pessoas que me prenderam.

— Aquele gato... — o rapaz hesitou. — Aquele gato tinha que ser alguém de uma das casas reais, mas eu não sei qual. Zeph disse que se eu tivesse magia, seria entregue ao príncipe Emerick para ser uma arma.

— Quem é esse?

— O príncipe de Ossétia com quem minha irmã vai se casar.

— Você acha que ele estava por trás do seu sequestro? Por que faria isso? Ele será aliado de vocês após o casamento. Ele teria... acesso a você?

Tal esfregou o rosto com a mão e afastou o cabelo dos olhos.

— Todo o tempo em que estive naquele navio os marinheiros tentaram fazer que eu revelasse a minha magia. Não tínhamos contado a Emerick sobre... meu poder, e não tínhamos certeza de que faríamos isso. Talvez essa fosse sua maneira de descobrir, de tirar isso de mim para que provasse que os rumores eram verdadeiros e soubesse com certeza.

— Só que eles tentaram te matar.

— Eles tentaram me matar para forçar uma guerra. Quando não cedi, decidiram que não tinha magia. E como eu não poderia ser uma arma, eles colocariam a culpa da minha morte no reino que faz fronteira com as terras de Emerick. Isso forçaria minha família para a guerra e só beneficiaria o reino deles. Ossétia se envolveu em disputas de fronteira, mas seu exército não é grande o suficiente para lidar com uma luta real. A adição do exército de Harth permitiria que eles desafiassem Mysten.

Athlen balançou a cabeça.

— A política das suas terras é estranha.

O mago sentou-se rapidamente, ignorando a dor no ombro.

— Tenho que mandar uma mensagem para minha família. Preciso contar que estou vivo e impedir o casamento de Isa e Emerick. Ele tem que ser responsabilizado por isso.

— Você pode fazer isso?

— Sim. — O rapaz engoliu em seco. — Com... com magia. — Ele flexionou os dedos doloridos. Enviar uma mensagem seria um uso simples do seu poder, ainda mais simples que quebrar suas correntes, mas a repulsa cresceu dentro dele com a ideia de tocar naquela parte de si mesmo outra vez.

A mesma parte que causou destruição e matou a tripulação. Aquilo também foi surpreendentemente simples: lançar uma torrente de fogo e observar com uma satisfação sombria enquanto as velas queimavam, a madeira fervia e retorcia com o calor intenso e os marinheiros gritavam de pânico. O rapaz se imaginou deslizando pela encosta escorregadia quebrando correntes e enviando uma mensagem para queimar o continente em seu desejo por um lar e em defesa da sua família.

— Tal? — perguntou Athlen. — Você está bem?

O príncipe cerrou os punhos. Sua respiração se acelerou.

— Estou ótimo.

— Tudo bem. Como posso ajudar? O que precisa para enviar sua mensagem?

Tal balançou a cabeça. Seu peito estava apertado e pressionou um ponto em seu esterno.

— Eu não vou enviar. É muito perigoso.

Eu sou muito perigoso. E se implicasse Emerick na mensagem e alguém que não fosse sua mãe visse? Isso colocaria sua família em perigo? E se dissesse que estava vivo, isso faria com que mais pessoas o procurassem? E se tivesse que se defender? E se tivesse que usar sua magia novamente? Era melhor permanecer desaparecido ou dado como morto até que pudesse chegar à segurança da sua casa, onde pudesse se esconder e se trancar?

— Emerick está no castelo agora. Talvez ele tenha espiões que possam interceptar a mensagem.

— Bem pensado. O que deveríamos fazer? Quando é o casamento?

— Eu... Não sei que dia é hoje. Daqui a alguns dias? — O garoto puxou um fio solto. Suas mãos tremeram. — Não sei. Disse à minha família para prosseguir com a aliança, quando não deveria ter feito isso. Cometi um erro. Preciso consertar. Preciso chegar até eles. Preciso... — Sufocou com pânico; sua garganta ficou com um nó. Ele só conseguia pensar em como condenou Isa a um casamento diferente das suas histórias de romance. E como Emerick poderia usar Tal para lutar em suas guerras. Seria um assassino como o bisavô. Ele já *era* um. Não havia como escapar do legado agora, não com o gosto das cinzas na língua e a queimadura das brasas nas pontas dos dedos.

— Eu os matei. — As palavras escaparam em um sussurro. — Eu os matei com magia. A minha magia.

Athlen agarrou o ombro do jovem nobre.

— Tal — ele chamou com a voz suave.

— Eu os matei. — Lágrimas rolaram pelas bochechas coradas. — Zeph. Sua tripulação. Poppy. Todos eles. Não sou melhor do que meu bisavô. — O príncipe se enrolou em si mesmo e enterrou o rosto na dobra do cotovelo. Soluçando, seus ombros tremeram violentamente e cedeu à angústia. Havia prometido a si mesmo que nunca usaria sua magia para ferir ou destruir, mas fez isso. Ele fez, e como foi fácil.

— Ei. — A voz do tritão era baixa e calma em seu ouvido. A mão dele em seu ombro deslizou em seu cabelo e o puxou gentilmente até que sua testa encostasse em seu peito. — Shhh. Está tudo bem. Está tudo bem.

— Mas eu...

— Eu sei. Eu sei. Deve ter sido terrível. — Os braços se apertaram ao redor de Tal. — Mas conheço você e sei que não teria feito isso se tivesse escolha.

— Você não sabe disso — o garoto falou com a voz grossa.

— Na verdade, eu sei. — Athlen apoiou o queixo no topo da cabeça do rapaz. — Sei que me salvou quando não precisava. Sei que ama sua família. Sei que você se preocupa com as pessoas do seu reino. E sei que algo que faz parte de você nunca poderia ser ruim.

Tal afundou ainda mais no abraço do outro garoto, a bochecha pressionada contra o tecido duro da camisa dele. O batimento cardíaco de Athlen tinha um ritmo calmante sob seu ouvido.

— Você não entende — o príncipe confessou com amargura. — Eu escolhi destruir o navio. Fiz uma escolha.

— Eles também, quando escolheram te machucar.

Tal mordeu o lábio para evitar outra enxurrada de lágrimas, mas não conseguia parar a onda crescente das emoções, não diante da fé sincera de Athlen. As afirmações não absolviam o rapaz de sua culpa, mas eram um bálsamo para seu espírito em frangalhos.

— Vamos te levar para casa — o sereiano declarou. — Nós resolveremos isso. Eu prometo. — O rapaz agarrou a camisa de Athlen em seu punho e segurou, desesperado e com medo. Ele se concentrou nas garantias em seu ouvido e na proximidade do corpo do tritão, enquanto estremecia e soluçava. O tempo passou em uma névoa de pânico e visões, até que a exaustão aumentou e Tal caiu para a frente, com o corpo e as lágrimas cedendo.

Ele voltou a si em instantes. A mão de Athlen esfregava para cima e para baixo em toda a extensão da sua coluna, e sua voz falou lenta e suave, embora não conseguisse entender as palavras. Ele soluçou e se apoiou pesadamente no corpo do sereiano.

— Tal?

— Sinto muito.

— Não sinta. — Athlen o segurou com mais força. — Não sinta. Esperava que isso acontecesse.

— Isso o quê? — Tal franziu a testa.

Athlen suspirou e Tal se moveu com a expansão do seu peito. Deveria ter ficado envergonhado, inclinado como estava sobre o corpo de Athlen, mas ele estava cansado demais para se mover.

— Quando o fundo do mar foi alterado há tantos anos e perdi a minha família e o meu povo, procurei por eles durante semanas. Não, por meses. Passei todo o meu tempo nadando, em busca de alguém que ainda estivesse vivo. Partes da nossa casa estavam muito quentes, e eu podia ver os... — Ele balançou a cabeça, seu cabelo deslizando na bochecha do príncipe. — Quando finalmente parei para descansar, tudo desabou. Foi a primeira vez que chorei por perdê-los. Não foi a última, mas foi a mais... visceral.

O rapaz se afastou, mas manteve as mãos fechadas nos ombros de Tal, apreciando o rosto dele com seus grandes olhos cor de mel, os cílios escuros e úmidos.

— Você passou por muita coisa nos últimos dias. Estava fadado a te alcançar.

O príncipe mordeu o lábio. Então assentiu.

— Obrigado. — Ele soltou a camisa do outro garoto, o tecido amassado com a força e o suor, e limpou os olhos com a manga. — Lamento que não houvesse ninguém lá para ajudá-lo quando isso aconteceu.

Athlen desviou o olhar e fungou.

— Talvez da próxima vez tenha alguém.

O peito do garoto vibrou. Ele poderia querer dizer várias coisas com essa afirmação, mas o príncipe esperava que isso significasse que seriam amigos em um futuro distante, qualquer que fosse a próxima vez desconhecida.

— Você me salvou de novo. Estamos quites.

Athlen sorriu e seus olhos se enrugaram. Seu olhar voltou-se para Tal e ele afastou uma mecha de cabelo rebelde da sua testa, seus dedos nodosos frios e suaves na pele ruborizada do jovem.

— Você precisa descansar. Especialmente se vamos te levar de volta para sua família antes do casamento da sua irmã.

O rapaz não discutiu. Ele se acomodou na almofada em seu lugar confortável e fechou os olhos. O tritão reorganizou os cobertores e ficou por perto enquanto Tal entrava e saía de um sono agitado.

10

— TEMOS UM PROBLEMA — DARA DECLAROU QUANDO VOLTOU no final daquela tarde. Despertou Tal com um susto enquanto estava no meio de um ronco, que se transformou em um resfolegar alto. Ele rolou para seu lado e olhou para a moça por cima da ponta de um cobertor.

— O quê?

— Excelente. Você está acordado. Onde está Athlen?

Tal bocejou e esticou o braço bom sobre a cabeça, o braço ferido enfaixado sobre o peito.

— Eu não sei. Estava aqui quando fui dormir. — Tal se sentou e aceitou o cantil de caldo quente que Dara empurrou para ele. — Ele pode estar nadando.

— Ah, não. Ele precisa voltar aqui agora mesmo.

Um alarme disparou pelo corpo do rapaz.

— Qual é o problema?

— Temos um problema — o tritão falou, saindo da água, surpreendendo os dois. O príncipe derrubou o cantil e Dara soltou um grito. — Ah, oi, Dara. O que está acontecendo? Você parece chateada. — Empurrou seu corpo para fora da água com os braços fortes, as guelras se fechando e a cauda se transformando quando emergiu, a água escorrendo pelos músculos quando pisou na saliência.

Tal e Dara desviaram o olhar enquanto ficava em pé, pingando. As bochechas da garoto estavam tão vermelhas quanto o rapaz sentia que as dele estavam.

— Calças! — ela explodiu.

— Certo. Certo. Pudor da terra. — Um farfalhar de tecido e um praguejar suave depois, e Athlen estava vestido. Seu cabelo estava lambido na cabeça, os fios úmidos grudando nas bochechas.

— Como disse, podemos ter um problema.

Tal apontou para Dara.

— Isso é o que ela disse quando entrou.

— Qual é o seu problema? — Athlen perguntou, usando a ponta de uma vela esfarrapada para enxugar as gotas restantes de água, seu torso flexionando na luz dourada do fim da tarde.

Um caroço se alojou na garganta do príncipe e ele se contorceu na cama improvisada.

— Havia um mensageiro real na cidade vizinha que fez uma proclamação. O boato já se espalhou, e o reino está de luto. — Os olhos castanhos se concentraram no rapaz. — Você está oficialmente morto.

— Ah. — Ele desenroscou o cantil e tomou um gole do caldo. Estava quente, espesso e um pouco insípido. Era melhor para o estômago do que os ovos e a salsicha. Ele engoliu. — Eles disseram como?

— Homicídio.

— Ah — repetiu. Tal mexeu na ponta do cantil. Homicídio. Não assassinato. Havia uma ligeira diferença. Este último sendo politicamente motivado. Sua família não havia feito a conexão ou não tinha encontrado evidências para apoiar uma declaração de que fora assassinato. Eles ficariam relutantes em declarar alguém inimigo quando tinham tão poucos aliados.

De qualquer maneira, sua mãe pensava que ele estava morto. Tal abraçou o estômago.

— Isso não é tudo. — Dara puxou a trança. — A proclamação diz que os criminosos foram capturados ou mortos, mas há uma recompensa por informações sobre qualquer pessoa que possa tê-los ajudado. — A moça desviou o olhar para o tritão e gesticulou para ele. — Os habitantes da cidade implicaram você.

Athlen empurrou a cabeça pelo tecido da camisa e apontou para o peito.

— Eu? Eu não os ajudei. Eu o salvei.

— Eu sei disso. Tal sabe disso. Mas você foi visto com ele na taverna antes de ele desaparecer. Partiu naquela noite e, em seguida, apareceu de volta e gastou grandes somas de ouro pela cidade. Você deve saber quão ruim isso parece.

O queixo de Athlen caiu. Ele olhou para Tal e depois de volta para a amiga.

— Mas eu não fiz... Eu não sou... Ah, não.

— Sim, ah, não. As pessoas da aldeia são atingidas pela perda do jovem príncipe gentil que distribuiu suprimentos durante a doença. Todo mundo está tenso e procurando por vingança. Você será o primeiro alvo. É melhor ficar fora de vista até que os dois estejam prontos para viajar de volta para o castelo.

— Sinto muito — falou o jovem nobre. Ele examinou as ranhuras no chão da caverna, onde a maré havia se infiltrado por séculos e formado um padrão na rocha. Ele traçou uma com a ponta da unha.

— Não é sua culpa — respondeu Athlen, aproximando-se. Ele cruzou os braços sobre o peito e as mangas da sua camisa ondularam, envolvendo seu torso magro em um excesso de tecido.

Tal não acreditava nisso, mas não havia nada que pudesse fazer para mudar a situação.

— Então — lembrou o mago —, quais são as suas más notícias?

Athlen fez uma careta. Ele apontou para a água.

— Estava nas docas. Bem, sob elas, ouvindo os marinheiros e... Bem... Eles conversaram sobre a sua família.

O tritão hesitou. Tal deu outro longo gole no caldo.

— Estou morto. Consigo aguentar.

— Sua irmã... está casada.

— O quê? — O rapaz ficou gélido.

— Por que isso é ruim? — perguntou Dara. — Isso também fazia parte da proclamação. O casamento foi realizado mais cedo para não entrar em conflito com os rituais fúnebres. Não achei que isso fosse tão ruim quanto Tal estar *morto*.

O rapaz colocou o cantil de lado e puxou as pernas para o peito, os cobertores escorregando. Passou a mão pelo cabelo e agarrou os joelhos com os nós dos dedos brancos.

— Temos motivos para pensar que o príncipe Emerick estava por trás do sequestro de Tal. E o nosso plano era impedir o casamento.

— Ah — Dara exprimiu. — Isso é ruim.

O príncipe estremeceu. Ele fechou os olhos e relembrou suas lições. Compostura. Recupere a compostura. Não os deixe ver as rachaduras.

— Meu plano não mudou. Eu preciso ir para casa. Preciso expor Emerick. Mas irei sozinho. Athlen, você deve se esconder até que a poeira abaixe.

— Não.

— Athlen.

— Não. — Ele colocou as mãos nos quadris, o que fez o príncipe se lembrar de Isa. — Eu não te salvei daqueles — fez um gesto com a mão — piratas, para que fosse embora e acabasse ferido por outra pessoa. Você não vai sozinho e não vai me afastar completamente.

Tal lutou para ficar de pé, tomando cuidado com sua perna sensível.

— Não estou te afastando. Mas não quero ser responsável por você ser preso para pedirem uma recompensa. Ou pior. Você nunca contou ao meu irmão por que estava naquele navio e como você veio a possuir aquele baú de ouro. E se chegar até você sem mim lá, vai te enforcar.

— Estou ciente de todos os riscos. Tomo minhas próprias decisões e estou escolhendo levá-lo de volta para casa.

— Não. Não vou permitir isso.

— Você não pode me impedir.

— Sim, posso. Eu sou um príncipe de Harth.

— Tecnicamente você está morto — Dara se intrometeu, o nariz enrugado.

— Não vou brigar sobre isso. Assim que estiver bem, vou encontrar um cavalo e cavalgar para casa.

O rosto de Athlen ficou pálido, exceto por um toque de vermelho em suas bochechas.

— Você vai me abandonar, então?

Tal ficou parado olhando para o rapaz. Ele se atrapalhara.

— O quê?

— Por que sou sempre aquele que é abandonado?

— Eu não… Não estou… Eu não faria isso.

No pouco tempo em que o mago o conhecia, ele vira o outro garoto feliz, triste, bêbado e corajoso, mas não *lívido*. Com a testa franzida, ele se levantou com os punhos cerrados; suas narinas dilataram-se e seu corpo tremia. Apontou para ele e abriu a boca, mas parou. Então calou-se e, com um movimento fluido, tirou a camisa e mergulhou na água.

Tal mancou até o lado e espreitou a depressão de água cristalina em meia-lua que parecia enganosamente profunda. Teve um vislumbre de nadadeiras vermelhas e douradas, e então elas desapareceram. As calças abandonadas flutuaram para a superfície.

— Uau — Dara falou.

O príncipe deu um pulo. Havia esquecido que ela estava ali.

— Nunca o vi assim. — Ela se arrastou para o lado de Tal e espreitou as profundezas. — Você deve ter tocado em uma ferida.

— Eu não o estou abandonando.

— Você o está protegendo. — Ela bufou. — Mas ele não vê dessa forma. Está sozinho há muito tempo e sua rejeição o magoou.

— Não era a minha intenção.

— Eu sei. E ele também sabe disso. É fácil para Athlen quando é ele quem está indo embora. Acho que é por isso que vem e vai quando quer. Ele visita e ajuda quando é necessário, mas não fica por perto. É por isso que nunca estive aqui antes, apesar de conhecê-lo há anos.

— Ele não deixa ninguém se aproximar. — Nisso eles eram surpreendentemente semelhantes. — Não pode se permitir se machucar outra vez.

— Não. Ele não pode. — Ela pousou a mão no ombro. — É por isso que tentei alertá-lo para ficar longe de você. Ele gosta de você, mas nós dois sabemos que, quando estiver em casa, não haverá espaço para um tritão rebelde na vida de um príncipe.

— Você não sabe disso — Tal estourou. Ele afastou os ombros de seu toque e enfrentou o olhar com ferocidade. — Você não sabe como é a minha vida, o que faço, o que tem ou não lugar nela. Não pode tomar essa decisão.

Ela ergueu as mãos em sinal de rendição.

— Então terá tempo para ele? Não terá que se tornar um conselheiro da sua irmã, que agora está casada, ou se casar por outra aliança? E que tal jantares e bailes? E quanto aos cortesãos? Ele vai se encaixar nessa vida?

Dara não estava errada. Athlen poderia se adaptar à vida no castelo? Será que iria querer isso?

— Este não é o momento de fazer esse tipo de pergunta. Fui declarado morto. Minha irmã se casou com a pessoa que suspeito ter organizado meu sequestro e tortura. Athlen está implicado nesses crimes. E nosso reino está à beira da guerra.

— À beira da guerra?

— Você não acha que a morte de um príncipe por outro reino é um ato de guerra? Se a minha família descobrir que isso foi político e não sobre…

— Os rumores.

— Certo, os rumores. Então vamos acabar em uma guerra manipulada pelo príncipe Emerick e por Ossétia.

— Não pensei nisso. — Ela fez uma careta.

— É, bem, eu sou um príncipe. É mais do que dança e jantares. Precisamos saber como navegar em lamaçais políticos.

Ela ergueu uma sobrancelha, mas não mordeu a isca.

— Beba seu caldo e volte a dormir. Você fica desagradável quando está cansado. Tenho que ir para casa, mas volto amanhã para trocar seus curativos. Aí discutiremos como encontrar um cavalo.

Tal suspirou, sua raiva se esvaindo rapidamente.

— Obrigado — ele falou, passando o polegar na ponta de uma bandagem. — Estou sendo sincero — acrescentou quando a expressão dela permaneceu duvidosa. — Você não precisava me ajudar, e percebo que manter nossos segredos também é uma grande pressão para você.

Dara enfiou as mãos no avental.

— De nada. — Ela se inclinou para trás nos calcanhares e seu nariz enrugou. — Você é importante para ele. Então é importante para mim também. — A moça suspirou. — E posso ter feito um julgamento severo de você quando nos conhecemos.

— Arrogante e fora de alcance — o rapaz repetiu.

Ela estremeceu.

— Sim, isso. Agradeço que tenha ouvido o que tinha a dizer. Você fez algo a respeito, mesmo que tenha questionado as suas motivações.

— Você também estava certa. Minha família não é perfeita, mas estamos tentando. — O garoto brincou com o punho da manga. — Também sei quão difícil foi para você dizer — falou, encontrando o olhar dela, um sorriso provocador curvando o canto do lábio.

Ela empurrou seu ombro e riu.

— Vejo por que ele gosta de você.

Tal olhou de volta para a água agitada. Os peixes pequenos perseguiram as bolhas na superfície e a maré baixou, revelando mais da plataforma rochosa. Mas não havia sinal do tritão.

— Ele vai voltar.

— Eu sei — afirmou o rapaz. Não tinha dúvida disso, apenas do que aconteceria quando Athlen retornasse. Não tinha força de vontade para recusá-lo outra vez se ele afirmasse seu lugar ao lado de Tal. Era muito egoísta. A fé e o apoio contínuos do outro garoto o faziam se sentir melhor, ajudavam-no a amenizar seus sentimentos de aversão a si mesmo, e o mago não podia perder isso, não se fosse seguir em frente e salvar sua família.

Dara foi embora em silêncio e ele voltou para a cama com cuidado, abaixando-se no calor e na espessura dos cobertores que Athlen comprara com seu ouro. Bebeu o caldo, seguido por um copo d'água. Esfregou a pomada que Dara havia deixado nas feridas das suas mãos e nos lugares descascados que conseguia alcançar.

Tal manteve os olhos abertos o máximo que pôde — ansioso pelo sereiano ainda não ter retornado — até adormecer.

UM MOVIMENTO AO LADO DELE O FEZ SAIR DE UM PESADELO. ELE SE ERGUEU NA cama, cambaleando à beira do pânico dos seus sonhos, mas a voz suave de Athlen o acalmou antes que estivesse totalmente acordado.

— Sou só eu.

Tal piscou sob a luz fraca. A caverna estava quase totalmente escura e mal conseguia distinguir as feições do tritão, exceto por seus olhos arregalados. Seu primeiro instinto foi abrir a palma da mão e iluminar a área com uma pequena chama, mas fez uma pausa e olhou fixamente para o punho cerrado, inseguro e com medo.

Athlen se agachou ao lado da cama improvisada. Seus dedos estavam frios quando cutucaram os dele com suavidade. Acenou com a cabeça, em encorajamento.

— Continue.

— E se eu...

— Você não vai me machucar.

— Como tem tanta certeza? — o príncipe perguntou com a voz baixa.

— Porque conheço você.

O coração do jovem bateu mais forte. Sua pulsação disparou. Respirando fundo, abriu a palma da mão e uma chama fraca ganhou vida sobre a mão trêmula. Ele a empurrou acima deles com suavidade e ela pairou no ar, iluminando a área com um brilho quente e oscilante. Por um momento de silêncio, os dois observaram a chama flutuar de modo inofensivo.

Com a expressão suave e admirada de Athlen, uma sensação de paz caiu sobre Tal. Não estava com medo. Ainda o achava maravilhoso, e um algo dentro do garoto se encaixou no lugar.

— Viu? Nada que seja parte de você pode ser ruim.

Tal abaixou a cabeça porque esse era o ponto crucial de tudo. A magia era uma parte dele, e ele não poderia se separar dela, mesmo se tentasse. Poderia suprimi-la, mas sempre estaria ali, fervendo sob sua pele. Poderia abraçá-la ou estar para sempre em guerra consigo mesmo. Passara a maior parte da sua vida se escondendo, e não havia funcionado. Negar essa parte integrante de si só tornou pior quando chegou a hora de usar a magia em defesa própria. Talvez fosse o momento de tentar algo novo. De se curar e confiar em si mesmo, assim como o outro garoto confiava nele.

— Obrigado.

— Pelo quê?

— Por acreditar em mim.

Athlen encontrou o olhar de Tal e deu-lhe um sorriso torto, incerto.

— É claro.

O príncipe pigarreou.

— Então, você está de volta.

— Sim. — O tritão colocou uma adaga pingando ao lado da cama do garoto. — Trouxe isso para você.

— A adaga da Shay? — Ele a pegou pelo cabo ornamentado. A lâmina brilhava na escuridão e o metal era liso e frio ao toque. — Você achou.

— Não estava longe de onde a perdeu.

— Sinto muito. — Tal deixou cair a faca, betendo na rocha, e agarrou a manga de Athlen. O tecido estava úmido, mas não molhado. O cabelo também estava seco, afofado em uma bagunça indomável. Estava de volta havia um tempo. — Eu sinto muito.

Os cílios do outro garoto tremeram enquanto olhava com atenção para o lugar onde tocara seu braço. Ele colocou sua mão sobre a de Tal com gentileza. A última vez que estiveram juntos assim, quietos na caverna com a maré baixando, algo carregado e mágico como um segredo entre eles, o tritão havia falado sobre perder sua família. Ele não disse muito, a ferida ainda estava aberta, apesar dos anos, mas o jovem desejava saber. Precisava saber.

— Por que tem medo de ser abandonado?

Athlen franziu a testa. Ele virou a mão de Tal na sua e desenhou linhas ao longo dos dedos dele. Quando falou depois de vários minutos, a voz estava baixa e trêmula:

— Saí para explorar, apesar de minha mãe e meu pai me alertarem para não ir muito longe. Enquanto estava fora, o fundo do mar estremeceu, e fui pego pela onda do mar. Fui puxado por léguas de distância. Assim que consegui me libertar, nadei para casa o mais rápido que pude, pensando em quantos problemas eu estava metido, mas… — Ele ficou sério. — Meu caminho habitual para casa estava bloqueado por escombros. As paredes do túnel desabaram por causa do terremoto. Eu dei a volta para pegar outra passagem e… — Ele engoliu em seco. Quando continuou, sua voz era cheia de pesar. — O fundo do mar estava rachado. O vermelho derretido borbulhou e queimou a água, fervendo até virar vapor. Tentei encontrar minha família, mas quanto mais perto eu nadava, mais difícil ficava de respirar, e minhas escamas queimavam. — O rapaz esfregou os olhos com a mão. — Havia corpos flutuando, tritões e sereias que tentaram, mas não escaparam a tempo. Eu não vi meus pais ou minha irmã, mas...

Tal agarrou os dedos de Athlen.

— Sinto muito.

Os olhos do sereiano brilharam com lágrimas. Ele balançou a cabeça.

— Eles podem ter conseguido escapar e, se conseguiram, podem ter pensado que fui um dos que ficaram presos, especialmente se não conseguiram me encontrar. Tenho certeza de que eles não queriam me abandonar de propósito, mas...

— Athlen...

— Procurei por eles durante meses, mas nunca os encontrei. — Dando de ombros, o garoto examinou suas mãos entrelaçadas. — Tive que me forçar a enfrentar o fato de que talvez eu não os veria novamente. Estava sozinho.

Athlen fez uma pausa. O mago apertou sua mão ainda mais.

— Então fez uma barganha?

— Nosso povo sempre falava da bruxa do mar como uma lenda. Estava com medo e maravilhado com as histórias. Aqueles que chamavam seu nome e tinham um desejo em seu coração poderiam negociar com ela. Estava desesperado, então tentei. Ela veio até mim e me ofereceu a capacidade de andar entre os humanos para que não estivesse sozinho.

Tal se aproximou.

— O que deu a ela?

O tritão não respondeu de imediato, e o silêncio se estendeu entre eles. Quando enfim ergueu os olhos, sua boca estava virada para baixo; a expressão em seu rosto era algo que o príncipe só poderia classificar como arrependimento.

— Algo que pensei que nunca encontraria. — Estendeu a mão e tocou o queixo de Tal, as pontas dos dedos frias e hesitantes, então ele as deslizou ao longo da linha da mandíbula mal barbeada do rapaz e segurou sua bochecha.

— Sei que deseja me proteger, mas não preciso de proteção. Prefiro estar em perigo com você a ser abandonado.

Tal encostou a testa na de Athlen. O coração batia descontroladamente. Magia e desejo queimavam em suas veias, seu corpo pegava fogo.

— Não irei embora sem você. Eu prometo.

— Obrigado.

Tal não sabia o que os esperava, mas esta era a chance que ele pensou que havia perdido. Ele não perderia outra vez.

Diminuindo a escassa distância entre eles, Tal inclinou a cabeça. Seu pulso batia forte enquanto roçava os lábios rachados nos de Athlen, tremendo e inseguro, apavorado de que pudesse ser empurrado para longe ou puxado para mais perto. Foi o mais breve dos beijos, e a boca do garoto estava escorregadia e fria antes de se afastar, quebrando a suave sucção. Ele estremeceu quando Athlen embalou seu rosto nas mãos e o puxou de volta para beijá-lo mais uma vez. Ele avançou, ousado e ansioso, faminto por cada sensação, seu punho cerrado no tecido da camisa de Athlen. Devolveu cada pressão fervorosa com uma intensidade própria, lábios entreabertos, a boca quente e desejosa, e tão desajeitado quanto Tal se sentia.

O sereiano arfou, sua respiração era um choque na boca do rapaz, e eles se beijaram desesperados e selvagemente, até que Tal se afastou, o peito arfando enquanto tentava recuperar o fôlego. As mãos do tritão escorregaram para os lados do pescoço do jovem, as pontas dos dedos roçando a pele sensível atrás das orelhas. Tal olhou fixamente para o queixo do outro, envergonhado com sua inexperiência e entusiasmo, enquanto o corpo queimava e a respiração estava forte.

Com os olhos arregalados, a boca aberta e os lábios molhados do beijo de Tal, Athlen se abaixou para encarar os olhos dele com um sorriso tímido, seus cílios tremulando.

— Encontraremos um cavalo e cavalgaremos até a sua casa. Juntos.

O rapaz concordou com a cabeça.

— Juntos. — Então se lançou e beijou Athlen mais uma vez, sua ferocidade acalmada. Eles se beijaram lentamente, arrastando beijos que deixaram o nobre tonto e com os lábios sensíveis. Apesar de seu desejo de continuar, sentiu as pálpebras se fecharem e Athlen riu em sua boca.

— Você está cansado, meu príncipe — comentou, a cabeça inclinada para o lado, pensativo e quieto. — Vá para o lado. Nunca dormi em uma cama antes.

Tal corou intensamente, mas sorriu. Ele se moveu em direção à parede, deixando um pequeno espaço para o outro garoto deslizar. Seus ombros se bateram e os cobertores mal cobriram os dois; Tal exalava suor febril, mas o tritão não parecia se importar. Ele se contorceu ao lado dele.

— Eu durmo na água — explicou, passando os dedos pelos cobertores. — Porque é seguro e tranquilo lá. Mas dormi no convés do navio e aqui enquanto vigiava você.

Como se fosse impossível, o rosto de Tal ficou ainda mais corado.

Athlen colocou as mãos na bochecha dele.

— Mas nunca em uma cama.

— Bem-vindo.

O sereiano gargalhou. Ele cutucou o rapaz na lateral do corpo.

— Para ser honesto, não vejo a graça.

— Esta não é bem uma cama. Quando voltarmos ao castelo, mostrarei as melhores camas de todo o reino. Então vai entender.

Athlen gargalhou outra vez. O som ecoou pelas paredes e Tal teria se afogado de bom grado nele.

— Bem, até lá, descanse e se cure.

O príncipe fechou os olhos e, pela primeira vez em dias, caiu em um sono profundo e reparador.

Tal se recuperou na enseada de Athlen por mais alguns dias. A febre finalmente cedeu e as feridas cicatrizaram aos poucos. O joelho não doía tanto quanto antes, embora sentisse pontadas se pisasse de modo errado. A comida permaneceu na barriga. Os períodos entre seus descansos ficaram mais longos. E a magia voltou, tão forte e quente quanto antes.

Nos momentos de lucidez, ele aceitou a própria morte e as implicações disso. Ruminou as informações que tinha — as coisas que sabia, as que não sabia — e chegou à mesma conclusão todas as vezes: o príncipe Emerick queria uma guerra com Mysten e havia usado Tal e Isa para consegui-la. E isso deixou o príncipe furioso.

Ele também pensou em como Athlen o fazia se sentir. Nos arrepios que começavam em sua barriga e passavam pelos membros e pela garganta. O pulso acelerava quando o outro garoto se aninhava perto dele à noite. Eles não haviam se envolvido em mais nenhuma sessão de beijos, porque Tal ficava distraído e o tritão estava satisfeito se deitando ao lado dele à noite na pilha de cobertores.

Parado sob um raio de sol, o nobre flexionou as mãos enquanto ele e Athlen esperavam o retorno de Dara. O fogo dançava ao longo dos seus dedos, e o sereiano pulava na água nas proximidades. A moça relutava em declará-lo apto para viajar e, embora não tivesse a obrigação de seguir seu conselho, ela era parte integrante do plano. Nem Tal nem Athlen podiam deixar a caverna, especialmente com a exorbitante recompensa que a família real oferecera para obter informações. Eles precisavam dela para obter suprimentos e um cavalo.

Antes que pudesse explodir de impaciência, Dara se espremeu pela abertura, praguejando enquanto tropeçava em uma pilha de coisas de Athlen. Ele apagou as chamas e cruzou os braços, estremecendo quando o movimento esticou seu ombro ferido.

— Tenho novidades — a garota avisou.

Athlen nadou, a cauda batendo na água. Ele cruzou os braços na borda, gotas de água escorrendo por seus ombros, seu cabelo acobreado espalhado na cabeça.

— Olá, Dara. Como está?

Ela revirou os olhos.

— Excelente. Aqui está a comida. — Ela entregou um embrulho. Tal sentou-se no chão e distribuiu entre eles.

— Esta manhã havia rumores vindos da cidade vizinha sobre uma procissão. Fui ver e havia cavaleiros do reino cavalgando em fileira, seguidos por um grupo de soldados em marcha.

Tal enfiou um biscoito na boca.

— Cavaleiros?

— Sim, e, em vez de hastear as bandeiras de Harth, eles tinham as pretas.

— Ah. É um cortejo fúnebre — o príncipe falou com a boca cheia de comida. Seus ombros caíram. — Embora não entenda por que estariam aqui. O costume determina que os serviços sejam realizados onde a pessoa nasceu.

— Um dos seus irmãos ou irmãs poderia estar com eles? — Athlen indagou. — Poderíamos te levar até eles.

— Duvido. Mas não sei. Eu era tão pequeno quando meu pai morreu e esse foi o último funeral a que compareci. Não me lembro muito do que aconteceu, além de viajar para a cidade de seu nascimento para os rituais. — Tal mordeu o lábio. — Os cavaleiros deram alguma indicação sobre o que estavam fazendo?

— Não sei. Ninguém os parou para perguntar. Mas eu vi algo que talvez possa interessar você.

Tal ergueu uma sobrancelha.

— O quê?

— Sua guarda-costas assustadora andava à frente na fileira.

11

— O QUÊ? — TAL ENDIREITOU SUA POSTURA RELAXADA. — Shay? Aqui?

— Talvez? Ela tem pele negra e cabelos castanhos compridos. Estava liderando o cortejo, usando armadura e montando um cavalo branco.

— Com uma cabeleira trançada?

— Acredito que sim.

— É a Shay! — O príncipe saltou de pé com empolgação. — Onde eles estão agora?

— Acampados um pouco fora da cidade. Estão indo para o leste.

O rapaz andava de um lado para o outro.

— Você tem que entrar em contato com ela para mim.

Dara ergueu as mãos.

— Não.

— Sim! Diga-lhe que tem informações sobre mim. Conte que conhece o garoto que estava no navio abandonado na Grande Baía. Atraia ela até aqui.

— Aqui não — interrompeu Athlen. Ele cruzou os braços sobre o peito enquanto balançava na água, embora não de maneira defensiva, mas protetora; como se estivesse se abraçando. — Não na minha casa.

— Não, você está certo. Sinto muito. Existe algum lugar próximo onde podemos encontrá-la? Algum lugar seguro?

— Há uma enseada não muito longe escondida por grandes dunas.

A moça acenou com a cabeça.

— Eu conheço. Mas não quero fazer isso! E se ela me espetar?

— Ela vai reconhecer você — amenizou Tal. — Ela te viu quando fomos à sua casa. Shay tem uma excelente memória para detalhes e irá segui-la.

— E se não seguir?

— Ela vai. — O garoto colocou as mãos nos quadris e deu meia-volta para encará-la. — Mas se não fizer isso, diga a ela que você sabe sobre a paixão dela pelo segundo príncipe.

Os olhos de Dara se arregalaram.

— Eu *não* vou dizer isso! — Ela jogou as mãos para o alto. — Na verdade, não vou fazer nada disso.

— Tudo bem. Farei isso. — Tal cruzou os braços. — Leve-me até eles e vou atraí-la para longe. Eu sei como.

— Excelente. Ela não saberá que é você; você a hostilizará, então ela enfiará a parte pontiaguda da espada e você realmente estará morto.

A cauda de Athlen bateu na água.

— Eu farei isso.

— Não — eles responderam em uníssono.

— Acho que estabelecemos o que acontece quando você tenta me dar ordens, meu príncipe.

O garoto baixou os braços e os ombros caíram. Ele sabia que era melhor não discutir.

— Tudo bem. — Ergueu um dedo. — Mas vamos fazer isso de forma inteligente e você terá cuidado.

Athlen corria a toda velocidade ao redor da duna, as pernas se movendo rapidamente, a areia subindo enquanto derrapava na curva. Sua camisa balançava, e uma das mãos segurava seu grande chapéu na cabeça enquanto a outra segurava um saco de tecido com maçãs. Os olhos estavam arregalados, mas a boca abria em um sorriso, uma gargalhada alta e provocante enquanto avançava em direção a Tal e Dara.

O mar se arrebentava na praia. Em ambos os lados havia grama selvagem e encostas de dunas altas. E, seguindo Athlen entre os grandes montes de areia estava Shay, correndo a todo vapor, os braços em movimento, o rabo de cavalo alto balançando.

— Ladrão!

O tritão se abaixou atrás do príncipe, erguendo as maçãs sobre o ombro, com o peito arfando.

— Eu a trouxe — o rapaz avisou com uma risada. — Agora é com você.

Shay diminuiu o passo ao ser confrontada pelo trio, e Tal viu o momento em que a linguagem corporal mudou de irritada para defensiva. As botas deixaram marcas profundas na areia fofa onde ela parou, examinando-os a distância.

— Se esta é uma pobre tentativa de armadilha, saiba que posso estripar vocês três em segundos. — Shay desembainhou a espada, a lâmina brilhando no crepúsculo que caía. Ela ergueu a ponta para os rapazes. — O que posso ser tentada a fazer. Agora, quem são vocês? Falem.

Tal deu um passo à frente e jogou o capuz do seu manto para trás.

— Não sabia que tinha talento para o drama, Shay. Parabéns. Você deveria se juntar ao grupo de teatro itinerante que visita o castelo no verão.

Shay cruzou a distância entre eles em duas passadas, empurrando a ponta da sua espada na areia, depois agarrando Tal com força, as mãos fortes envolvendo seus bíceps segurando-o imóvel. O olhar vagou sobre as feições, a boca aberta, os olhos arregalados e suplicantes. Quando encontrou o que estava procurando, ela o puxou para um abraço doloroso.

— Tally — sussurrou, enquanto o esmagava contra sua armadura de couro.

Soluços obstruíram a garganta do rapaz e ele a abraçou tão forte, prendendo o rosto em seus cabelos escuros.

— Tally — falou novamente, com a voz mais firme. — Como? Onde? Kest viu você se afogar. Ele te viu cair para o lado e nós procuramos por você. Nós procuramos e procuramos, tanto Kest quanto Garrett mergulharam na água e nadaram através do fogo e dos corpos procurando por você até quase se afogarem.

O príncipe cerrou os dentes. Os olhos lacrimejaram.

Ela o empurrou, segurando em seus ombros, então pegou seu rosto com ambas as mãos.

— É realmente você? Ou você é um *doppelgänger*? Um fantasma veio me assombrar por ter falhado?

Tal se encolheu.

— Você não falhou, Shay. Não falhou.

— Eu deixei que te levassem.

— Eles estavam esperando por mim. Foi planejado. Foi tudo planejado. Se não tivessem me levado na praia, eles teriam me agarrado em outro ponto da viagem.

— Mas *como*, Tally? Kest viu você!

— Eu o salvei. — Athlen deu um passo à frente. Ele gesticulou para Dara. — E ela o curou.

Shay puxou Tal para o lado dela e encarou os outros dois com olhos estreitos.

— Você é o garoto do navio abandonado e você é a garota da cidade baixa. — Ela ergueu o queixo. — O que está acontecendo aqui?

O jovem tirou o braço do aperto dela (ele teria hematomas em forma de dedo) e se colocou entre ela e a dupla, de costas para o tritão, em uma demonstração de confiança.

— É muito mais estranho que qualquer coisa que possa imaginar — Tal abrandou. Sorriu abertamente para sua cara fechada. — Relaxe, Shay. Esses dois cuidaram de mim. Não vão me machucar.

Ela balançou a cabeça.

— Você está horrível.

— Eu estava pior. Juro a você.

— O que está fazendo aqui? — Ela recuperou sua espada da areia e a embainhou. — Por que não mandou uma mensagem para sua mãe? — Ela agitou o braço. — Kest se culpa por deixá-lo no navio. Você sabe como ele tem acessos de melancolia, mas agora seu irmão está inconsolável. Garrett está pronto para matar qualquer um que esteja envolvido. Foi quase impossível fazer com que os mantivesse prisioneiros em vez de matar todos no navio da saqueadora. Isa está prestes a declarar guerra. E a Corrie não parou de chorar desde que você sumiu.

O príncipe esfregou o peito, seu coração estava doendo.

— Por que está liderando uma comitiva real? Por que não está no castelo?

Shay baixou as mãos.

— Responda à pergunta, Tally. Você não é cruel, então por que deixou sua família acreditando que foi assassinado?

— Estive doente. Não fui capaz de enviar uma mensagem. — Essa não era toda a verdade, mas era mais fácil do que explicar sua luta com o uso de sua magia depois do que fez a Zeph e tripulação. — Além disso, não sabia quão seguro era. Há muito mais coisas acontecendo aqui do que pode imaginar. — Ele ergueu o queixo. — Agora, você.

— Estamos convocando simpatizantes para a guerra iminente. Conseguindo apoio para a decisão da rainha e de Isa assim que declararem sua morte como um assassinato político. A rainha sabe que foi morto por ordem de outra família real. A única prova concreta que temos é a palavra da capitã que te prendeu antes de Garrett matá-la. Ela disse que foi Mysten.

Tal balançou a cabeça.

— Não. Eles estão errados. Mysten foi incriminado.

— Por quem?

— Emerick. É por isso que não enviei uma mensagem. Era mais seguro para mim... para todos... que pensassem que estou morto. E não tinha certeza de que não seria interceptada. Kest disse que seu séquito era grande e todos estavam no castelo.

Shay ergueu uma sobrancelha, depois riu.

— Emerick? — Ela passou a mão nos cabelos sobre o ombro. — Você tem certeza?

Athlen deu um passo à frente, com os ombros retos, e parou ao lado de Tal.

— Sim. Foi ele.

— Por mais que queira acreditar na palavra de um mentiroso conhecido — a guerreira disse e o tritão estremeceu —, Emerick não conseguiria encontrar o caminho para sair de um jardim de rosas ressecadas. Tally, ele não está planejando um golpe.

— O quê? — Tal trocou um olhar com os amigos. — Encontramos ouro de Ossétia no navio onde Athlen estava acorrentado. E Zeph, a capitã que Garrett matou, me disse que Ossétia estava por trás disso. Eles me sequestraram para ser uma arma, e quando eu não… — Ele parou, então pigarreou. — Quando não lhes dei o que queriam, eles planejaram me matar e incriminar Mysten.

— Emerick é uma pilha de pedras. Ele é lindo, não me entenda mal, mas você sabe por que Isa o escolheu entre os irmãos de Ossétia?

Tal fez um buraco na areia com o pé.

— Não.

— Porque ele seria o mais fácil de manipular. Isa o ama, abençoada seja, mas, Tally, ele não é o cérebro por trás de nada.

— Está errada, Shay. Todas as evidências que temos apontam para ele.

Ela colocou as mãos nos quadris e levantou a cabeça para olhar para o céu.

— Venha comigo, então. Vou levá-lo de volta aos cavaleiros, e um deles o levará para casa. Eu faria isso, mas tenho que liderar este grupo até a fronteira e esperar o comando da rainha para invadir Mysten.

— Não.

— O quê?

— Um dos marinheiros de Garrett tentou me matar, ou você não se lembra? Emerick invadiu a nossa casa, e sei em meu íntimo que planejou meu assassinato. Vou voltar para casa sozinho, obrigado. Até lá, não pode contar a ninguém que estou vivo. Isso colocará a minha família e você em perigo.

— Estamos marchando para a guerra, Tally! Nosso reino, por mais fraco que seja, está prestes a atacar outro com base na premissa da *sua* morte. Não pode se esquivar de suas responsabilidades para com o seu reino e se esconder aqui com esses dois.

Estreitando os olhos, o jovem se inclinou para a frente.

— Como ousa?

— Você já se divertiu, seja lá o que for, mas agora é hora de voltar para sua família e parar esse conflito antes que comece. — Shay não recuou.

— Diversão? — A voz dele falhou. Deu um passo à frente. — Diversão? — A raiva queimou através dele. Fumaça saiu dos seus punhos. O corpo se aqueceu com fogo e chamas. — Você não tem ideia do que passei. Fui sequestrado, torturado e escondido, tudo para proteger minha família e nosso reino. Não sou o menino que era quando iniciamos nossa jornada e, com certeza, não estava me *divertindo* à custa das pessoas que amo. Sou o príncipe Taliesin de Harth, quarto filho da rainha Carys, e obedecerá ao meu comando. Está claro? — Os olhos escuros de Shay brilharam de raiva e sua mandíbula cerrou.

A moça curvou-se, mantendo os olhos fixos nos de Tal.

— Sim, meu príncipe.

— Não contará à minha família nenhum detalhe desta conversa. Você não lhes dirá que estou vivo. Não lhes dará minha localização. E você não implicará nenhum desses indivíduos nas informações que compartilha com eles.

— Está cometendo um erro, meu príncipe.

— Então cometerei esse erro sozinho. Ao partir pela manhã, você deixará um cavalo, um corcel rápido e robusto, amarrado a uma árvore com uma sela e suprimentos. Entendeu?

— Garrett estava certo. É um merdinha quando quer.

Tal fechou a cara.

— Sim, meu príncipe. Será feito como ordena.

— Bom. — O garoto abandonou a fachada real, a tensão da sua espinha se afrouxando. — Foi bom ver você, Shay. Eu... uh... bem... Athlen encontrou isso.

O mago desamarrou a adaga do cinto e, segurando a lâmina, empurrou o cabo na direção dela.

Ela não se mexeu.

— Fique com ela.

— Não deveria. É sua. Pensei que tivesse perdido na praia quando eu lutei com eles...

— Fique com ela, Tally. Você vai precisar dela em sua perseguição tola.

Tal envolveu o cabo com as mãos e puxou a adaga contra o peito.

— Desculpe por não te escutar. Sinto muito por gritar com você e por ter escapado.

Shay balançou a cabeça.

— Fiquei arrasada quando te perdemos. Nunca mais quero me sentir assim. Não concordo com o plano que traçou, mas farei o que ordenar. Apenas... — Ela estendeu a mão para ele e o príncipe aceitou o toque no braço. — Não morra. — A guerreira olhou para Dara e Athlen. — Cuidem dele. Pode dizer estar pronto para o que vem a seguir, mas foi protegido dentro de um castelo com irmãos e servos durante toda a vida. Não conhece os caminhos do mundo fora dos muros.

— Eu vou cuidar dele. — O tritão encheu o peito. — Ele vai voltar para casa.

A moça acenou com a cabeça, firme.

— Seu cavalo estará esperando você.

— Obrigado, Shay.

— Boa sorte, Tal. Fique seguro. Pare esta guerra o mais rápido que puder.

— Eu pararei.

Shay deu a ele um último olhar demorado, um pequeno sorriso nos cantos dos lábios, então deu meia-volta e se afastou, a mão no punho da espada, o cabelo balançando atrás dela.

— Ela é assustadora — Dara declarou, parando ao lado de Athlen. — Você também é assustador quando se transforma de Tal em príncipe Taliesin.

O garoto deu de ombros.

— Ela não teria me ouvido se não tivesse ordenado.

O outro rapaz franziu a testa e bateu o dedo no canto da boca.

— Você é um príncipe — falou com preocupação. — E pode ordenar que outros cumpram suas ordens. — Ele analisou Tal. — Ela teria que fazer qualquer coisa que pedisse?

— Shay fez um juramento à minha família. Deve fazer o que a família manda. Mas também está subentendido que não lhe pediríamos nada que violasse as leis ou o código moral.

O tritão ergueu uma sobrancelha.

— Então talvez devamos nos apressar para voltar ao castelo. Ela pode perceber que receber a ordem de guardar seu segredo é contra o código moral dela.

— Ela não fará isso. — Tal enfiou a adaga no cinto. — Mas devemos nos apressar.

— Tal, por que Ossétia iria querer você como arma? — indagou Dara, franzindo a testa. — Essa é a parte que não entendo.

O rapaz enrijeceu. A boca ficou seca. Ele não havia contado sobre sua magia enquanto ela cuidava dele. A moça havia visto a evidência da sua tortura, mas não sabia sobre o colapso e a subsequente torrente de fogo. Somente Athlen sabia. Mas o rapaz confiava nela, e talvez fosse o momento de seu segredo ser compartilhado. Athlen fechou os dedos nos dele e deu-lhe um sorriso encorajador.

— É complicado — o príncipe começou. — Mas não estava errada sobre mim quando nos conhecemos.

As sobrancelhas de Dara se juntaram ao pensar, então ela empalideceu e apertou os lábios.

— Os rumores são verdadeiros, então. Você é como seu bisavô.

— Não sou ele — Tal corrigiu rapidamente. — Eu sou diferente.

— Como? — questionou sem acusação na pergunta, apenas genuína curiosidade e preocupação, o que o rapaz apreciou.

— Porque ele queria começar uma guerra. Eu vou parar uma.

— Tem certeza sobre o Emerick? — perguntou a moça. — Você poderia estar errado? Zeph teria mentido para você?

Tal franziu os lábios. Zeph havia revelado o plano em um momento de piedade inesperada, quando ele estava quase que totalmente aniquilado. Ela não estava mentindo. Essa foi a troca mais real entre eles desde o minuto em que fora levado a bordo.

— Não estou errado.

— Eu confio em você — Athlen falou, segurando o ombro do rapaz.

— Se adianta de alguma coisa — Dara acrescentou, descansando a mão trêmula na dobra do cotovelo dele —, eu também.

— Obrigado. — O príncipe se apoiou no toque de Athlen e a tentativa de aceitação de Dara. Pela primeira vez desde que deixara o castelo à beira-mar, estava confiante nas escolhas e no plano que tinha. Salvaria sua família e seu povo. Completaria sua missão. Se ao menos pudesse convencer seu coração a parar de bater acelerado.

Os dois rapazes deixaram a caverna nas primeiras horas da madrugada, quando a noite estava mais fria. Envolto em uma capa escura, Tal seguiu Athlen ao longo da costa.

O tritão abriu caminho pela parte rasa, os pés descalços ágeis na água baixa enquanto as botas do outro rapaz derrapavam nas pedras lisas. As docas apareciam a distância, os mastros dos navios balançando contra o céu escuro, as estrelas como únicas testemunhas da jornada. Tal controlou as emoções que surgiram em resposta à visão das docas e se concentrou no caminho à sua frente.

Eles contornaram a vila e encontraram Dara nos limites da cidade.

— Aqui — ela chamou, empurrando um pacote embrulhado nas mãos de Tal. — Alimento para a jornada, caso sua guarda-costas esteja furiosa o suficiente para não trazer nenhum. — Ela remexeu no bolso do avental e tirou um pedaço de pergaminho dobrado. — Um mapa com a rota mais rápida. Basta seguir esta estrada por alguns dias, depois virar à esquerda para voltar ao mar. Qualquer idiota consegue se guiar, mas conheço vocês dois, então lembrem-se de verificar de vez em quando.

O jovem pigarreou.

— Obrigado.

— Bem — prosseguiu enquanto torcia as mãos no tecido do avental, emocionada —, não comam tudo de uma vez. Não parem na estrada e certifiquem-se de pelo menos se esconderem na floresta quando acamparem. Apenas fogueiras pequenas, para não chamar atenção. — Ela afastou uma mecha de cabelo do rosto. — Assim que chegarmos ao cavalo, acho que não vão querer um adeus demorado. E não estou triste por vocês estarem indo embora. Vocês têm sido uns chatos desde que apareceram na minha porta com as coisas de que minha mãe precisava.

— Dara — falou Tal com um revirar dos olhos e um leve sorriso —, essa é a coisa mais legal que você já me disse.

A moça riu e deu um soco no braço do rapaz.

— Você é um idiota. Mas se tivesse que conhecer um príncipe mago, acho que você é tão bom quanto qualquer outro.

— Você estava certa, sabe. — Tal pigarreou. — Minha família e eu deveríamos fazer mais pelos cidadãos. Faremos mais. Eu prometo.

A expressão da garota suavizou.

— Eu agradeço.

— Não. Eu que agradeço — ele interpôs. — Por tudo. Não teria conseguido se não fosse por você.

— Nenhum de nós teria — Athlen se intrometeu ao lado do jovem. Ele fechou a distância entre ele e Dara e a envolveu em um abraço. — Eu voltarei. Prometo.

— Ok. — Ela se afastou. — Vamos, rapazes. Estamos quase lá.

Dara deu meia-volta e abaixou a cabeça. Eles a seguiram até a periferia da cidade, onde os prédios ficavam mais escassos e as terras agrícolas tornavam--se mais abundantes. O céu clareou com o amanhecer quando encontraram a grama achatada e os círculos que marcavam a clareira onde o regimento havia acampado. Passaram por uma pequena colina e avistaram um cavalo amarrado a uma árvore.

Shay havia obedecido seu comando, apesar do desdém pelo plano de Tal. O cavalo era uma égua branca manchada, com uma sela de couro gasta e bolsas penduradas de cada lado. Ela não saltou com o toque do príncipe, o que era bom, já que ele não achava que Athlen seria capaz de ficar em cima de um animal arisco. Ela cheirou a mão dele e comeu a maçã oferecida, a língua larga lambendo a palma da mão do rapaz.

— Boa menina — sussurrou. Deu um tapinha em seu pescoço e o animal balançou a cabeça. Tal montou na égua, as botas deslizando nos estribos. Pegou as rédeas e deu uma batidinha no pescoço do animal, acalmando-a em voz baixa.

Os lábios de Athlen se estreitaram quando ele se aproximou. Ele lançou um olhar por cima do ombro em direção à cidade portuária e ao mar distante antes de permitir que os ombros caíssem. Seu grande chapéu mole escondia as feições, mas a postura mostrava como estava cético em relação a cavalgar.

— Venha — Tal chamou, oferecendo a mão. — Vai ficar tudo bem.

Dara entrelaçou os dedos e incitou o tritão a dar um passo. Cauteloso, segurou a mão do rapaz. Athlen foi capaz de passar a perna por cima do dorso da égua e se acomodar no berço da sela atrás do príncipe. Ele agarrou sua cintura e apoiou a testa na nuca dele.

— Tenham cuidado — a moça pediu. — Só usem a estrada durante o dia. São alvo fácil à noite. Sigam a rota que eu dei. É o caminho mais curto para o castelo à beira-mar.

— Obrigado, Dara — agradeceu o nobre. — Quando chegar em casa, vou me certificar de contar à rainha sobre sua bondade e bravura. Você será recompensada.

Dara bateu na perna dele.

— Basta chegar em casa em segurança e cuidar dele. — A moça apontou com o queixo para onde Athlen se agarrava como um caracol. Ela deu um puxão nas calças do jovem, que se curvou sobre o pescoço da égua. Ela se aproximou.

— Proteja-o por todos os meios necessários.

Tal acenou com a cabeça.

— Eu protegerei.

— Bom. — Ela se afastou e deu uma fungada. — Adeus, Athlen.

O garoto tremeu atrás do nobre, mas ergueu a cabeça o suficiente para sorrir, o queixo cravando-se no ombro dele, a aba do chapéu batendo na nuca de Tal.

— Adeus, Dara. Obrigado.

O rapaz estalou a língua e a égua deu um salto para a frente. Athen se mexeu e o agarrou pelos ombros, as mãos espalmadas sobre o peito dele.

Tal sufocou uma risada e voltou sua atenção para a estrada à frente deles. Tinham uma jornada de vários dias pela frente. Ele seguia com um tritão que nunca havia deixado de ver o mar e uma recompensa por sua cabeça; a magia proibida sob sua pele, uma família de luto, uma cobra em casa e um reino à beira da guerra.

Tinha mais em que pensar que as lufadas de ar contornando a pele do seu pescoço e o corpo esguio pressionado em suas costas.

TAL MANTEVE A ÉGUA EM UM RITMO ACELERADO, MAS DIMINUÍA MAIS OU MENOS a cada hora para lhe dar um descanso, permitindo que andasse sem pressa pela terra batida da estrada. A paisagem se espalhava à frente, uma imagem da primavera. A grama verde vibrante aparecia no solo descongelado em juncos exuberantes, e tapetes de flores silvestres decoravam as colinas, as pétalas se aquecendo e se expondo ao sol. Pequenos animais corriam no mato ao longo da estrada — esquilos, marmotas e uma raposa intrometida que os seguiu por alguns quilômetros até encontrar algo mais interessante que dois garotos calados.

Eles encontraram alguns outros viajantes que pipocavam na paisagem: cavaleiros solitários a cavalo, famílias caminhando vindo de aldeias ou indo para elas, visitando amigos e familiares em um dia ensolarado. Passaram por um comerciante com uma carroça carregada e um burro teimoso, e recusaram a oferta de troca por sua égua.

A cada interação, Tal mantinha a cabeça baixa e falava baixo, mas com firmeza, para simular os ares de um homem com trejeitos brutos que estava com pressa, o que era verdade. Athlen não falava muito, apenas com as meninas das famílias, que riam da cor dos seus cabelos e do brilho dos seus olhos, e para franzir a testa educadamente para o comerciante que tentou vender-lhe um par de botas. Mas a intensidade com que agarrava Tal diminuiu e ele se animou, absorvendo a paisagem tanto quanto o outro jovem.

Cavalgaram o dia inteiro, comendo do embrulho de Dara na sela e passando o cantil entre eles quando necessário. Quando o céu escureceu, o príncipe conduziu a égua para fora da estrada, até um pequeno bosque.

— Vamos parar e passar a noite aqui.

Athlen se moveu atrás dele.

— Eu não acho que consiga descer — confessou depois de um momento. — Como devo fazer?

Tal se virou ligeiramente e estendeu o braço.

— Segure-se e balance a perna por cima.

Engolindo em seco, o tritão agarrou o antebraço do garoto e, com a graça de uma vaca, escorregou e caiu na grama.

O príncipe explodiu em uma gargalhada.

O sereiano ficou em pé, mancando, e cambaleou para dentro do bosque.

— Estou feliz que pude ser seu entretenimento esta noite — falou enquanto desaparecia.

Tal pulou da égua e cuidou dela, amarrando-a a uma das árvores próximas em um local com bastante trevo para comer. Ele removeu a sela, o cobertor e pegou um dos panos que Shay havia fornecido para enxugá-la.

Depois que Athlen voltou, o jovem nobre montou acampamento, enquanto observava inclinando a cabeça. Eles dividiram as provisões em torno de uma pequena fogueira, acompanhados de pássaros noturnos que piavam e dos grilos que cantavam. Então relaxaram tranquilamente.

— Conte-me sobre eles — Athlen pediu, as mãos cruzadas atrás da cabeça, os pés descalços flexionando enquanto encarava os galhos acima deles. — Seus irmãos e irmãs. Gostaria de saber sobre eles antes de conhecê-los.

O outro garoto sentou-se de pernas cruzadas ao lado da fogueira, encostado no tronco de uma das árvores. Jogou um galho nas chamas.

— Você conheceu meu irmão Garrett.

— Homem alto com a barba ruiva e o olhar estreito. Não gostou muito de mim.

— Ele não tinha certeza de qual opinião ter sobre você — Tal justificou. — Foi estranho vê-lo inseguro.

O tritão ergueu o queixo.

— Você me entendeu.

— Você me enganou.

Athlen riu. Ergueu o polegar e o indicador, apertando-os.

— Um pouco.

— Achei que tivesse se jogado para fora da embarcação por causa dos horrores pelos quais passou naquele navio.

O outro garoto abaixou a cabeça, o fogo lançando sombras no rosto, o cabelo acobreado brilhando com as cintilações das chamas.

— Diria que sinto muito, só que não seria verdade. Mas sim, conheci Garrett.

Tal balançou a cabeça com a mudança nada sutil de volta ao assunto.

— Minha irmã mais velha, Isa, é a princesa herdeira. Vai governar como minha mãe. Ela é inteligente e tática. Régia. Ela gostaria de você.

— Por quê?

Por mais astuta que Isa fosse como a futura rainha, ela adorava histórias sobre romance, beijos e donzelas. Talvez porque não podia se dar ao luxo de ser uma mulher em perigo, arrebatada pelas circunstâncias e por um desconhecido carismático. Isa suspirava enquanto lia, e às vezes ela divertia a todos com releituras. Tal achava romances um absurdo. Como a princesa, a serva ou a guerreira sempre acabam desmaiando nos braços de um amante? Como o momento certo sempre os encontra entre as batalhas, após a fuga ou exatamente ao pôr do sol? Tudo parecia ridículo, forçado e artificial. Mas ele entendia agora — aquele momento de despertar, o ímpeto inebriante de realização e a beleza absurda daquilo.

O rapaz corou.

— Porque eu gosto.

A expressão derretida de Athlen se transformou em um sorriso.

— Ela te ama.

— Sim — concordou. — Acho que ficou chateada no começo quando descobriu que tinha um terceiro irmão, mas sempre foi gentil comigo e, quando não estava ocupada, era divertido tê-la por perto. Só que ela ficava muito ocupada, com aulas e treinamento para se tornar rainha.

— Ela deve ser solitária.

Tal deu de ombros.

— Talvez. Eu não a conheço bem. Garrett, sim. Kest, meu outro irmão, talvez também a conheça.

— Ele é o pássaro.

O mago deu um meio-sorriso.

— Sim, o pássaro. — Desde que viu Shay, Kest era o principal pensamento de Tal. Ele era propenso à melancolia, momentos em que dormia por dias, não comia e não sorria. Quando essa época chegava, ele reclamava que seu corpo doía e que seus pensamentos não se aquietavam. Agasalhava-se com camisas grossas e mantos sobre os ombros curvados e arrastava os pés pelos corredores, os servos o seguindo para garantir sua segurança. E geralmente sofria nos meses mais frios, quando os dias eram mais escuros. Foi ele quem sofreu mais quando o pai morreu, e o rapaz odiava que pudesse ser a causa de uma das melancolias do irmão.

— Kest é o mais inteligente de nós. É um grande estudioso e adora ler livros. Eu sempre me senti mais próximo dele. Nós dois temos magia, os outros não. E estava lá quando não entendia o que estava acontecendo comigo.

O sorriso de Athlen se atenuou.

— Ele parece ser um bom homem.

— Ele é. — O rapaz partiu um pedaço de graveto ao meio e o jogou nas chamas. — A mais nova de nós é Corrie. Ela é uma espoleta.

— O que isso significa?

— Cabeça quente. Hum... Impulsiva. Ela responde a seus tutores e à nossa mãe, a rainha. Nenhum de nós ousa. Mas Corrie... — O jovem deu de ombros. — Ela faz o que quer. Todos nós também a deixamos escapar impune, porque é a mais nova. Ela nunca conheceu nosso pai. Ele morreu alguns meses antes de ela nascer.

— Ela não parece ser nada como você.

— Não, mas às vezes acho que a invejo. Assim como os outros.

— Por quê?

— Ela pode ficar despreocupada. Não é uma herdeira, uma comandante da Marinha, a metamorfa-erudita da realeza ou aquela com... — Tal curvou os dedos.

— Magia — completou o outro garoto.

— Sim. Com magia.

O tritão engatinhou para mais perto e se apoiou ao lado de Tal no tronco da árvore. Seu joelho bateu na coxa dele.

— Eu gosto da sua magia. Ela é linda. E não é nada como o que já vi. Até a bruxa do mar... Sua magia é nascida da água. Ela foi capaz de me presentear com pernas, mas apenas porque eu sou uma criatura do mar. — Athlen cutucou com seu ombro o de Tal. — Nós realmente não temos fogo no oceano, você sabe. Podemos flutuar logo abaixo da superfície e sentir o sol, o que éramos estritamente proibidos de fazer, para não sermos vistos.

O canto da boca do rapaz se curvou em um sorriso.

— O que significa que você fazia isso, não é?

— É claro. O tempo todo. A única outra maneira de sentir calor era encontrar um gêiser no fundo do mar. — Uma expressão de tristeza cintilou no rosto de Athlen, mas foi passageira. O estômago do príncipe se apertou com empatia do mesmo jeito. — Mas não é nada assim. — Athlen levantou a mão sobre as chamas e suas pálpebras se fecharam. Um sorriso sonhador apareceu nas feições. — Eu gosto disso na minha pele.

— É por isso que gosta de mim? — Tal questionou com uma risada. — Por causa do calor?

— Pode ser. — O sorriso de Athlen cresceu e ele abriu os olhos para lançar um olhar paquerador ao rapaz. — Ou porque você é um príncipe.

O outro bufou.

— Você não se importa com isso.

— Não, eu não me importo. Acho que tem a ver com a forma como você interveio para me salvar, duas vezes, quando não precisava ter feito.

— Eu quebrei uma algema e evitei que um comerciante se aproveitasse de você.

— E não tinha que fazer isso — o sereiano declarou com um aceno de cabeça firme. — Você poderia ter me deixado acorrentado, mas interferiu porque não gostou da forma como fui tratado. E você me viu em apuros no mercado e comprou os itens de que precisava.

Tal mordeu o lábio e ergueu o ombro bom.

— O que é que tem? Você me salvou de um afogamento, lembra? Morte, fogo e uma ferida por facada ganham de corrente e algumas bugigangas.

— Não se despreze. Você me salvou — Athlen defendeu com firmeza. Ele chegou mais perto. — Mas, se precisa saber, ajuda o fato de você ser bonito.

Tal riu, sua inquietação se dissipando. Ele bateu com o ombro no de Athlen.

— Você também é bom de olhar.

— Claro que sou. Eu sou um tritão. — Deu uma piscadela.

O príncipe passou a língua pelos lábios. Ele se lançou e deu um beijo na bochecha com covinhas do outro rapaz.

A boca de Athlen se curvou em um sorriso. Ele se inclinou com intenção, boca aberta, olhos semicerrados. Tal se preparou para um beijo, e com o sangue em chamas e o frio na barriga fechou os olhos e esperou.

E esperou.

E esperou.

Com o rosto franzido, Tal abriu um olho para encontrar o garoto fazendo uma careta e segurando a perna, engolindo um arquejar.

— Athlen? Qual é o problema?

Com os dedos cravados em seus músculos, o tritão esfregou vigorosamente com as feições retorcidas de dor.

— Eu acho — explicou, com a voz em um som estrangulado — que não estou acostumado a ficar nas minhas pernas por tanto tempo.

— Elas machucam?

Athlen concordou com a cabeça, depois arfou ao esticar as duas pernas à sua frente e remexeu os estranhos dedos dos pés. Ele fechou os olhos com força e agarrou as coxas.

— Você precisa de mim para...

— Estou bem — respondeu após um momento. — Estou bem. — Estremeceu. — Estou bem.

— Repetir isso não vai fazer ser verdade.

Athlen revirou os olhos.

— Foi uma cãibra. Ficarei bem.

— Beba água. — Bateu o cantil no peito do jovem. Após o treinamento, os cavaleiros enchiam Tal de água e frutas afirmando que ajudava nas dores. O príncipe não tinha frutas, mas poderia fornecer água. *Água*. Talvez Athlen precisasse dela de mais de uma maneira. — Precisamos encontrar um riacho para você? Ou um lago? Para esticar suas barbatanas?

Athlen tomou alguns goles e considerou a proposta. Colocou o cantil de lado e massageou a perna acima do joelho.

— Não. — Balançou a cabeça. — Não. Estou dolorido por causa do cavalo. É isso.

— Você vai me dizer se precisar de alguma coisa. Não é um pedido.

— É uma ordem do príncipe Taliesin? — A boca se curvou. — Odeio te lembrar, mas não sou um dos seus súditos.

— Não é uma ordem. É um... — Tal parou e cruzou os braços. — Tudo bem. É uma ordem, mas sou eu cuidando de você. Você cuidou de mim no esconderijo, deixe-me cuidar de você agora.

O tritão estremeceu e levou as mãos à panturrilha. Apertou o músculo, sua boca se fechando enquanto abafava um gemido, linhas de dor se formando ao redor dos olhos. Ele se curvou para a frente, as costas pesando com respirações gaguejantes.

— Athlen?

— Dormir — pediu, contorcendo-se. — Preciso descansar. Isso vai ajudar.

— Ok. Deixe-me ajeitar nossa...

O sereiano rastejou para longe dele até onde os suprimentos estavam no chão. Ele sacudiu a manta do cavalo e descansou a cabeça na curva da sela de couro, colocando a coberta sobre ele. Não era grande o suficiente e os pés saíam na extremidade.

— Vou dormir aqui — Athlen avisou. — Boa noite.

Confuso e magoado com a rejeição abrupta, Tal se levantou e agarrou o próprio saco de dormir, enquanto o rapaz fechava os olhos e fingia adormecer. As contrações das pálpebras o denunciavam, bem como o movimento das pernas.

Tal estendeu o cobertor sob a árvore. Abafou o fogo e se enrolou sem tirar as botas. A necessidade de bater em retirada rapidamente era uma possibilidade muito real. Revirando-se até encontrar um local sem uma pedra ou raiz de árvore, Tal questionou sua relação com o rapaz. Dividir a cama havia sido uma experiência nova para ele? O beijo havia sido uma maneira de se distrair da discussão? Ele não compartilhava dos sentimentos do mago? Athlen estava com dor. Talvez tivesse pensado que seria melhor dormir separado, caso sentisse dor durante a noite. Talvez não desejasse que o príncipe soubesse quão mal ele se sentia. Tal certamente encontraria um riacho ou rio particular para ele nadar, mesmo que fosse apenas por alguns minutos.

Exausto, o rapaz enfiou as mãos sob a cabeça no cobertor fino e fechou os olhos. Este foi apenas o primeiro dia. Não podia se preocupar com as peculiaridades de Athlen quando sua família estava em apuros. Precisava continuar, e não poderia fazer isso tendo uma noite de sono ruim, com um tritão temperamental ou não.

As coisas pareceriam melhores pela manhã.

12

OS CASCOS DA ÉGUA BATIAM EM UM RITMO CONSTANTE enquanto os rapazes cruzavam o campo. A estrada de terra batida serpenteava à frente deles sobre colinas onduladas e terras agrícolas planas. O príncipe nunca havia visto esta parte do reino. Estudou suas fronteiras norte e leste, mas as conhecia apenas como linhas em um mapa, e não como os cumes de montanhas ao longe, cobertos de neve mesmo na primavera.

Tal não amava o mar — apesar de ter crescido olhando para a espuma e as ondas —, mas passou a apreciá-lo depois de dias cavalgando pela paisagem. Os quadris e o traseiro doíam por causa da sela. As costas doíam por Athlen se agarrar a ele, independentemente do ritmo, e por dormir no chão duro.

O tritão não estava se saindo muito melhor. Na verdade, a dor só piorava quanto mais eles viajavam. O rosto ficou cada vez mais tenso e pálido e os lábios, sem cor. Círculos se espalharam sob os olhos e ele mancava quando andava, pisando cautelosamente e reprimindo grunhidos. Quando pensava que o mago não estava olhando, ele esfregava os músculos — as coxas, as panturrilhas e a planta dos pés.

— Deixe-me encontrar um rio para você — pediu Tal no terceiro dia de viagem, com o mapa que Dara tinha dado espalhado no chão. — Por favor. — Estendeu a mão na pequena distância entre eles e tocou a mão do outro jovem.

Athlen se assustou, então olhou para onde os dedos de Tal descansavam contra os seus. Lenta e deliberadamente, ele se afastou e colocou as mãos no colo. O coração do príncipe falhou.

— Não vai ajudar — replicou, escondendo uma careta sem sucesso.

Afastando a própria dor, Tal deu seu melhor palpite.

— Porque não é o mar?

A mandíbula do sereiano se contraiu enquanto encarava o pergaminho, o olhar demorando-se na costa recortada. Ele fez um pequeno aceno relutante.

— Devemos continuar a viagem — respondeu. — Precisa voltar para casa o mais rápido possível se os rumores que ouvimos forem verdadeiros.

Tal não discutiu. O garoto não estava errado.

— Essa é a costa mais próxima daqui, de qualquer maneira — acrescentou o jovem nobre, dobrando o mapa.

Athlen concordou com a cabeça.

— Sim, é.

Tal montou de volta na égua e puxou o outro rapaz atrás dele, notando as linhas de dor ao redor dos olhos. Cavalgaram pelo resto do dia, contornando as cidades que encontraram. O estômago do mago roncou com a ideia de parar em uma taverna para uma refeição quente, mas era muito perigoso, especialmente com as bandeiras negras que tremulavam em memória da morte dele, em vez dos estandartes habituais do reino.

Comida à parte, Tal não se importaria com uma conversa para interromper os próprios pensamentos constantes. Athlen havia ficado tão silencioso quanto um túmulo, respondendo às perguntas com frases tão curtas que finalmente parou de tentar engatar uma conversa.

Outras coisas também mudaram ao longo dos dias de viagem. Não tocava em Tal, a menos que fosse necessário. Não dormia ao lado dele perto do fogo, optando por rastejar o mais longe possível e se enrolar em si mesmo. Era como se toda a intimidade construída entre eles nas sombras do esconderijo tivesse desaparecido quando foi exposta ao sol do interior do reino. Isso *machucou* e, embora na superfície o príncipe pudesse atribuir o comportamento estranho do tritão a estar com dor e longe de casa, ele não podia deixar de sentir como se existisse outra razão escondida sob os sorrisos forçados e olhares distantes.

Tal dormiu pouco naquela noite, debaixo de um céu limpo e uma lua brilhante. Athlen se revirou dormindo a alguns metros de distância, enquanto os pensamentos do rapaz giravam em sua cabeça. A família estava em perigo. Shay já poderia estar engajada na batalha. Ossétia poderia estar se beneficiando da fraude. Estava ficando sem tempo.

No quarto dia de viagem, o rapaz lamentou sua decisão de não viajar de barco. Foi tolice da parte dele. Estariam chegando ao porto naquele dia se tivessem navegado pela Grande Baía. A cavalo, ainda tinham mais três dias de jornada pela frente. Talvez ele *fosse* muito mole para ser um príncipe, tão chateado com a ideia de viajar de barco que colocou a família, o amigo, o reino e a si mesmo em um perigo maior.

No final da tarde, o silêncio que se tornara constante foi quebrado quando o sereiano olhou para o céu sem nuvens e franziu a testa.

— Há uma tempestade chegando.

Tal ergueu uma sobrancelha. Ele se retorceu na sela e lançou a Athlen um olhar incrédulo.

— Não há uma nuvem no céu. Não há brisa. E estamos no interior.

O outro garoto deu de ombros.

— Eu não acho que esteja errado. Vai haver uma tempestade.

— Como sabe?

Athlen desviou o olhar, sem encontrar os olhos do príncipe.

— Tenho um pressentimento.

Frustrado, confuso, estressado e exausto, Tal se virou na sela e se concentrou na estrada à frente.

— Minha família está em perigo. Ainda temos dois dias até chegarmos ao castelo. Não vamos parar porque você tem um *pressentimento*.

Horas depois, o vento soprava pelo cabelo desgrenhado do rapaz e a capa puxava o fecho em sua garganta, sufocando-o. Encharcado até os ossos, curvado sobre o animal com Athlen estremecendo e agarrando-se às suas costas, se arrependeu de não ter parado na fazenda pela qual haviam passado há mais ou menos uma hora. Furioso consigo mesmo, amaldiçoou a própria teimosia por ignorar o aviso do tritão. Ele só tinha tentado ajudar, e havia descartado suas preocupações por causa das próprias emoções confusas. Se tivesse escutado, poderiam ter se deitado durante a noite com a égua no celeiro; seguros, quentes e secos. Em vez disso, cavalgavam pela estrada lamacenta, e Tal agarrou as rédeas com os nós dos dedos brancos, temendo que o bicho desse um passo em falso e os arremessasse estatelados no chão, ou pior, que se machucasse.

O trovão retumbou acima deles enquanto as nuvens passavam ameaçadoras no escuro, obscurecendo as estrelas e caindo sobre a luz fraca oferecida pela lua. Athlen teve um sobressalto quando um raio se iluminou acima deles e o príncipe cerrou os dentes.

Com um chute suave nos lados da égua, o rapaz a estimulou a prosseguir, torcendo para que a tempestade passasse ou encontrassem um lugar para descansar. O caminho fazia uma curva em um pequeno bosque, depois se alargava, e Tal se endireitou quando chegaram aos arredores de uma cidade.

— Logo à frente — o príncipe falou, a voz abafada pela chuva e pelo vento — há uma estalagem. Vamos passar a noite lá.

Athlen não questionou a inteligência de parar em um local público onde o outro garoto poderia ser reconhecido, mesmo que a chance fosse pequena, e Tal interpretou isso como aquiescência. Percebendo o potencial para uma trégua da tempestade, a égua acelerou o passo com o mínimo de urgência enquanto a lama sob os cascos se transformava em pedra na fronteira da aldeia.

Em poucos minutos, pararam em frente a uma taverna movimentada e desembarcaram. O tritão escorregou das costas da égua e caiu na lama, as pernas incapazes de segurá-lo. O outro jovem saltou e o colocou de pé, jogando o braço de Athlen sobre os ombros.

— Estou bem — disse o sereiano cortante e impaciente.

— Não está. Precisa descansar. — Tal deslizou a adaga dos alforjes e enfiou no cós da calça de Athlen. — Devemos ficar bem aqui — comentou, —, mas não deveria estar desarmado.

— E você?

Tal apertou a mão, a fumaça saía das dobras do seu punho.

— Estou preparado.

Juntos, subiram mancando os três pequenos degraus. O príncipe jogou uma moeda do esconderijo do tritão para o menino que esperava na varanda com goteiras.

— Cuide dela. Ela teve um longo dia. Em seguida, traga os alforjes para o nosso quarto.

O menino ergueu o ouro sob a luz. Ele o mordeu, balançando-o entre os dentes, antes de pular da varanda para conduzir a dócil égua ao estábulo.

Com os dois ensopados e Athlen grunhindo de dor a cada passo, chamaram muito mais atenção do que o jovem nobre desejava quando entraram na taverna, mas não havia muito que fazer. Largou o tritão em uma cadeira bem perto da porta e se espremeu abrindo caminho até a primeira garçonete que encontrou.

— Quarto para a noite — pediu. — E jantar.

Ela deu uma examinada rápida nele.

— Você pode pagar?

— Sim. — Colocou uma moeda na palma da mão dela.

Ela então apontou o polegar por cima do ombro.

— Suba as escadas. Segunda porta à direita.

— Obrigado.

Tal puxou Athlen pelo braço e o arrastou escada acima. Cada passo era uma tarefa árdua e, quando chegaram ao patamar, o menino do estábulo passou correndo e jogou os alforjes no quarto.

— Por outra moeda eu lhes contarei as novidades do dia. O mensageiro real passou. Eu ouvi o que disseram.

Com o interesse aguçado, o príncipe procurou por uma moeda enquanto o sereiano se inclinava com força ao lado dele. Encontrou uma e jogou para o menino.

— Continue. Conte-nos.

— O príncipe foi assassinado. Podemos ir para a guerra, mas a família real está fazendo o que pode para encontrar uma "opção diplomática" — falou o menino como se recitasse uma lição da escola, certificando-se de acertar as palavras.

Tal curvou-se de alívio. Ainda não estavam em guerra. Eles tinham tempo. O menino continuou.

— Meu pai falou que o príncipe estava doente e morreu, e a rainha só quer uma guerra. Meu avô afirmou que foi morto porque tinha magia. Na verdade, o padeiro também falou isso. E o fazendeiro do outro lado da colina também. Ah, e o dono da taverna.

As sobrancelhas do rapaz subiram.

— Todos eles disseram isso? — Os rumores tinham aumentado e não estavam errados.

O menino acenou com a cabeça como uma marionete em uma corda.

— Sim, senhor. — Estendeu a mão com a palma aberta. — Por outra moeda, posso descobrir mais, se desejar.

— Não será necessário. Obrigado.

Na saída, o menino torceu o nariz.

— Você parece horrível, senhor — falou para Athlen. — Minha mãe é uma curandeira. Ela tem um tônico que vai te fazer melhorar, se precisar.

O tritão se inclinou na parede.

— Não, obrigado.

O menino deu de ombros e saiu correndo, com seus sapatos batendo no corredor.

Os pensamentos de Tal giraram com a informação que o garoto havia fornecido. Todavia, seu foco mudou quando Athlen fez um barulho de dor e agarrou a perna, os dedos dos pés descalços se curvando contra o chão de madeira.

O príncipe agarrou o braço do outro rapaz e o firmou.

— Você deveria descansar — declarou, apontando para a cama estreita ao longo da parede. — Vou buscar nosso jantar.

Athlen encarou a cama. A água da chuva pingava dos cabelos, corria ao longo da superfície encharcada dos ombros e acumulava-se no chão de madeira. A pele ao redor dos olhos estava escura e a expressão, comprimida. Obviamente estava cansado da viagem e sentindo dores. Estava longe de casa e do mar, mas nenhuma dessas coisas deveria fazê-lo afastar Tal. Não depois do que compartilhou na enseada sobre solidão e o medo de ser abandonado. Não, devia haver algo que estava escondendo. O jovem nobre estava certo disso.

— Athlen — chamou Tal cutucando-o —, por favor, descanse.

O tritão não fez nenhum movimento além de arrancar os laços da sua camisa. Exausto e irritado, não tinha os artifícios para dissecar o humor do outro garoto. Ele se virou e tirou as botas e as meias. Contorcendo os dedos enrugados, desafivelou o cinto e baixou as calças, que caíram no chão. Remexeu nos alforjes, tirou um par ligeiramente úmido e o vestiu.

Em seguida foi a camisa. Ele arremessou o tecido encharcado sobre a cabeça, feliz por estar livre dele.

Encontrou uma camisa leve nos suprimentos que Shay enviara e a vestiu. Era um tamanho grande demais e a gola escorregava pela clavícula, mas estava seca e quente. Endireitando-se, parou de repente quando encontrou o tritão olhando com um rubor em toda a linha das bochechas, os olhos brilhando febrilmente.

O rapaz ergueu as sobrancelhas.

— Athlen?

Ele se assustou e deu um passo para trás, batendo na cama. Gritou uma maldição e agarrou a perna, jogando-se no colchão estofado de feno.

— Athlen? Você está bem?

Ele acenou com a cabeça, a boca presa em uma linha fina.

— Ótimo.

Tal suspirou. Vasculhou as sacolas e encontrou um par de meias secas. Cruzou o quarto e sentou-se na cama. O colchão mergulhou perigosamente entre os dois.

— Vai me dizer o que há de errado?

O tritão fechou os olhos com força. Esfregou os pés, pressionando os dedos nas solas e esfregando os estranhos polegares nos topos.

— Estou dolorido. Isso é tudo.

— Não é tudo. Você não está me contando alguma coisa.

— Alguma coisa com que você não deve se preocupar, meu príncipe. Especialmente com todos os outros fardos que carrega.

O jovem nobre baixou a cabeça.

— Não seria um fardo. Você é importante para mim. Quero ajudar.

— Não tão importante quanto sua família, ou seu reino. — Athlen balançou a cabeça. — Devemos nos concentrar em te levar para casa.

— Athlen — falou com um suspiro. — Por favor. — Sentado perto, as coxas batendo juntas, o príncipe sentiu afeto e preocupação agitarem-se em seu peito. Ele havia ficado chateado com a distância do tritão e também se fechou, o que o levou a ignorar o aviso do rapaz, mas ele não tinha esquecido o tempo que passaram na caverna, o gosto dos lábios ou como as mãos de Athlen haviam acariciado habilmente sua pele, o toque frio e calmante sobre as dores de Tal.

O mago passou as pontas dos dedos pela bochecha do sereiano. Não recuou desta vez. Em vez disso, aninhou-se ao toque, os olhos permanecendo fechados, mas os vincos de dor ao redor dos olhos diminuíram. Tal se inclinou e beijou o queixo dele, depois o canto do seu sorriso fraco, em seguida pressionou a boca aberta nos lábios entreabertos de Athlen.

O outro rapaz suspirou, derretendo-se no beijo, a boca aberta e flexível, a cabeça inclinada para trás, enquanto Tal a embalava, os dedos passando pelo cabelo acobreado espesso. O príncipe pressionou um pouco mais forte, um pouco mais urgente, um desejo feroz fervendo nas veias.

— Não deveria — Athlen interrompeu, os lábios rosados e molhados. Ele afastou o cabelo dos olhos do garoto. — Eu não deveria.

— Por quê? — indagou Tal. — O que mudou?

— Você é um príncipe.

— Você sabia desde o início. Não achei que se importasse.

— Eu não me importo, mas isso não significa que você não seja um, Tal. Tem deveres e uma vida que não entendo.

— Você pode ter um lugar no castelo... Na minha vida. Uma vez que pararmos Emerick, salvaremos minha família e pararemos esta guerra...

O tritão sorriu.

— Esse é um bom sentimento.

— Você não queria ser abandonado. Pensei que isso significasse...

Athlen suspirou. Ele se afastou, então se levantou, fazendo uma careta enquanto caminhava em direção à porta.

— Vou buscar o nosso jantar.

Ele saiu sem trocar a roupa molhada e sem mais explicações. Frustrado, o rapaz caiu de costas no colchão flácido e cobriu os olhos com o braço. Estava satisfeito em ficar ali até que Athlen voltasse, mas então haveria uma conversa estranha sobre compartilhar a cama, e também não estava com humor para isso.

E quem sabia que tipo de problema o sereiano poderia encontrar em poucos minutos?

O príncipe sentou-se e calçou o par de meias secas, depois enfiou os pés nas botas úmidas. Saiu do quarto e desceu as escadas.

A taverna tinha uma aparência semelhante ao daquela que havia visitado com Shay e Garrett. Duas salas principais divididas por uma única parede perto da escada. Um corredor levava à porta dos fundos e saía para a cozinha. Grossas cortinas vermelhas adornavam as paredes penduradas em linhas paralelas. Com a sobrancelha levantada, adivinhou que as cortinas estavam lá pelo mesmo motivo que as tapeçarias cobriam a pedra fria do castelo; porém, depois de ver duas das cortinas com vários pares de pés saindo por baixo e ouvir gemidos baixos emanando à medida que o tecido se movia, as bochechas ficaram vermelhas. Escandalizado, ele se voltou para a sala de jantar principal, mas não conseguiu chegar muito longe antes de uma mão fria cobrir a boca. Grunhiu quando foi puxado para trás de uma cortina pendurada na parede.

— Sou eu — Athlen sussurrou no ouvido de Tal.

Ele acenou com a cabeça e o rapaz o soltou.

— O que está acontecendo?

O tritão espiou pelo canto da cortina, depois se escondeu nas sombras. O rosto ficou ainda mais pálido, e ele pressionou os lábios sem cor em uma linha fina.

— São eles.

O mago balançou a cabeça.

— Eles quem?

— O capitão. — A garganta do outro rapaz balançou e ele agitou as mãos no pequeno espaço entre seus corpos. — Aqueles que me prenderam. Aqueles que me acorrentaram ao chão. — O peito arfava, a respiração saindo em ofegos rápidos; ele estava à beira do pânico. Torceu os dedos em uma união nodosa.

— Athlen — chamou Tal, colocando a mão no centro do peito dele —, eles te viram?

— Eu… eu… — Tremeu. — Eu não sei. Acho que não.

— Ok. Está tudo bem. Nós vamos embora.

— Não podemos.

— Nós podemos. Vamos pegar nossas coisas e sair daqui antes que te vejam. Não vou deixar que te peguem. Vou te proteger. Entendeu?

O olhar de Athlen estava distante, os olhos cor de mel espreitando a meia distância. O príncipe beliscou seu braço e ele se encolheu.

— Ouça a minha voz — exigiu, aproximando-se lentamente até que seus lábios estivessem próximos à orelha do tritão. — Vou te proteger. Você confia em mim?

— Sim.

Tal precisava tirá-los de lá. A escada para o andar superior ficava do outro lado da sala de onde se esconderam pela porta dos fundos, a qual levava à cozinha independente. Os homens estavam sentados ao redor de uma mesa, bebendo cerveja e comendo ensopado. Não reconheceriam o príncipe se passasse pelo grupo para recolher as coisas deles.

Athlen apertou a mão de Tal.

— Não me deixe, por favor.

— Não vou.

Cruzar a sala com o sereiano agarrado ao braço como um pássaro de caça estava fora de questão. Com seu cabelo e seu jeito distinto de se mover, seria reconhecido em um instante. Eles podiam deixar seus pertences, mas todo o dinheiro estava no andar de cima, e poderiam precisar no restante da viagem até o castelo à beira-mar.

— Vamos nos esconder. — Deu um tapinha na mão de Athlen. — Vamos ficar aqui até partirem.

— Isso pode durar a noite toda.

— Então é a noite toda.

— E se formos descobertos?

— Então agimos como bêbados e fingimos. Deixe a conversa comigo. Mas estamos seguros aqui, agora, e...

A porta da frente se abriu com o vento forte. A cortina soprou e se mexeu, e o mago viu quando ela entrou. O capuz do seu manto de viagem caiu em uma rajada de vento, revelando o cabelo molhado preso para trás em um nó elaborado. Ela chutou a porta com o calcanhar, então se virou, os olhos negros rodeados de ouro pousando nos homens à mesa. As feições se torceram em um sorriso selvagem.

O coração do jovem bateu forte contra suas costelas.

— É ela — observou.

— Quem?

— A gata metamorfa da praia.

— A que te mordeu? — A voz do tritão aumentou e Tal acenou com a cabeça bruscamente.

Ele empurrou Athlen entre ele e a parede. O príncipe agarrou a ponta da cortina e a enrolou em volta do corpo, cutucando Athlen para fazer o mesmo do outro lado. Felizmente, havia um pedaço de pano puído na linha dos olhos de Tal, e espiou por ele enquanto eles se agrupavam. Ele se esforçou para ouvir a conversa por cima da música, das risadas e dos gritos dos festeiros.

— Minha senhora e sua família não estão satisfeitas.

— Bem, essa não é a saudação adequada de uma *lady*, especialmente de alguém com laços tão próximos com a realeza. — O homem que Athlen identificou como o capitão sorriu e inclinou a cadeira para trás. Ele bateu com as botas enlameadas na mesa, cruzando os tornozelos. — Boa noite, *milady*. — Acenou com a mão. — Viu? Não é tão difícil. Sua vez.

Lábios vermelhos se curvaram de maneira rígida.

— Você falhou em sua missão.

— Bem, se a sua senhora desejava que a missão fosse um sucesso, não deveria ter deixado o pagamento no fundo da Grande Baía.

— Você encontrou uma maneira de recuperá-lo.

— Sim, nós encontramos, e não tivemos nada além de problemas. Não sabíamos que a espécie dele podia conjurar uma tempestade, mas aposto que você sabia.

O tritão balançou a cabeça.

— Não consigo conjurar nada — ele sussurrou de maneira ríspida, a respiração quente na nuca do outro rapaz. — Eles não *escutaram*.

— Já que falhou, e minha senhora foi forçada a contratar outro para completar sua tarefa, ela quer o reembolso.

— Ouviram isso, rapazes? Ela quer o ouro de volta.

O grupo ao redor dele riu baixinho, a bravata temperada diante da carranca impressionante da mulher.

Os olhos escuros se estreitaram e as sobrancelhas perfeitamente arqueadas se uniram.

— Estou aqui para coletar, seja em ouro ou em carne. — Tirou a mão de debaixo da capa e a manteve aberta, com a palma para cima. As unhas pretas bem cuidadas cresceram e se curvaram, ficando mais nítidas, enquanto a pele escurecia e ficava peluda. A mão se transformou em uma pata enorme.

— A escolha é de vocês — avisou, a voz baixa e gutural. Um arrepio desceu pela espinha de Tal.

— Perdemos o ouro. — O capitão cuspiu no chão. — O boato é que o maldito comandante Garrett está com o tesouro. Pergunte a ele. A senhora e ele são parentes agora, não são? — O garoto enrijeceu. — E eu ouvi que você já conseguiu sua carne. Zeph está morta. Poderia ter sido a gente.

— Será vocês — declarou, enfiando a mão na manga — se não fizerem o que minha senhora quer.

— E o que seria?

— O corpo do garoto não foi encontrado. A família real acredita que esteja morto. Enviaram um bando de cavaleiros e soldados para a fronteira, mas estão relutantes em enfrentar o exército de Mysten. Não estão convencidos sobre quem a contratou para matar seu irmão mais novo pela palavra de uma sequestradora e mercenária. Pelo menos, não o suficiente para incitá-los à guerra.

O capitão encolheu os ombros.

— O que isso tem a ver conosco?

— Minha senhora deseja que a fronteira do seu reino seja expandida. Ela quer as minas de Mysten. A guerra é a maneira de consegui-las, mas a família real de Harth precisa de um último empurrão. — Ela se inclinou e arrastou a ponta da sua garra pelo rosto marcado do capitão. — Você completa o trabalho e sua dívida está paga. Esteja avisado, no entanto, de que existem outros que, se chegarem a ele primeiro, colherão os frutos. E você — agarrou seu queixo com a mão, pontinhos de sangue escorrendo onde as unhas cravaram em sua pele — será um peso morto.

— O que tem em mente?

— Outro assassinato deve resolver.

— Qual deles quer que a gente mate desta vez?

— O pássaro.

O suspiro do príncipe foi alto em meio ao barulho geral da sala. Athen colocou a mão sobre a boca dele e o puxou de volta para as faixas de tecido. Os dois esperaram com a respiração suspensa, enquanto a mente do rapaz girava com raiva e medo. Esses mercenários iam matar Kest! Eles iam machucar sua família outra vez!

Os rapazes não tiveram que esperar muito por uma resposta. Passos rápidos e leves na direção deles e um par de botas de salto alto apareceu sob o balanço do tecido antes que a cortina fosse afastada com violência.

A mulher encarou Tal com olhos escuros e desconfiados, a ponta da espada firmemente erguida entre eles. A ponta permaneceu firme sob o queixo do jovem. Ela era uma *lady*; ele podia perceber isso não apenas pelo fato de ser uma metamorfa, mas também pela forma como se portava e pela maneira como olhava por cima do nariz. Ela não usava nenhum adorno — nenhum anel de sinete ou colar com um brasão e, portanto, nenhuma indicação de sua família —, mas era nobre.

Tal não sabia quem ela era.

Ela também não o reconheceu. Enquanto o olhar dela vagava, não houve nenhum momento de surpresa ou confirmação ao ver o príncipe morto de Harth, apenas suspeita por encontrar dois meninos em meio ao tecido vermelho.

O olhar questionador dela oscilou entre os dois e o mago agiu antes de pensar. Com coragem, agarrou a mão do tritão e recostou-se no calor do seu corpo.

— Você se importa? — questionou revirando os olhos, afrontado e impaciente. — Meu garoto e eu gostaríamos de um pouco de privacidade. A não ser que... — ele a apreciou de cima a baixo, desde a sola das suas botas bem-feitas até o emaranhado do cabelo grosso no topo da sua cabeça, e tentou o seu melhor olhar malicioso — ... você gostaria de assistir.

Athlen percebeu a insinuação e passou o braço em volta da cintura de Tal, puxando-o para mais perto e dando um beijo alto e de boca aberta no pescoço dele.

Os lábios carnudos dela se curvaram em repulsa.

— Plebeus nojentos — disse com um sorriso de escárnio, abaixando a ponta da sua espada.

O grupo de mercenários atrás dela gargalhou.

— Corram, camponeses. Encontrem um quarto ou um celeiro. — Enfiou a mão em uma bolsa em seus quadris e jogou uma moeda na direção deles. O príncipe a pegou, a borda fria do ouro penetrando sua palma.

Ele sorriu.

— Obrigado, *milady*.

Os olhos dela brilharam, mas, antes que pudesse comentar, ele abaixou a cabeça e arrastou o sereiano em direção à escada. Eles correram escada acima, sem olhar para trás nem uma vez, e entraram no quarto compartilhado.

— Guarde tudo — ordenou o príncipe, batendo a porta e puxando o ferrolho. — Precisamos sair e voltar para casa. Tenho que avisar Kest.

As mãos de Athlen tremiam enquanto ele enchia os alforjes.

— Eles me viram — engasgou. — Eles me viram. Não vão nos deixar sair.

— Eles podem não ter te reconhecido.

O tritão assentiu rapidamente enquanto pegava a coberta fina da cama e a enrolava. Tal não o impediu de roubar o cobertor, sobretudo quando eles estavam prestes a voltar para o clima frio e úmido.

Tal abriu a palma da mão e o selo de Ossétia brilhou à luz fraca da lamparina. Girou o ouro em seus dedos. Sem arranhões. Sem marcas. Ouro não circulado, assim como foi encontrado no navio abandonado. Ossétia havia escondido metamorfos em sua casa real, pagara para sequestrar o rapaz e planejavam o assassinato de Kest.

A batida na porta tirou Tal de seus pensamentos, e ele escondeu a moeda no bolso, o ouro tilintando contra o dente do tubarão.

O príncipe se afastou da porta e olhou para trás. Athlen agarrou a coberta contra o peito, a expressão vazia, o rosto drenado de todas as cores, exceto pelos hematomas e olheiras sob os olhos. A única saída restante era a janela fechada e, embora pudessem se espremer para sair, a queda era muito perigosa.

— Jogue os alforjes pela janela — Tal falou baixo, apontando com o queixo para as venezianas. — Vamos pegá-los na saída.

O tritão engoliu em seco. As batidas ficaram mais fortes, a porta balançando no batente.

— Athlen! — o príncipe estourou e ele estremeceu, piscando para Tal, temendo a nuvem sobre suas feições. — Vai ficar tudo bem. Eu prometo. Agora puxe a adaga e jogue o resto pela janela. Entendeu?

O outro garoto estremeceu, mas assentiu. Ele se ocupou com suas tarefas e Tal encarou a porta.

Essas pessoas haviam machucado seu amigo. Planejaram matá-lo. Estavam atrás da família dele. Esperava que nunca estivesse em uma situação em que pudesse perder o controle da magia outra vez, não depois de condenar uma tripulação inteira ao mar e às chamas, mas, da mesma forma como a porta de madeira seria empurrada para dentro, essa eventualidade parecia inevitável. Ainda assim, encurralado sem nenhuma saída, a escolha era surpreendentemente clara. Em um jogo de matar ou morrer, ele viveria e garantiria que qualquer um que amasse também vivesse, custasse o que custasse. Não permitiria que ninguém os machucasse de novo.

Tal invocou a chama da magia. Ela rugiu para a vida, queimando da faísca sempre presente em sua barriga para um fogo selvagem fervendo pelos braços, até que os dedos brilharam como aço derretido.

— Tal?

— Esteja pronto para correr.

A porta despencou para dentro, a fechadura cedendo na madeira, estilhaçando-a antes de se quebrar e cair. Um mercenário do grupo se espremeu pela abertura, arma reluzente em sua mão, um sorriso sombrio torcendo na boca.

O mago se agachou em uma postura de combate.

— Ah, o que temos aqui? Você vai lutar...

Tal não esperou que terminasse a provocação antes de invocar uma bola de fogo e lançá-la pelo pequeno espaço, atingindo o homem no peito. Ele gritou e caiu, a espada curta precipitando da mão mole e fazendo barulho no chão. O rapaz correu, pegou a arma e esfaqueou o próximo homem que ousou tentar entrar. O sangue espirrou quando arrancou a espada, respingando nas paredes e borrando seu rosto.

O príncipe saltou para trás quando uma mulher grande como um touro conseguiu entrar. Porém, ao ver o garoto com a espada em uma das mãos, as chamas subindo pelo outro braço, a mercenária parou de andar.

— Pelos deuses mortos — suspirou. — *Magia.*

Tal não negou como faria, como fora compelido a fazer no navio de Zeph. Não, era hora de começar a controlar a narrativa sobre a magia, mesmo que aquela mercenária não soubesse quem era.

— Afaste-se e não vou te matar.

Ela não hesitou. Erguendo as mãos, passou por cima do corpo de seu compatriota caído e foi para o canto.

— Há alguém com você?

— Não. Achamos que três seriam suficientes.

O príncipe manteve a ponta da espada apontada para ela.

— Não olhe para ele.

Ela virou a cabeça e encarou a parede.

Tal apagou as chamas e olhou por cima do ombro para espiar Athlen segurando a adaga perto do peito com as duas mãos, tremendo, pálido e inseguro.

— Nós temos que correr. Você consegue?

Ele concordou com a cabeça, engolindo em seco. O tritão estendeu a mão e a colocou nas costas da camisa do rapaz. Esse era o único sinal de que precisava.

Eles se arrastaram do quarto para o corredor. Percebendo que estava liberado, correram para as escadas. Tal saltou por elas, fez uma curva fechada e correu para a porta dos fundos e para o pátio da cozinha. Juntos, conseguiram sair para a chuva, mas o aperto de Athlen na camisa de Tal cedeu abruptamente quando soltou um grito.

O príncipe girou na lama quando o capitão pegou Athlen pelo braço e o lançou contra a parede externa.

Uma grande mão espalmou sobre o peito do sereiano e o segurou pressionado contra o muro, enquanto a outra torceu o seu pulso, enfraquecendo seu controle sobre a adaga. Ela caiu inofensivamente na lama.

Dois atacaram Tal pelo lado. Ele golpeou com a espada e encontrou aço em troca. Quando o primeiro homem se desviou do golpe, o segundo se esquivou e agarrou o rapaz em um abraço de urso, prendendo seus braços ao lado do corpo. Ele lutou, grunhindo e se contorcendo, mas o homem maior o segurava com força. Com o fôlego saindo dos pulmões, deixou a espada cair.

— Eu sabia que era você — o capitão falou com um rosnado profundo. Ele gesticulou para a tempestade. A chuva tinha se tornado um chuvisco, mas os relâmpagos iluminavam as nuvens enquanto o céu trovejava. — E nada menos do que na companhia de uma tempestade. Quem você está tentando afogar desta vez?

— Não estou. — A voz dele estava tingida de medo e desespero, um apelo.

Athlen estremeceu e virou a cabeça quando o capitão se inclinou para zombar:

— Onde está o ouro?

— Ele se foi — respondeu o mago.

O capitão lançou um olhar por cima do ombro.

— E como sabe disso?

— Ele me disse.

— Ele é um mentiroso. — O homem pressionou o peito do tritão com mais força, e a mão dele agarrou o pulso do capitão. Ele lutou, a respiração saiu em uma arfada, a boca aberta enquanto ele engolia em seco, impotente. — Vai pagar, garoto. Tenho certeza de que posso encontrar uma utilidade para você.

— Eu não farei isso. Não irei com você.

— Quem disse que desejo você em um barco onde pode nos afundar de novo? Tenho certeza de que há um espetáculo itinerante que pagaria por sua espécie. Um tritão de verdade. Ficaria muito satisfeito em vê-lo passar a vida acorrentado em um tanque com sua própria sujeira.

Athlen lutou fracamente.

Tal ergueu o queixo.

— Deixe-o ir.

— Ou o quê? — Ele riu. — Quem é você? Seu protetor? Ele te prometeu riquezas? Ou o seu tempo atrás da cortina foi o suficiente?

O interior do garoto se retorceu com o fogo.

— Último aviso. Deixe-o ir.

— Você é irritante, protetor. — O capitão acenou com a cabeça para o homem que segurava o rapaz. — Mate ele. E me traga as correntes para este filhotinho. Vamos cuidar do pássaro, então vamos descobrir o que fazer com o peixe.

Tal mergulhou nas brasas da sua magia. O fogo dançou por seus braços, envolvendo suas mãos em chamas. O mercenário que o segurava gritou, liberando-o enquanto a pele queimava. O rapaz caiu no chão e rolou na lama, agarrando o cabo da espada ao se levantar. A lâmina estava coberta de lama, mas serviria, e Tal desejou que o fogo engolisse o metal.

— Mas que diabos?

O príncipe ergueu a outra palma, uma bola de fogo pairando na ponta dos dedos.

— Deixe-o ir, e prometo que não vou te machucar.

Jogando Athlen no chão, o capitão se virou e concentrou toda a atenção no rapaz. À luz da lua filtrada pela tempestade, Tal parecia com um demônio, envolto em chamas e coberto de sangue. A chuva sibilou quando atingiu sua pele, e um vapor espesso o envolveu como éter. Era um fantasma, um espírito chamado do além para se vingar daqueles que machucariam sua família.

— Quem é você? — o capitão perguntou sem medo, apesar do espectro criado. — O que você é?

— Como disse, sou o protetor dele.

— Acho que alguém pagaria um bom preço por você também. — Ele estreitou os olhos. — Não sobrou muita magia no mundo.

— Eu tenho muita.

— Eu vejo isso. Eles não encontraram o corpo daquele menino, o príncipe mago. — Balançou a cabeça para onde o tritão jazia em uma poça. — Talvez seja o contrário, e ele seja seu protetor.

— Não preciso de proteção. — Tal baixou o olhar. — Ele também não precisa de muita.

Athlen saltou do chão com adaga na mão e perfurou a carne do capitão. Ele gritou quando o garoto a arrancou e o atingiu novamente. Tal jogou a bola de fogo no homem grande. Ela o acertou no ombro e ele caiu para trás.

O terceiro deles saiu correndo noite adentro, e ele o deixou, preocupado apenas com os dois se contorcendo na lama.

O tritão cambaleou em direção a ele, o rosto tão branco quanto a lua, as mãos trêmulas segurando a adaga manchada com o sangue escuro do coração. O príncipe a pegou e limpou a lâmina na perna da calça antes de enfiá-la na cintura.

Ele segurou as mãos de Athlen, apertando-as, puxando-o para perto. Sua pele estava gelada.

— Você está bem?

O rapaz assentiu com a cabeça trêmula.

— Acho que sim. Eu não... — Engoliu em seco, a garganta sufocando. — Eu não sei.

— Não podemos ficar aqui. Há mais deles e é provável que tenhamos atraído atenção.

— Ok. Ok.

— Você está seguro. Compreende? Você está seguro e estamos fugindo. Vamos até a égua.

Tal entrelaçou os dedos com os de Athlen e o colocou em ação, a espada em uma das mãos. Eles correram para a lateral do prédio e pegaram seus alforjes e o cobertor. A égua esperava por eles no estábulo e fizeram um rápido trabalho em selá-la. Não era o equipamento mais seguro, e os alforjes tiveram que ser colocados entre eles, mas fugiram na noite, os gritos dos possíveis raptores ecoando atrás deles.

Eles cavalgaram. Uma hora se transformou em duas e de repente eram três. A madrugada chegou, mas a tempestade passou, e a lua e as estrelas iluminaram seu caminho. Assim que considerou estarem longe o suficiente, o príncipe diminuiu a velocidade da égua e a conduziu para o lado da estrada.

Eles precisavam se organizar. Ambos precisavam.

O rapaz escorregou da égua e estendeu a mão para o tritão. Ele a pegou e o garoto o ajudou a descer para o solo coberto de musgo.

— Sinto muito — desculpou-se Athlen com a voz firme. — Lamento não ter podido ajudar.

— Está tudo bem, Athlen. — Tal enxugou o rosto com a manga manchando o tecido com uma mistura de sangue e lama. Fez uma careta. — Você está bem? Precisa de alguma coisa?

Athlen torceu as mãos e puxou a colcha com mais força ao redor do corpo.

— Não sei. Eu não... Eu quero parar de tremer. Quero parar de pensar em ser acorrentado ao convés e jogado no oceano sempre que desejavam que vasculhasse o fundo do mar. Ou ficar preso em um tanque para o resto da minha vida. — Ele estremeceu.

— Posso te tocar? — o jovem perguntou, chegando mais perto.

— Sim.

Tal passou os braços em volta do corpo trêmulo e o segurou.

— Estou segurando você.

— Eu sei. — Sua respiração estava fria no pescoço de Tal. — Por quanto tempo?

— Até você me dizer para soltar.

— Ah. — Athlen apoiou a testa no ombro do príncipe. — Precisamos chegar à casa da sua família. Há outros atrás do seu irmão.

— Sim. Vamos começar de novo em alguns minutos, mas deixe-me te segurar.

O sereiano se derreteu no abraço.

— Tudo bem. Mas apenas por alguns minutos.

Tal passou as mãos ao longo da linha da coluna do outro garoto.

— Alguns minutos, então.

Enquanto a adrenalina abaixava, as dores de Tal voltaram com força total, e a fadiga se instalou em seus ombros como um peso. Descansando contra Athlen, ele fechou os olhos e sonhou com o momento em que alcançariam o castelo e tudo seria deixado para trás; eles poderiam ficar juntos sem que o destino do continente pairasse sobre eles.

O príncipe relutou em libertar o rapaz quando considerou seu descanso concluído, mas finalmente o fez. Juntos, consertaram o terrível selamento da égua e recolocaram os alforjes. Tal trocou de camisa para se livrar da lama e do sangue pegajoso que grudavam em sua pele. Athlen se embrulhou na colcha mais uma vez e se acomodou nas costas do garoto.

Com um estalo da língua de Tal, eles estavam de volta à sua jornada, correndo em direção ao castelo e ao destino.

13

ATHLEN AGARROU-SE ÀS COSTAS DE TAL ENQUANTO FORÇAVA a égua até seu limite. Eles não pararam para mais do que um descanso rápido desde a briga na taverna, duas noites antes, quando souberam da notícia de que a vida de Kest estava em perigo. O animal galopava o mais rápido que podia carregando os dois, suas costelas movendo com a respiração ofegante, o nervosismo se acumulando em seu corpo. O príncipe curvou-se sobre o pescoço do animal. A crina dela chicoteou seu rosto, mandando para longe o cansaço que pesava em seus olhos.

A batida dos cascos seguia no mesmo ritmo que os pensamentos do rapaz. *Salve Kest. Pare Ossétia. Salve Kest. Pare Ossétia. Salve Kest. Pare Ossétia.* As palavras enchiam sua cabeça e seu corpo, e o estimulavam a seguir.

O castelo da sua família agigantava-se sobre a paisagem. A princípio, apareceu como uma forma de bloco contra o horizonte, mas, à medida que a égua consumia a distância com suas passadas largas, a imagem se tornou mais nítida em paredes e torres. E, conforme ela se aproximava, a própria atmosfera mudava; o cheiro do mar impregnou o ar e a brisa soprando do oceano era cortante e fria. Athlen se animou, apoiando o queixo no ombro de Tal, a boca perto da orelha dele, e ele respirou fundo.

— O mar — falou, a respiração fazendo cócegas na pele do príncipe. — Sinto falta do mar.

O coração do rapaz se apertou.

Ele freou a égua nos arredores da cidade, onde as construções se aglomeravam próximas das outras e a estrada era estreita e feita de pedra. A única coisa entre eles e sua casa era a cidade que cercava o muro externo da fortaleza.

— Por que estamos diminuindo a velocidade?

— Vai ser complicado. Aguente.

O aperto de Athlen aumentou. Tal deu um tapinha no pescoço da égua.

— Mais um esforço, querida — pediu, inclinando-se para baixo em sua orelha. — Depois disso, descanso por dias.

Estalando a língua, ele a estimulou para a frente, os cascos barulhentos na cidade silenciosa, batendo um ritmo rápido enquanto ele a manobrava pelas ruas estreitas e sinuosas em direção à entrada principal do castelo. Passaram a galope pelo mercado ao ar livre onde ele e Corrie compravam massas folhadas doces das barracas com as moedas que Isa lhes dava. Fez uma curva fechada no boticário que tinha ervas aromáticas, velas e livros enfadonhos com fotos de plantas. Acelerou pela cadeia pública, onde a punição era aplicada para pequenos delitos. Memórias e fantasmas passaram por Tal nos últimos momentos da sua jornada enquanto extraía a energia que restava da égua.

Ele a parou no grande portão central. Derraparam até chegar à porta pesada que dava para a fortaleza principal. A ponte levadiça estava abaixada, pois era madrugada, e as torres de guarda se mantinham fechadas. Mas deveria haver pelo menos dois guardas bem do outro lado, vigiando. O rapaz soltou um suspiro e manobrou a égua até que sua perna esbarrou na grade de aço. Ele passou o braço pelas barras e bateu na madeira com o punho.

— Exijo que você abra esta porta! — ele gritou. — Tenho uma mensagem urgente para a rainha!

A égua empinou sob ele, nervosa, sentindo a tensão nas pernas de Tal. Ele prendeu a respiração, esperando por uma resposta. Depois de uma eternidade, um pequeno espaço dentro da madeira se abriu. O rosto de um guarda apareceu no quadro.

— O castelo está fechado durante a noite, jovem senhor, e você faria bem em encontrar um lugar para dormir até que as portas se abram pela manhã.

Tal franziu a testa.

— Tenho notícias urgentes sobre o príncipe assassinado.

— Assim como muitas pessoas, mas elas não estão tentando acordar a família, que está de luto. Volte à luz da manhã se realmente tiver notícias sobre o príncipe Taliesin.

Frustrado, Tal puxou o capuz e apontou para o rosto.

— Eu *sou* o príncipe Taliesin.

— Bem, essa é nova. Eu acho que a família real saberia...

Outro guarda empurrou com o ombro e apareceu no espaço.

— Vá embora, garoto. Antes que enfureça nosso capitão da guarda.

— O capitão da guarda se chama Bertram e ele ficará furioso ao saber que vocês me mandaram embora.

A expressão do guarda se encheu de inquietação.

Tal deu a cartada final.

— Além disso, a punição de vocês virá diretamente do comandante Garrett. E vocês enfrentarão sua ira quando ele descobrir que os dois negaram ao seu irmão a entrada na casa da sua família.

Os guardas trocaram um olhar. A pequena porta se fechou e, após um momento, a maior rangeu para dentro. O garoto desmontou, deixando Athlen, pálido e exausto, agarrado à alça da sela.

Os guardas ergueram uma lamparina e espiaram por um espaço da ponte levadiça. Então o entendimento surgiu em ambos os rostos.

— Pelas estrelas, é o senhor.

— Ergam a ponte levadiça e toquem a campainha de advertência. Acorde a casa.

— Sim, meu príncipe.

Eles abriram a porta e a pesada grade de ferro foi totalmente levantada.

Athlen sorriu, cansado e tenso.

— Você está em casa.

— Estou — Tal concordou. — Há muito a ser feito.

Assim que a grade de ferro ficou alta o suficiente, o rapaz pegou as rédeas da égua e a conduziu para dentro pela arcada e para o interior da fortaleza propriamente dita, os cascos batendo contra a pedra. No escuro, a fortaleza eram sombras e ângulos agudos, formidáveis e assustadores da perspectiva de um estranho, mas, para ele, era um conforto. Estava em casa.

Diante dele estava o pátio central, feito de pedra e cercado por muros, com caminhos como raios de uma roda que levavam aos estábulos, aos jardins, aos aposentos dos cavaleiros e às outras áreas do castelo. Com passos decididos, o rapaz cruzou a área aberta em direção à sala do trono. Um amplo conjunto de degraus de pedra, guardado na base por um par de estátuas de cavaleiros imponentes, erguia-se em uma série de arcos paralelos que conduziam ao castelo. Tal parou seus passos apressados na parte inferior da escada e se virou para o tritão. Ele lhe ofereceu a mão e ele a aceitou, escorregando da égua com as pernas instáveis.

Tal entregou as rédeas ao guarda do portão que os seguiu.

— Providencie que seja bem cuidada. Ela teve alguns dias difíceis.

— Sim, Alteza.

Tal segurou o cotovelo de Athlen e o guiou em direção aos degraus.

— Fique atrás de mim.

O outro garoto parecia um fantasma e seus grandes olhos cor de mel refletiam o luar. Sobrenatural e lindo, Athlen se desvencilhou do aperto dele e, em vez disso, agarrou sua mão, sua pele fria contra a palma suada do mago.

— Como você deseja — retrucou com uma leve elevação no canto da boca.

Tal entrelaçou seus dedos e apertou, esperando que entendesse o gesto como era: um sinal de afeto e esperança.

O toque do sino de advertência quebrou o momento, ecoando pela fortaleza, soando agudo aos ouvidos. Era usado em momentos de urgência e não tocava havia anos, desde a última grande tempestade que assolou a costa quando o rapaz era criança. Agora o sino soou ameaçador quando ele puxou Athlen escada acima e para dentro da sua casa.

Passando por um dos arcos, entraram na área comum do castelo. O protocolo exigia que a família real, que incluiria Emerick, se reagrupasse na parte mais segura do castelo, que era a formidável, e quase impenetrável, sala do trono. Um longo corredor e um conjunto de grandes portas ornamentadas situavam-se entre o príncipe e o momento para o qual ele se dirigia desde seu resgate. A magia ganhou vida em sua barriga, iluminando-se atrás de seus olhos, mas ele a reprimiu, deixando-a sob seu controle. O outro rapaz tropeçou atrás dele, largando a mão de Tal em sua pressa, mas permaneceu perto quando começou a correr desesperado. Esperava com todo o seu ser que tivessem chegado a tempo.

Tal não permitiu que as portas o parassem por um momento; sacudindo a mão, desejou que abrissem, e elas se escancararam com uma rajada de vento. Elas bateram com força contra a pedra.

Com o fogo fervendo sob a pele, o corpo tremia, a exaustão pairando no limite dos sentidos, mas a determinação passou por cima de tudo. Ele entrou, andando a passos largos sobre o tapete roxo que levava aos assentos reais de Harth.

A sala estava escura, exceto por um único braseiro perto do assento da rainha. Tal estendeu as mãos e o resto ganhou vida; o fogo rugiu na grande lareira, inundando a sala com luz e calor.

Os outros ocupantes da sala se assustaram, girando para encará-lo.

Um par de guardas ficou com Isa perto do trono. Ela usava camisola, um robe jogado às pressas, os longos cabelos ruivos em uma trança sobre o ombro, os pés descalços. Um homem desconhecido estava ao lado dela (seu marido, Emerick), parecendo muito desgrenhado, os olhos arregalados enquanto encarava maravilhado a lareira em chamas.

— Como isso...

— Parem! — gritou um guarda, levantando a arma. — Parem aí mesmo!

Tal parou de avançar, estancando no meio da sala, vários metros longe do trono.

Isa fechou o robe com uma das mãos e espreitou ao redor do guarda. Ela arquejou e levou a outra mão tremendo sobre a boca aberta.

— Tally? — indagou, empurrando o guarda para fora do seu caminho. — Tally? É você?

Emerick o encarou atordoado.

— Isso foi... magia?

Uma agitação de passos soou na pedra enquanto outros guardas se enfileiravam atrás do mago, e ele rapidamente checou por cima do ombro. Athlen havia se afastado para o lado, apoiando-se pesadamente na parede, observando a cena se desenrolar. Garrett também estava lá, cabelo e roupas em desalinho, um regimento de guardas atrás dele.

O queixo caiu quando viu o irmão.

— Tally?

O capitão caminhou em sua direção e Tal ergueu a palma da mão, impedindo-o de continuar.

— Onde está Kest?

A voz estava rouca, mas soou alta o suficiente, mesmo com o toque do sino de advertência.

— Tally? — perguntou o irmão, o nome engasgado em um soluço. — O que... O que aconteceu com você? Como está aqui? Onde esteve?

O rapaz balançou a cabeça.

— Onde está Kest? — exigiu, as palavras raspando sua garganta.

Com a testa franzida, Garrett tentou com a mão se contraindo ao lado do corpo, como se quisesse estendê-la e agarrar o garoto, confirmar que era real.

— Em seus aposentos.

Tal cambaleou de alívio, os joelhos fraquejaram. Ele conseguiu. Ele conseguiu. O mais velho cruzou a distância entre eles e pegou o irmão pelo cotovelo. O rapaz não se libertou; em vez disso, ele acolheu a certeza do aperto de Garrett e a firmeza da sua presença.

— Coloque-o sob proteção de guardas. — Tal colocou a mão na manga da camisa do irmão. — Por favor, Garrett. Você deve fazer isso.

O capitão inclinou a cabeça para o lado.

— Ele já está, Tally. Como você sabe disso?

Tal não respondeu. Kest estava a salvo. Esse tinha sido o objetivo principal. Agora poderia passar para o outro. Parar Ossétia. Tal estreitou os olhos injetados de sangue, voltando-se para enfrentar Emerick.

— Você — exalou.

A sobrancelha de Emerick franziu e sua expressão era de confusão.

— Eu? Eu... Não acredito que nos conhecemos. Você deve ser o irmão mais novo de Isa. Eu sou o príncipe Emerick, ou apenas Emerick, já que agora somos irmãos. Não há necessidade de se basear na formalidade. Estou feliz em ver que voltou. — Ele apontou para os braseiros na parede. — Isso foi... — Engoliu em seco. — Magia?

Soltando-se do aperto do irmão, o rapaz deu um passo à frente, permitindo que um fio de poder crepitasse no ar. Emerick deu um passo para trás, batendo no trono atrás dele.

— Você sabia? — Tal projetou o queixo na direção do homem. O coração batia no ritmo do de um coelho. As palmas estavam escorregadias de suor.

Emerick trocou um olhar com Isa.

— Sabia... Eu sabia o quê? — Ele estreitou os olhos. Uma gota de suor escorreu da têmpora. Ele apertou as palmas das mãos. — Se eu sabia sobre a magia?

— Não. Você sabia o que a sua irmã havia planejado?

Emerick piscou.

— Vanessa?

O rapaz fez um aceno rápido. Ele finalmente havia entendido após ouvir a conversa na taverna, e as pistas se juntaram enquanto corria pelo interior do reino para salvar o irmão. Emerick não havia conhecido um metamorfo antes de Kest, considerando o poder dele como um truque de salão, e a gata metamorfa havia mencionado sua senhora ao falar com o capitão. O ouro de fato era o selo de Ossétia — sem circulação, sem marca dos cofres reais. Contudo, havia mais de um membro da realeza visitando a casa de Tal, uma mulher desinteressada na corte de Harth, a segunda na linha de sucessão do próprio trono, impedida de exercer o poder no reino por causa da misoginia da cultura da nação, mas não desinteressada do próprio poder.

— Você sabia o que ela fez em seu nome? Em nome de Ossétia?

— Tal — chamou Isa, sua voz um aviso régio. — O que está fazendo?

— Salvando nosso reino da guerra. — Apesar do cansaço e da aparência abatida, Tal exalava poder, a imagem de uma calma fria, embora um fogo se alastrasse dentro dele. Ele deu mais um passo à frente. — Onde ela está?

Emerick mexeu no punho da sua camisa.

— Não entendo o que está acontecendo. Como você conhece a minha irmã?

Garrett juntou-se ao lado do irmão.

— Tally? O que está dizendo não faz sentido. É óbvio que passou por algo terrível. Precisa de um bom descanso e uma refeição saudável. Podemos conversar sobre isso pela manhã.

— Eu fui o primeiro — explicou o garoto, passando a língua nos lábios rachados. — Assassinado, já que não lhes daria o que queriam. Então caberia a Kest nos forçar à guerra. — Ele olhou para Garrett. — Ossétia planejou isso. Não Mysten. O ouro não marcado no navio abandonado era dinheiro de sangue.

Um silêncio tenso caiu sobre a sala, o único som era o tilintar do sino no pátio. O rapaz pensou com certeza que haveria uma reação sonora, um vociferar, réplicas, negações, mas não havia nada, exceto Isa tensa como uma corda de arco e o aperto da mandíbula do irmão. Algo havia acontecido.

— O que eles queriam de você? — questionou Garrett com um tom severo, um olhar perspicaz quando cortou para Emerick.

— Minha magia. Eles queriam que fosse uma arma. Mas eu não cedi. Não daria a eles, então eles tentaram me matar no navio.

A testa do mais velho franziu e o mago percebeu o momento em que ele juntou todas as informações. Sua mão caiu para o cabo da espada e a própria atmosfera na sala mudou. Os guardas atrás deles se moveram como um só, seguindo a liderança de seu comandante.

— Isso é verdade, príncipe Emerick?

A boca do príncipe se abriu, e então se fechou. O rosto ficou vermelho e ele apontou um dedo trêmulo para o garoto.

— Como ousa? Estas são acusações infundadas! Isto é ridículo! De onde você tirou essas... essas... mentiras?

— Não estou mentindo! — rebateu Tal, perdendo o controle. O fogo nos braseiros rugiu, lançando a sala do trono em uma luz ofuscante, as chamas lambendo a pedra. Sufocou sua magia imediatamente, mas foi o suficiente para Emerick empalidecer e a conversa paralela dos guardas aumentar.

A mão de Garrett estava pesada quando pousou no ombro do irmão e ajudou a acalmá-lo.

— Homens — chamou o capitão —, levem o príncipe Emerick sob escolta. E encontrem sua irmã. Alertem a rainha. Tenho certeza de que ela terá perguntas para os dois. E digam aos guardas do portão para pararem de tocar o maldito sino!

— Isso é absurdo! Isa, minha querida, diga-lhes que estão errados. Eu nunca tentaria machucar seus irmãos.

Tal enrijeceu. *Irmãos*. Se Kest estava sob proteção, por que não foi escoltado até a sala do trono?

Isa deu um passo para o lado e permitiu que os guardas agarrassem Emerick.

— Vamos revisar as alegações do meu irmão. Até lá, acho que é melhor você ir com esses bons homens.

O jovem agarrou o braço do irmão.

— O que aconteceu?

A resposta dele foi cortada quando passos apressados anunciaram outros membros da família.

— Emerick! — guinchou uma mulher. Tal olhou para onde duas mulheres apareciam vindas dos aposentos internos do lado esquerdo do castelo, a ala para os convidados de honra. Uma parecia com Emerick; sua irmã, Vanessa. A outra usava um manto, a cabeça baixa, o capuz escondendo o rosto apesar da claridade da sala, mas o rapaz reconheceu a capa e as botas de salto que ela usava.

— O que está acontecendo? — berrou Vanessa, enquanto observava a cena. — Mande seus guardas soltarem meu irmão imediatamente! Qual o significado disso? — Ela apontou para o jovem príncipe. — Quem é esse?

— Eu estou sendo preso! — lamentou Emerick. — Vanessa, diga-lhes que não tentou matar essa criança! Que não pagou a mercenários para obter sua magia e que não incriminou Mysten!

A princesa encarou o rapaz, sua expressão endurecendo. Ela era tão bonita quanto os rumores afirmavam, mesmo enquanto olhava para Tal como se ele fosse um inseto dentro de um vidro.

— Vanessa — incitou Emerick. — Diga a eles!

Ela bufou.

— Seja lá o que for que pensem que Emerick fez, estão enganados. Ele não é inteligente o suficiente. — Ela jogou o cabelo para trás e estreitou os olhos em direção a Tal. — Você deve ser o pequeno príncipe. Estou surpresa que Zeph não tenha conseguido tirar a magia de você. Eu lhe paguei bem o suficiente, embora, pelo jeito, ela não tenha terminado o trabalho.

O rapaz cerrou os punhos. A raiva cresceu como uma maré enchendo enquanto se lembrava dos dias no navio. Ele sentiu o gosto das cinzas na língua, e fumaça ondulou entre os dedos enquanto refreava o desejo de transformar a mulher em cinzas.

— Ela tentou. — Ele se moveu em direção a ela. — Eu tenho as cicatrizes.

— Tenho certeza de que sim. Só posso imaginar o que os outros reinos dirão quando ouvirem que o bisneto do rei Lon compartilha dos seus dons. Eles marcharão sobre Harth e derrubarão sua mãe, ou o levarão nas sombras e vão enterrá-lo tão profundo que apenas os vermes o reconhecerão.

Garrett se reuniu atrás do ombro do irmão.

— Eles não farão nenhuma das duas coisas.

— Vanessa — chamou Emerick. — O que você fez?

Vanessa sorriu, fria e cruel.

— O que você não podia, irmão. Eu nos coloquei em uma posição excelente. Comecei uma guerra da qual precisávamos para tomar o controle das minas da fronteira de Mysten. E eu garanti para nós um aliado poderoso, certo, pequeno príncipe?

Tal se arrepiou.

— Ah — ela acenou com a mão —, não fique assim. Eu te dei uma escolha. Você poderia facilmente ter desistido e morrido naquele navio. Era o que deveria ter acontecido quando não provou a verdade dos boatos. Mas agora que mostrou a magia que queima dentro de você como o sol nascente, será essencial em nossa guerra. A guerra que começou esta manhã.

O rapaz congelou.

— Ah, sim — disse, acenando com a cabeça, os dedos com joias batendo em seu queixo angular —, você está um pouquinho atrasado.

— Kest — exigiu Tal, o nome de seu irmão saindo em um sussurro ofegante da garganta apertada.

— O assassino pode não o ter matado, mas foi algo próximo, e deu à sua rainha o empurrão de que ela precisava para invadir Mysten esta manhã.

— Prendam-na — ordenou Isa com raiva. — Prendam-na e joguem na masmorra mais escura que puderem encontrar.

Os guardas avançaram, mas a figura encapuzada se moveu rapidamente e barrou o caminho entre eles e Vanessa. Ela arregaçou as mangas para revelar garras afiadas e escuras que se alongaram quando se agachou. Conjurando uma rajada de vento, o rapaz empurrou o capuz dela e encontrou os olhos escuros rodeados de ouro.

— Deveria saber que não era um plebeu — comentou dando um sorriso pretensioso. — Você tem o fedor da realeza por toda parte. — Ela farejou, os lábios se curvando em desgosto.

— Talvez se fosse um cachorro, teria reconhecido meu cheiro de quando ajudou a me sequestrar na praia.

A moça deu de ombros e examinou as garras.

— Os gatos não veem detalhes, especialmente quando suas presas lutam e choram tanto quanto você.

Garrett desembainhou a espada amarrada ao lado, o metal deslizando pelo couro.

— Prendam todos.

A criada de Vanessa mostrou os dentes. Em um piscar de olhos, as roupas se desfiaram quando mudou para a forma de gato e saltou sobre o guarda que avançava. Ela rosnou, gutural e ferozmente, e o rapaz estremeceu, a mordida da mandíbula fresca em sua mente. Com a atenção voltada para outro lugar, Vanessa tentou escapar.

Garrett empurrou Tal para o lado, a espada desembainhada, mas a gata se esquivou e correu direto para onde Athlen estava encolhido no canto, desarmado e observando tudo se desenrolar em silêncio.

— Não! — o garoto berrou.

Com um movimento brusco do braço, Tal invocou uma parede de chamas do chão. Ela saiu da pedra em uma profusão de vermelho e laranja, as chamas como picos criando uma barreira entre a gata e o tritão. Ele estendeu a outra mão e, com força de vontade, agarrou Vanessa e a puxou pelos cabelos.

Ela guinchou. A gata uivou. O sereiano deslizou para longe das chamas quando o felino derrapou até parar, as garras arranhando a pedra para se salvar do choque com a magia de Tal. A sala explodiu em movimento. Isa correu para Vanessa, derrubando-a no chão; Garrett e seus guardas correram em direção à gata chamuscada com as espadas em punho. Isa e Vanessa rolaram uma sobre a outra, arranhando e lutando, caindo em uma enxurrada de seda e cabelo, Isa ganhando a vantagem para permitir que os guardas interviessem.

Garrett e seus homens cercaram o felino enfurecido. Ela seguiu em linha enquanto se aproximavam, os olhos focados em Tal, os lábios curvados sobre as presas. Ela rosnou quando os guardas se aproximaram, encostada na parede da sala do trono. Em um último esforço para escapar, atacou, saltando sobre a linha de armas erguidas e pousando na frente do príncipe. Ela girou e disparou em direção à porta lateral aberta.

O rapaz empurrou as mãos para fora e as portas se fecharam, bloqueando sua saída.

— Não há como escapar — declarou, com faíscas saindo de seus dedos. — Renda-se, por favor.

— Corra! — gritou Vanessa, lutando contra os guardas. — Corra! Eles vão te matar se for pega.

A criada não hesitou. Esquivando-se dos guardas, correu direto para Garrett, o corpo peludo se arremessando em direção a ele. Garrett se abaixou em posição de combate, a espada desembainhada. Ela não diminuiu a velocidade. Eles colidiriam, e o rapaz previu o fim sangrento de um ou de ambos se não agisse.

Sem vacilar, estalou um chicote de fogo, que chiou e acendeu faíscas. Pegou-a pela perna de trás e a puxou para fora do seu caminho. Ela gritou, contorcendo-se, mas o príncipe a segurou firme.

Ele caiu de joelhos, grunhindo enquanto seus ossos batiam na pedra.

As portas dos aposentos da casa real se abriram, e sua mãe irrompeu, uma imagem de fúria em um vestido de brocado. Foi seguida por cavaleiros, com sua irmã mais nova, Corrie, logo atrás.

A rainha examinou a cena, o olhar penetrante fixando-se em Vanessa e Emerick, ambos sob o controle dos soldados do castelo, e na gata rosnando e mordendo envolta em uma corda de fogo. O cheiro de pele queimada encheu a sala, e a rainha franziu o nariz.

— Detenham todos eles! — gritou, o braço varrendo regiamente a cena. — Tranquem os irmãos nos aposentos de hóspedes sob vigilância pesada. — Ela apontou para a gata, cuja luta havia diminuído, mas ainda batia com suas enormes patas em qualquer um que ousasse se aproximar. — Matem-na ou a joguem nas masmorras.

Tal puxou a corda mágica que prendia a gata e ela guinchou. Em uma ondulação de pele, pelo e uma cascata de faíscas, ela se transformou de volta em sua forma humana, e o príncipe imediatamente a soltou. Olhando fixamente para Tal, estava deitada no chão, de joelhos, o cabelo escuro caído sobre o corpo nu. Garrett jogou uma capa sobre ela, na qual se agarrou enquanto os cavaleiros a cercavam e a arrastavam para as masmorras.

O resto dos guardas subjugou os irmãos de Ossétia com facilidade, escoltando-os até a ala de convidados com espadas e lanças apontadas para eles. Emerick implorou a Isa, e ela, com os braços cruzados sobre o peito, a agonia estampada em seu rosto, virou para o outro lado, a trança ruiva balançando. Vanessa permaneceu com o rosto impassível, apesar da curvatura cruel dos lábios, e, com a cabeça erguida, desdenhou do jovem enquanto passava.

— Você perdeu, pequeno príncipe — zombou. — A guerra começou e sua magia está à mercê de Ossétia.

Tremendo de cansaço e raiva, o príncipe se levantou e a encarou do outro lado de uma cruz de lanças.

— Vou morrer antes de deixar alguém usar minha magia para a guerra.

— Uma afirmação ousada, mas, como provou, você é excepcionalmente difícil de matar.

— Chega — estourou a rainha. — Leve-a embora até que possa lidar com ela, e com ele — falou, indicando um Emerick devastado. — Graças a Deus finalmente silenciaram aquele maldito sino. O reino inteiro não precisa saber o que aconteceu aqui esta noite até que estejamos prontos para lhes contar.

Assim que o corredor ficou vazio e tudo o que restou foi a família, Tal e Athlen, o rosto da rainha suavizou, e ela cruzou a sala em uma agitação de saias. Segurou o rosto do rapaz com as mãos e o encarou com olhos que se encheram rapidamente de lágrimas.

— Meu filho — falou, a voz trêmula, o polegar acariciando a linha da sua bochecha. — Meu filho. Você está vivo.

— Kest — indagou o jovem. — Ele...? Eles o...?

O rosto dela ficou sombrio.

— Eles tentaram — respondeu. — Mas seu irmão é forte. Ele está descansando sob vigilância.

— Mas a guerra...

— Shh, meu filho — interrompeu a rainha, tocando a testa na dele. — Deixe-me te ver primeiro. Pensei que você tivesse morrido.

Tal se inclinou ao toque dela, os olhos se fechando com a gentileza das mãos, a fragrância familiar pairando sobre ele.

— Estou aqui — afirmou.

— Como?

Tal abriu os olhos e sorriu. Ele apontou para onde o tritão havia escorregado pela parede, sentando-se sobre as coxas. Athlen parecia tão cansado quanto ele, os olhos fundos, a pele pálida, as bochechas profundas. O estômago do príncipe vibrou quando ergueu o olhar cansado e lhe deu um pequeno sorriso afetuoso.

— Ele. — Tal colocou a mão sobre o coração. — Athlen me salvou. E havia uma garota da aldeia, Dara, que me curou.

— Devo a ambos minha gratidão.

— Assim como eu.

A mãe sorriu e beijou a testa do rapaz.

— Estou muito feliz por você estar em casa, meu filho. Mas sua entrada mexeu com um ninho de vespas. Você acusou outra casa real de traição contra nossa família. Sem mencionar a exibição da magia proibida.

— Ela ia lutar contra mim — Garrett justificou, vindo atrás de Tal e apoiando a mão no ombro. — A magia me salvou. Ele me salvou.

Tal engoliu em seco.

— Sinto muito. Era a única maneira que poderia...

— Quieto agora. — Ela ergueu o queixo dele com o dedo. — Estou tão orgulhosa que teve êxito. Mas teremos muito que discutir pela manhã. Por enquanto, precisa se limpar e descansar. E preciso enviar mensagens a nossas fronteiras imediatamente e parar uma guerra. — Ela apertou as mãos dele. — Tenho certeza de que seus irmãos também querem conversar com você.

Garrett, Corrie e Isa interpretaram essas palavras como uma permissão para se agrupar ao redor dele. O abraço de Corrie tirou o ar dos pulmões de Tal, seus braços envolvendo seu torso em um aperto, esmagando-o até que as costelas estalaram. Garrett deu um tapa nas costas, quase o derrubando, e Isa agarrou-o pelos ombros e lhe beijou a bochecha.

A mãe sorriu, depois deu meia-volta, acenando para os próprios guardas a alguns passos de distância para segui-la, e desapareceu pelas portas que levavam de volta aos aposentos reais.

— Eu não sabia — Isa sussurrou com lágrimas brilhando. — Eu não sabia. Deveria estar ciente. Se estivesse, eu o teria matado em nosso leito conjugal pelo que ele fez a você e pelo que tentou fazer a Kest. Isto é minha culpa. Fui aquela que...

Tal balançou a cabeça.

— Não, Isa. Por favor. Não.

— Tally — Garrett falou enxugando os olhos. — Kest viu você cair no mar. Procuramos por você até quase nos afogarmos. Como está vivo?

— Athlen. — O rapaz gesticulou para ele. — Ele me salvou. Ele me puxou das ondas.

O tritão ficou em pé, usando a parede. As pernas tremiam. Ele ergueu a mão em um aceno.

— Oi.

Garret olhou muito espantado.

— O garoto do navio abandonado.

— Aquele por quem você chorou? — Corrie perguntou, inclinando o rosto para cima.

Tal estremeceu e passou a mão pelo rosto ruborizado.

— Como sabe disso?

— Você chorou por mim? — Athlen enrolou as mãos, as bochechas coradas. — Por quê?

— Você saltou da popa. — Garrett cruzou os braços. — Nós pensamos que estivesse morto. Como *você* está vivo?

O jovem se desvencilhou dos braços das irmãs e cambaleou pela sala até a parede onde o sereiano estava encostado. Ele pegou o braço dele e o colocou nos ombros, envolvendo o outro braço em volta da cintura.

— Perguntas depois. — Tal acenou com a mão, o cansaço o alcançando. Não conseguia se lembrar da última vez que havia dormido bem e estava ansioso para desabar em sua cama. — Precisamos de banho, camas e descanso. Deveria ver o médico da corte. E quero ver Kest.

— Tão exigente, Tally — o irmão brincou, sorrindo. — Vamos acordar o camareiro; ele pode organizar tudo e encontrar aposentos para Athlen. Mas *nós* podemos incomodar Kest. Ele vai querer ver você.

Corrie ficou do outro lado do tritão.

— Podemos caminhar juntos e, enquanto você estiver visitando Kest, Isa e eu podemos cuidar do seu amigo. — Ela piscou para o irmão e se virou para Athlen. — Vamos levá-lo para o quarto de Tally enquanto esperamos o camareiro.

Os olhos de Athlen se arregalaram.

— Espoleta — murmurou.

— Corrie — chamou Tal, esfregando os olhos com a mão. — Estou muito cansado para suas travessuras e Athlen também. Está frágil e com dor, e não quero que você o incomode. — Tal segurou mais forte o sereiano quando ele cambaleou e as pálpebras se fecharam.

— Vou ficar bem. Nós sobrevivemos a coisa muito pior do que sua irmã intrometida. Por favor, vá ver seu irmão.

— Tem certeza?

O outro garoto deu um leve empurrão.

— Sim. Vá. Te vejo quando você terminar.

Apesar dos receios, Tal deixou Athlen com Isa e Corrie no aposento dele e seguiu Garrett até o quarto de Kest. Eles passaram por vários guardas ao longo do caminho, todos alertas, todos curvando a cabeça para Garrett, e todos preparados para defender o metamorfo.

— Há mais — Tal avisou quando eles entraram na sala de Kest.

— Mais?

— Encontrei a criada de Vanessa em uma taverna quando estava negociando com os mercenários que fugiram do navio abandonado. Ela lhes contou que pagou a mais de um assassino. Elas pensaram que a morte de um outro príncipe de Harth empurraria mamãe para a guerra com Mysten.

Garrett parou em seu caminho.

— Tal — falou, a voz embargada, agarrando o irmão pelo cotovelo. O aperto era implacável. — Você deve saber... Não é que não estivéssemos devastados e enfurecidos. Eu queria... — Garrett respirou fundo. — Eu teria entrado em Mysten usando apenas minhas próprias mãos como armas se pensasse por um segundo que isso o traria de volta. Você sabe disso, certo?

Tal nunca duvidou do amor de sua família por ele, nem uma vez. Poderia ser um fardo, o quarto na linha de sucessão ao trono, e um príncipe com a mesma magia que destruiu o continente e o legado da família, mas ela o amava de verdade.

— Eu sei.

— Bom. — Garrett balançou seu ombro. — Nós protegeremos Kest. Não permitiremos que ninguém que pretenda prejudicá-lo se aproxime dele.

— Estou preocupado. — Tal bocejou. — Isa foi manipulada. Nós invadimos outro reino. Existem outros atrás da nossa família. E revelei minha magia para o mundo depois de mantê-la em segredo por anos. Estou com medo do que vai acontecer.

A mão de Garrett pousou pesadamente em seu ombro.

— Tally, você está se esquecendo de algo.

— Do quê?

— Você não precisa enfrentar nenhuma dessas coisas sozinho. Está em casa. Estamos aqui. Seja o que for que aconteça, estaremos juntos.

Lágrimas se acumularam nos olhos do rapaz.

— Obrigado.

— Não, eu que te agradeço por ser um merda teimoso e sobreviver. Seu retorno foi o melhor presente que já recebi. — Ele pigarreou. — Agora, você tem certeza de que quer ver Kest? Não vou mentir: parece que uma brisa forte poderia te derrubar. Ele estará aqui pela manhã.

Balançando a cabeça, o príncipe continuou entrando no quarto do irmão.

— Ele ficará louco se não o acordarmos. E não posso ser a fonte do seu desespero por outro dia.

Garrett suspirou.

— Você tem razão. Venha comigo.

Kest estava deitado na cama, dormindo profundamente, o cabelo escuro espalhado no travesseiro. Lençóis leves cobriam o peito nu. Tal se sentou ao lado do irmão, e ele acordou com o movimento no colchão.

— O quê? — As pálpebras tremularam, a voz pesada de sono. — Quem está aí? Garrett? Se isso for uma brincadeira, eu juro pelas minhas penas...

— Kest.

A testa se franziu.

— Tally?

— Sim.

Os olhos do doente se arregalaram. Ele se sentou, mas gemeu e caiu de costas na pilha de travesseiros. A coberta escorregou, revelando bandagens em torno de suas costelas e um hematoma que se espalhava da axila até o quadril.

— Ei, tenha cuidado! Não se machuque.

— Tally — suspirou. — Estou morto? Ou isso é um sonho?

Tal sorriu com ternura.

— Nenhum dos dois.

A expressão de Kest não amenizou. Com a mão trêmula, deslizou os dedos ao longo da bochecha do irmão.

— Como? Eu testemunhei você morrer.

Tal se inclinou para o toque.

— Não morri. Juro.

— Você caiu. Eu te vi. Como está aqui?

— Um menino me ajudou. Aquele do navio abandonado. Ele também era o garoto do mercado.

— Você não me disse isso! — Garrett exclamou, segurando a coluna da cama.

— Não tive tempo.

Kest sorriu. Ele tocou o queixo do mais novo com o polegar.

— Estou feliz em te ver.

— Estou feliz em te ver também. Você está bem?

— Um arqueiro tentou atirar em mim no céu esta manhã, mas ele não tinha boa mira. Apenas pegou de raspão.

— Não lhe dê ouvidos. Espetou Kest como um faisão, mas nosso irmão é um bastardo obstinado.

O rapaz golpeou Garrett, que se afastou dançando e rindo.

O corpo de Tal se aqueceu. Seus irmãos... Ele estava de volta entre seus irmãos. Estava em casa.

— Isso pertence a você. — Kest puxou a corrente em volta do pescoço e um anel de ouro escorregou de debaixo dos cobertores. — Eles enviaram sem nota de resgate. — O metamorfo franziu a testa para o anel de sinete de Tal, passando o polegar ao longo da linha do brasão da família. A esmeralda, que marcava o mês de nascimento de Tal, brilhava na luz fraca. — Nós sabíamos que tínhamos que encontrar você rapidamente. As mensagens que enviou ajudaram.

— Vocês as receberam?

— Sim. Mamãe ficou desesperada quando a primeira chegou escrita com sangue. O alcatrão foi uma ideia melhor.

O rapaz fez uma careta.

— Desculpa.

— Aqui. — Ele tirou o colar e colocou o anel na mão de Tal. A corrente se acumulou em sua palma. — Estou feliz por não precisar mais usá-lo para me lembrar de você. — Sorriu, mas estava tenso, com dor nas rugas ao redor da boca e lágrimas nos cantos dos seus olhos.

— Você deveria descansar.

— Assim como você. Se Garrett não tivesse confirmado, iria pensar que era um fantasma que voltou para me assombrar por meu fracasso.

Tal balançou a cabeça.

— Você não falhou.

— Eu te *deixei*. — Kest agarrou sua mão. — Nunca deveria ter te deixado.

A garganta do jovem ficou apertada.

— Você fez o que achou melhor. Nenhum de nós sabia que a intenção deles era me matar.

O irmão fechou os olhos e recostou-se no travesseiro.

— Não deveria ter te deixado.

— Eu perdoo você. — Tal não sabia por que disse isso. O rapaz não precisava do perdão dele. Mas talvez isso o ajudasse a se perdoar.

— Obrigado.

— Devemos deixar que Kest durma — Garrett falou, abandonando seu lugar ao lado da porta, onde havia ficado para dar aos irmãos espaço. — Venha, Tally. Voltaremos para visitá-lo amanhã.

Tal apertou a mão de Kest.

— Boa noite.

O JOVEM ESTAVA MEIO ADORMECIDO QUANDO VOLTOU PARA O QUARTO. ELE empurrou a porta e suspirou profundamente ao ver a cama ao alcance. Os travesseiros e a colcha pareciam os mesmos de quando ele tinha ido embora, talvez um pouco mais arrumados, e queria afundar neles e dormir por dias. Arrastou-se para a frente, cabeça baixa e tão concentrado que quase esqueceu que havia deixado Athlen aos cuidados das irmãs. Elas não estavam ali, assim como o tritão. Deviam ter encontrado um quarto para ele. Apesar do apelo da própria cama e de estar completamente exausto, o príncipe queria falar com o rapaz antes de adormecer, apenas para ter certeza de que estava bem. Tal se moveu para sair, mas o som de um pequeno respingo chamou sua atenção.

— Athlen?

Ele empurrou as cortinas do quarto ao lado e deu um sorriso cansado com o que encontrou.

O tritão estava em uma longa banheira, a cauda brilhante tombada para o lado, a parte superior do corpo submersa, os braços cruzados sobre o peito. Dormia profundamente, o cabelo cobre flutuando nas ondas suaves criadas pela flexão das guelras.

Tal arrastou os dedos sobre a superfície da água, achando-a quente ao toque. As irmãs devem ter acordado os servos para prepararem um banho e depois deixaram o rapaz por conta própria. Embora não fosse água salgada, talvez uma boa noite de sono ajudasse o amigo a se sentir melhor. Talvez pela manhã ele sentiria menos dor e estaria pronto para falar sobre futuro. O futuro dele com Tal, se houvesse um. O príncipe queria. Ele queria desesperadamente, e faria qualquer coisa para mostrar a ele. Prometeu que não deixaria o tritão para trás. Com sorte, o outro garoto prometeria o mesmo.

Apesar do cansaço, o príncipe parou por um momento para observá-lo: o estado de paz nas feições, as sardas ao longo do nariz por causa do tempo ao sol, a membrana entre os dedos, as escamas que se espalhavam ao longo do torso e ombros até se fundirem e sobreporem abaixo do umbigo no padrão da cauda.

Ele era lindo.

O coração de Tal deu um salto. Athlen sentia falta do mar. Ele morava em um castelo de pedra.

Era muita coisa para pensar naquele momento. Ele voltou para sua cama, tirou a camisa e as calças nojentas e se enfiou nas cobertas luxuosas. Com um suspiro, fechou os olhos — enfim em casa —, e caiu em um sono profundo e sem sonhos, o dente de tubarão preso firmemente na palma.

14

TAL ESTAVA PRESTES A ACORDAR QUANDO OUVIU VOZES. ELAS eram baixas, estavam próximas, mas não conseguia entender o que diziam. O nome? Franziu os olhos e se encolheu ainda mais, os joelhos contra o peito, permanecendo imóvel na esperança de que quem quer que fosse que passasse por ele o deixasse dormir um pouco mais.

Exceto que as vozes não permitiriam afundar de volta na escuridão. O príncipe ficou tenso quando passos ficaram mais próximos, e quando o braço foi tocado ele arregalou os olhos. Saiu do sono entre um batimento cardíaco e outro. Tal agarrou o pulso do intruso, dobrou-o para trás e, usando o próprio peso, o virou. Eles caíram em um emaranhado de cobertores e membros. Mas o rapaz usou o efeito surpresa e estava em vantagem, os joelhos batendo em cada lado do corpo do intruso. Não hesitou em acender o fogo em suas veias. Ajoelhando-se em cima, com o peito arfando, espalmou a mão direita sobre o peito do invasor, a mão esquerda mergulhada em chamas erguida acima da cabeça.

Corrie berrou. Garrett bradou o nome dele.

Tal piscou. O irmão estava estatelado abaixo dele, as mãos para cima, o rosto pálido e os olhos arregalados refletindo a magia do jovem.

O suor escorria entre as omoplatas de Tal. Com a garganta apertada, encarou o irmão, o pânico real e acre batendo forte sob sua pele.

— Tal — gritou Athlen, correndo, vindo da sala ao lado. Estava vestido e acordado. — Está tudo bem! Você está bem!

O príncipe engoliu em seco e acenou com a cabeça. Ele fechou a mão, apagando a chama.

— Sinto muito — resmungou.

Garrett deu um tapinha na parte externa da coxa de Tal, sua expressão perturbada, mas forçou uma risada.

— Bem, chega de pregar peças em você, então.

— Desculpe.

— Não se desculpe. Não deveríamos ter entrado sorrateiramente aqui — o capitão reconheceu.

— Não queríamos te assustar. — Corrie enredou as mãos nas dobras da saia. — Mas você dormiu o dia inteiro e queríamos te ver.

Tal estremeceu.

— Ah.

— Está tudo bem. Mas o que acham de me deixarem levantar?

O garoto saiu de cima do irmão e foi para o lado de Athlen. Parecia mais descansado, mas ainda não estava bem. O roxo sob seus olhos havia clareado, mas a maneira rígida com que firmava o corpo permanecia. O tritão roçou as costas da mão contra a de Tal em um gesto de conforto, e ele se derreteu, o nó de terror diminuindo com o toque gentil.

Garrett desamassou as calças e ajeitou a camisa.

— Temos uma reunião do conselho esta noite, depois do jantar. — Ele olhou para Athlen. — Todos nós. — O sereiano se mexeu, os dedos dos pés descalços flexionando-se nas pedras. — Precisa de um banho — comentou o irmão, franzindo o nariz para o mais novo — e se trocar. Então vamos ter um almoço bem tarde ou um jantar bem cedo.

O estômago de Tal roncou.

— Que horas são? — Cortinas pesadas penduradas em hastes ornamentadas dividiam o interior do seu aposento em seções e, como resultado, bloqueavam a luz das duas janelas.

— Bem tarde. — Corrie saltou na ponta dos pés. — Vocês dois deviam estar exaustos. Kest também dormiu durante o dia, mas o médico disse que poderá participar da reunião por um tempo.

— Isso é bom.

— O que é isso? — A irmã pegou o dente de tubarão do chão.

Tal enrijeceu.

— É um dente.

Ela revirou os olhos.

— Isso eu sei. Por que está no seu chão?

O rapaz mordeu o lábio inferior.

— É meu. — Ele estendeu a mão. — Devolva, Corrie.

Ela esfregou os dedos nas bordas, estremecendo quando o lado serrilhado penetrou em sua pele.

— Me obrigue.

Athlen observou a cena em silêncio, embora houvesse um aperto na mandíbula e uma ruga entre as sobrancelhas.

— É uma má ideia. — Garrett arrancou o dente de Corrie e o devolveu. — Tal me derrubou por acordá-lo. Não estou prestes a vê-lo torrar você por causa de uma bugiganga.

A irmã fez uma careta.

Garrett a ignorou.

— Vamos enviar os servos. Não demorem muito. Mamãe quer desfazer essa bagunça o mais rápido possível. — Incerto, ele fez uma pausa. — Ela vai querer um relato completo. — Ele fez uma cara séria, o olhar virando para Athlen. — Melhor entrarem num acordo sobre suas histórias. Quaisquer que sejam.

Tal concordou com a cabeça. O tritão ficou em silêncio enquanto Garrett e Corrie saíam e um punhado de criados entrava apressado. Eles esvaziaram a banheira em que Athlen havia dormido e a encheram de água quente. Em seguida, separaram roupas para os dois.

Depois que os criados saíram, o príncipe caminhou para trás da cortina, afundou-se na água fumegante e suspirou. Os cortes e as bolhas que tinha ardiam, mas, de certa maneira, foi celestial. Poderia ter ficado lá para sempre, mas não tinha muito tempo. Tomou seu banho enquanto Athlen se sentava no chão do outro lado da cortina.

De repente, o rapaz percebeu que a missão estava concluída. O sereiano havia prometido levá-lo para casa, e ele fez isso. A obrigação fora cumprida. Após o encontro com a rainha, poderia partir, se quisesse. Athlen poderia *ir embora*. O coração de Tal apertou com esse pensamento. Um nó se formou na garganta quando as lágrimas ameaçaram, e ele engoliu enquanto esfregava apressadamente o sabonete sobre a pele.

Ele pigarreou.

— Você dormiu bem? — perguntou, passando sabonete no cabelo. — Na água?

O tritão suspirou.

— Foi maravilhoso. Melhor que no solo.

— Minhas irmãs te trataram bem?

O garoto soltou uma risada abafada.

— Elas foram ótimas, Tal. Elas se ofereceram para encontrar meus aposentos, mas eu lhes disse que esperaria por você. Os servos prepararam um banho e eu... adormeci.

As bochechas do príncipe esquentaram. As irmãs sem dúvida o provocariam pelo fato de o rapaz ter passado a noite no quarto dele. Não tinha sido assim, mas não por falta de desejo de Tal.

Mais corajoso do que se sentia, o mago continuou.

— Você poderia ter se arrastado para a cama.

Fez-se silêncio e Tal imaginou Athlen dando de ombros e torcendo o nariz.

— Não queria me impor.

Certo. Uma pequena parte de Tal esperava que a distância de Athlen fosse devido à natureza urgente da jornada, mas agora eles estavam fora de perigo imediato e a distância permanecia — uma parede invisível que o tritão havia erguido desde que deixaram a caverna.

— Não precisamos contar a eles sobre você.

— Então como vamos explicar o seu resgate?

— Você se acomodou no barco de Garrett e pulou na água quando fui ao mar. Então usamos o pequeno bote.

— Isso é ridículo, Tal.

O príncipe afundou até o queixo na água morna.

— Não quero que você se sinta forçado a se revelar. Mesmo que seja para a minha família.

— Está tudo bem. Escolhi ajudá-lo e sabia que significava contar aos outros o que eu sou.

— Eles podem não acreditar em nós. Você pode ter que lhes mostrar... algo.

Athlen suspirou.

— Sim. Eu também sei disso.

Foram interrompidos por uma batida na porta do aposento.

Após um barulho de ranger das dobradiças, o tritão informou:

— O médico está aqui para vê-lo, meu príncipe.

— Certo. Deixe-o entrar.

O rapaz enxaguou-se e enrolou uma toalha na cintura. Ele sofreu a indignidade de um exame, sendo cutucado, picado e enfaixado. O ombro estava sarando bem, mas deixaria uma cicatriz. O joelho estava dolorido e ligeiramente inchado, e permitiu que o médico o imobilizasse para estabilizar a articulação. Os cortes menores, os hematomas e as dores diminuiriam com o descanso e o tempo.

Depois que o médico saiu, o jovem sentou-se na beira da cama e se vestiu.

— Eles também trouxeram roupas para você — avisou, apontando para a pilha dobrada extra.

Athlen pegou uma camisa entre o polegar e o indicador. Ele ergueu uma sobrancelha.

— Acho que prefiro o que estou vestindo.

— Estas são melhores.

Athlen largou a camisa.

— E essa é a que eu prefiro — retrucou, passando as mãos pelo corpo e mexendo os dedos dos pés. — Se a sua família está prestes a descobrir que eu sou do mar, então devo manter a aparência.

O príncipe gargalhou.

— Tudo bem.

Eles deixaram o quarto em busca do almoço, e o estômago de Tal roncou quando se sentaram a uma mesa cheia de comida na cozinha. Sua boca encheu de água, e todo o decoro desapareceu enquanto comia a refeição: peru defumado, presunto assado, frutas frescas, vegetais verdes e pão macio e quente.

O rapaz levantou uma maçã vermelha perfeita e deu uma mordida hesitante antes de devorar, mastigando o corpo e a casca fresca.

— Não podiam esperar? — Garrett perguntou, caminhando devagar e se sentando.

— Não — Tal respondeu com a boca cheia de comida. Enfiou um pedaço de pão fresco com manteiga na boca. — Fazia dias que não comíamos.

O irmão, que colocava comida no prato, fez uma pausa.

— Dias?

Athlen assentiu, mordiscando o caroço de sua maçã.

— Dias — ecoou.

— Bem — disse Garrett, limpando a garganta —, aqui. Deixe-me ajudá-lo. — Garrett pegou o prato de Athlen e empilhou a comida. Ele espalhou bolos com calda e geleia, espetou salsichas com um garfo e jogou um monte de batatas ao lado. Ele o colocou na frente do tritão e cutucou com os dedos. — Não precisa ser tímido. Coma quanto quiser.

— Não acho que posso comer tudo isso — trocou um olhar com Tal.

O garoto deu de ombros, um pequeno sorriso puxando o canto da sua boca.

— Seria rude não tentar.

O sereiano ergueu uma sobrancelha, mas agarrou o garfo e juntou-se a Tal para encher a boca.

— ACHO QUE VOU PASSAR MAL — ATHLEN ANUNCIOU, COM A MÃO NO ESTÔmago enquanto ele e Tal caminhavam para a sala do conselho da rainha. — Comi demais.

Tal gemeu em concordância. A barriga estava desconfortavelmente cheia.

O irmão mais velho riu dos dois.

— Não vomitem no tapete. É o favorito da nossa mãe. Mirem na pedra.

— Isso não é engraçado, Garrett — Tal repreendeu, a mão pairando perto da sua boca.

A expressão de Garrett tornou-se solene. Seu olhar percorreu o corpo magro do mais novo.

— Não, acho que não é. — Ele olhou para Athlen ao lado do irmão. — Você está ferido?

O tritão ergueu a cabeça; estava estudando as pedras da calçada e os tapetes sob seus pés.

— O quê?

— Você está se movendo... de maneira estranha.

— Ah. — Athlen esfregou a nuca. Um rubor pintou suas bochechas. — Não estou acostumado a cavalgar. E estamos em um cavalo há dias.

O mago franziu a testa. Não era exatamente uma mentira, e não era exatamente uma verdade. O amigo era bom nisto: guardar seus pensamentos e sentimentos, escondê-los atrás de um sorriso agradável. A noite na banheira não deve ter ajudado tanto quanto Tal havia esperado.

Athlen evitou olhar para o jovem e abaixou a cabeça outra vez, os pés descalços caminhando silenciosamente ao longo da fita do tapete grosso que levava à sala do conselho da rainha.

Poucos minutos depois, o trio parou em frente a um conjunto de portas grandes e ornamentadas. Vários guardas estavam do outro lado do corredor, as mãos nas espadas, o olhar penetrante fuzilando Athlen enquanto ele se aproximava. Ele empalideceu e diminuiu a velocidade, posicionando-se atrás do príncipe.

Tal estendeu a mão para trás e pegou a mão úmida de Athlen, apertando-a para tranquilizá-lo.

Garrett gesticulou com o braço e a fileira se separou para permitir que passassem. Um criado abriu a porta para revelar a sala do conselho. Havia uma mesa grande e lustrosa no meio, as pernas e acabamentos cobertos de desenhos. Várias cadeiras de madeira de espaldar alto com almofadas luxuosas a rodeavam. Um tapete extenso cobria a pedra; o desenho era um emaranhado de fios azuis e roxos irradiando do centro da sala. Tapeçarias adornavam três das quatro paredes, amortecendo o som e a brisa vinda das janelas na quarta parede e retratando alguns dos contos de fadas favoritos de Tal — unicórnios brincando com donzelas, uma manticora lutando contra um cavaleiro, um grande urso-negro com chifres e olhos vermelhos uivando do topo de uma montanha, e uma cena de sereias perto de uma praia atraindo os marinheiros a nadarem na espuma de um mar tumultuado.

O príncipe nunca havia notado antes nas poucas vezes em que esteve nesse cômodo: aquela que estava pendurada atrás de sua mãe — uma imagem de uma maga com chamas entrelaçando seus membros e fogo nos olhos, a boca aberta em um grito, seus inimigos esmagados sob seus pés, uma espada enfiada em seu peito por um cavaleiro atrás dela.

O aperto na mão de Athlen aumentou quando eles entraram.

O resto da família já havia se sentado ao redor da mesa do conselho. A mãe, a rainha, presidia à cabeceira, o cabelo escuro ajeitado sob a coroa. Isa estava sentada à direita, recatada, a tiara de ouro em torno da testa brilhando à luz das janelas altas na parede de pedra. Kest encontrava-se ao lado da irmã, o braço direito em uma tipoia, o cabelo emaranhado solto no rosto pálido. Corrie se inclinava ao lado dele, pronta para ajudar caso o rapaz tombasse. O assento à esquerda da mãe estava aberto para Garrett, o segundo filho, e os próximos a ele estavam vazios, provavelmente para os dois garotos.

Todos os ocupantes da sala se voltaram para olhar quando a porta se fechou atrás do trio.

Tal seguiu Garrett e se acomodou na cadeira, puxando o tritão para perto dele.

Os olhos de Athlen estavam arregalados, a boca ligeiramente aberta enquanto ele apreciava a suntuosidade. A mão tremia sob a de Tal, e ele notou o momento em que o jovem observou as tapeçarias das sereias e da maga, enquanto o corpo estremecia e formava um nó na garganta. Ele abaixou a cabeça.

— Estou feliz que você pôde se juntar a nós — a mãe começou, dirigindo-se a Athlen. — Estou honrada em conhecer o homem que salvou meu filho.

— Obrigado — o tritão respondeu com suavidade. Ele pigarreou, os olhos fixos na mesa. — Estou feliz em conhecer a família de Tal.

As sobrancelhas dela se ergueram com a familiaridade, e o mago escondeu o estremecimento.

— Temos muito que discutir sobre a traição e o subterfúgio cometidos pela princesa Vanessa de Ossétia e a criada, incluindo o que isso significa para nosso relacionamento com os outros reinos, especialmente Mysten.

Primeiro, gostaria de ouvir um relato de Taliesin... — Ela fez uma pausa, os olhos fechados tremulando, os dedos agarrando a borda da mesa. Ela respirou fundo para se acalmar. — Dos infortúnios de Taliesin.

O príncipe tomou um gole da taça à sua frente para reforçar a resolução, grato por ela estar cheia de vinho doce. Ele passou a língua pelos lábios e, com uma leve cutucada de Athlen, começou a história. Sob o escrutínio da família, relatou o encontro do navio abandonado e como libertou Athlen da algema. Ele lhes contou sobre o marinheiro no alojamento da tripulação que tentou matá-lo antes de Shay persegui-lo até a morte. Falou sobre o sequestro na praia, a metamorfa que o perseguiu e o arrastou das ondas quando tentou escapar. Depois descreveu os dias no navio de Zeph, o trabalho e a pressão para revelar a magia, e como no final ele quebrou a promessa de não revelar depois de ver Kest no porão e os navios de Garrett no horizonte. Explicou como havia caído no mar e teria se afogado se não fosse por Athlen; os dias se curando na caverna com a ajuda de Dara, e a jornada pelo interior do reino — o encontro com os homens que mantiveram o amigo cativo e a metamorfa da praia, a criada de Vanessa.

As palavras saíram uma atrás da outra, e, apesar de ter deixado de fora a maravilha da revelação do tritão, os beijos que compartilharam e o desespero que sentiu enviando mensagens em sangue e alcatrão, tudo estava ali, no relato: a dificuldade de respirar, a gagueira da língua e a umidade surgida nas bochechas, que enxugou com a manga.

— Tally — Isa respirou fundo quando terminou, os olhos lacrimejando. — Você é tão corajoso.

— Eu não sou — o mais novo retrucou rapidamente. — Apenas fiz o que era necessário para sobreviver, para ver todos vocês outra vez, para garantir que nossa família não sofresse nenhum dano.

— Você se saiu bem, Tally — Garrett falou, agarrando seu ombro e apertando. — Você fez bem.

O rapaz olhou para a mesa.

— Eu estava com vergonha do que fiz no navio de Zeph e da minha falta de controle. Ainda estou. — A voz falhou. — Mas sei que se não tivesse feito aquilo, agora não estaria sentado aqui com vocês. E estaríamos em uma guerra que prejudicaria nosso reino, orquestrada por alguém que não se importa com o nosso povo.

— Você não fez nada de errado — declarou a mãe rispidamente. — Eles te torturaram e você *sobreviveu*. Isso é o que importa.

Tal murchou sob o escrutínio da mãe e acenou com a cabeça.

Kest bateu com os dedos na mesa.

— Como Athlen salvou você do afogamento? Garrett e eu... — As palavras foram sumindo, a mandíbula trincou; o que disse a seguir estava carregado de tristeza. — Procuramos, procuramos e quase nos afogamos tentando te encontrar.

O rapaz lançou um olhar para o tritão.

O outro garoto mordeu o lábio, parecendo pequeno e intimidado na presença da família real. Ele pigarreou.

— Sou um... eu sou... — Ele passou a língua pelos lábios. — Bem, eu lhes mostrarei. — Ele se desvencilhou de Tal e ergueu a mão, os longos dedos nodosos separados lentamente se transformaram, escamas ondularam sobre a pele e membranas cresceram entre os dedos.

— Oh — a mãe exprimiu, as pontas dos dedos na garganta, a expressão de surpresa e encantamento. — Um tritão.

Seguiu-se um silêncio atordoante, quebrado apenas pelo som de uma veneziana nas janelas altas movendo-se com o vento do oceano. Eles o encararam e Athlen baixou a mão e a enfiou embaixo da mesa, enquanto um forte rubor se espalhava pelas bochechas.

— Sim — o rapaz concordou, a voz oscilando alto em uma pergunta.

Os irmãos explodiram com perguntas. Tal os ignorou e, em vez disso, ficou olhando para a maneira como a mãe observava melancolicamente as tapeçarias do aposento, escolhendo aquela com as sereias na praia. Com a mente zunindo, ele captou o quadro de criaturas fantásticas — unicórnios, sereias, uma manticora, um uivador — e experimentou a própria epifania.

— Você sabia — afirmou.

O caos morreu com suas palavras e sua mãe sorriu de maneira suave.

— Sim.

— Eu não entendo — Isa falou.

Corrie semicerrou os olhos.

— Sabia o quê?

A mãe acenou com a mão em direção às tapeçarias.

— O rei Lon causou danos a mais do que apenas os outros reinos. Ele atacou toda a magia que não era a dele, matando-a ou levando-a para um esconderijo. Os sereianos mergulharam nas profundezas, onde meu avô não pôde segui-los, e permaneceram ali.

Poppy não estava mentindo. Ela sabia. O rei Lon matou as criaturas, o que significa que ele realmente lançou a maga ao mar. A maga da água e a bruxa do mar eram a mesma pessoa.

— Os mitos — disse Kest, inclinando-se para a frente, a mão de Corrie em seu braço para impedi-lo de tombar. — Os que você nos fez ler quando crianças. Eles são reais?

— Em mais formas do que vocês podem imaginar.

— Como você não me contou?

— Sempre o estudioso — zombou Garrett com um suspiro. — Se tivesse passado mais tempo no mar, teria ouvido as histórias.

Os olhos de Athlen se arregalaram.

— Você sabe sobre os sereianos?

— Muito pouco — respondeu a rainha — e apenas o que a minha avó me contou antes de morrer. Infelizmente, as criaturas foram as primeiras conquistas de Lon, concluídas quando era jovem, antes de a minha mãe nascer. Temo que toda a história delas esteja perdida no continente. Ele cuidou para que fosse assim.

As palavras pesaram sobre o grupo, um lembrete da impiedade e crueldade do seu ancestral.

— Mas eu me pergunto — prosseguiu, batendo nos lábios. — Como você consegue atravessar a terra? Eu não sabia que os tritões podiam mudar à vontade como os metamorfos. É um tipo diferente de magia, não?

— Não podemos. Fiz um trato com a bruxa do mar em troca de pernas. Fiquei sozinho depois que a minha família desapareceu. Isso foi há vários anos.

— E qual foi a barganha?

— Isso não é assunto para discussão. — A voz soava entrecortada e tensa, a pouca compostura que havia reunido foi arrancada.

A rainha franziu a testa e um silêncio tenso se instalou na sala.

O queixo do tritão se ergueu em desafio.

— Athlen é o último — Tal desabafou.

O garoto se assustou, girando a cabeça para olhar na direção do príncipe, então ele se curvou na cadeira e confirmou a declaração com um forte aceno de cabeça.

— É verdade.

— Sinto muito em ouvir isso, Athlen — falou. — É lamentável.

— Bem — expressou Isa, as mãos cruzadas com força sobre a mesa. — Isso foi esclarecedor, mas não resolve o fato de que estamos à beira da guerra com Mysten e que Tally mostrou ao mundo que é capaz de continuar o legado de Lon.

— O que deseja fazer, minha filha? Podemos anular o casamento com Emerick. A aliança permanecerá, uma vez que ficarão em dívida conosco após a traição de Vanessa.

— Não, ela é mais forte com os laços do casamento. Não acredito que Emerick tenha algo a ver com as conspirações contra nós. — Esfregou a testa, o primeiro sinal da fadiga, a postura se desfazendo ligeiramente. — Não acredito que seja capaz.

— Precisaremos ter certeza.

— Vou questionar os prisioneiros — falou Garrett. — Vou arrancar a verdade deles. Tally vai me acompanhar. Eles viram o que pode fazer; eles podem fornecer mais informações sob ameaça.

Tal engoliu em seco.

— Não vou machucá-los.

— Você não precisará — o irmão retrucou.

Isa endireitou sua postura.

— Farei com que Emerick envie uma carta para seu irmão, o rei Rodrick, e exija um pedido de desculpas e uma recompensa pelo que sua irmã fez aos meus irmãos.

— E Tally? — Kest indagou. — Sua magia?

— Tally pode ficar atrás das muralhas do castelo, certo? — Corrie perguntou. Ela agarrou o braço de Kest. — Isso foi um erro. Diremos que foi um erro.

— Eu não vou me esconder — o rapaz declarou, franzindo a testa. Ele olhou para a textura da mesa, a testa sulcada, as palavras lentas, mas verdadeiras. — Não de novo. Eu não sou ele. Pensei que talvez seria, porque compartilhamos o mesmo fogo. Mas *não* sou.

O mago havia cometido erros. Tinha queimado o navio pirata em seu momento mais fraco, mas decidiu que nunca faria algo assim novamente. Ele *não faria* isso porque, por mais libertador que parecesse, por mais desesperado que ele estivesse, era terrível e aterrorizante.

— Eu não farei as coisas que ele fez. Nunca. Nem mesmo por ordem da minha rainha. E não estou mais com medo. — O príncipe encontrou o olhar da mãe. — Não tenho medo de mim mesmo. — Ele ergueu a palma da mão e o fogo dançou ao longo de sua pele e gotejou das pontas dos dedos, chiando na madeira da mesa onde pousou. — Ou do que eu posso fazer.

— Não acredito que se esconder seja uma opção agora — acrescentou a mãe. Ela se saiu melhor que Corrie em disfarçar o medo, mas Tal podia ver a tristeza gravada nas feições, o peso das decisões que tinham pela frente.

— Há rumores nas cidades sobre mim. E sei que você sempre disse que são apenas rumores, mas se um número suficiente de pessoas falar, se um número suficiente de pessoas acreditar neles, então não serão apenas isso. Serão a verdade. Esses mesmos rumores são o motivo pelo qual fui levado e porque estamos nessa situação. Me esconder pode ter sido a escolha certa quando era jovem, mas certamente não é mais. Agora devemos controlar a história. Temos que mudar os conceitos errôneos sobre magia e, para fazer isso, tenho que me revelar. Devo mostrar ao mundo que não sou outro Lon.

— Concordo — aprovou a rainha, os olhos brilhando de orgulho. — Os outros reinos vão querer conhecê-lo, Taliesin. Eles vão querer ouvir tudo isso de você para dissipar suas preocupações.

— Então convide-os — falou o filho. — Convide-os aqui ou eu irei até eles.

— Isso é muito perigoso — Garrett interpôs, os cotovelos sobre a mesa. — Vimos o que acontece quando viaja. Eles virão aqui.

— Uma celebração — sugeriu Isa. — Algum tipo de celebração.

— Que tipo? Acabamos de ter um casamento — falou Kest.

— Aquilo foi uma aliança. E apressada, devido a… circunstâncias imprevistas. Teremos outra. Uma celebração de alegria.

— Sim — concordou a rainha, seu olhar astuto pousando no filho mais novo. — O rei de Mysten tem uma filha bastarda. Ele está procurando uma maneira de torná-la legítima. Se fornecermos uma, ele pode perdoar nossas transgressões contra o reino. — A mandíbula se apertou. — Prometi a mim mesma que nunca pediria a nenhum de vocês para se casar por uma aliança, mas temo que terei que quebrar essa promessa.

Kest pigarreou.

— Qual é a idade dela?

A mãe suspirou baixinho, depois ergueu a cabeça, abriu os olhos e se dirigiu à mesa com sua postura régia de costume.

— Ela tem dezessete anos.

Tal congelou.

Athlen fechou a mão no pulso do rapaz na mesa, os dedos gelados envolvendo o braço dele com firmeza.

A mãe se concentrou no gesto.

— Corrie — chamou com suavidade —, acho que é hora de o nosso convidado ser levado aos aposentos que usará enquanto estiver conosco.

A menina fechou a cara.

— Ei, eu faço parte desta família! Quero saber o que acontece.

— Você será informada assim que discutirmos o assunto. Mas como é muito jovem para ser considerada, não é da sua conta. Necessito dessa outra tarefa. Providencie isso para o nosso convidado. Trate-o com o respeito que trataria um herói que salvou seu irmão.

Corrie resmungou, mas se levantou e fez uma reverência.

O tritão olhou para Tal em busca de orientação e, com o coração partido, ele deu um tapinha em seu braço.

— Vá com ela. Eu vou te encontrar mais tarde.

Ele inclinou a cabeça e seus olhos se estreitaram, mas continuou parado e permitiu que Corrie entrelaçasse o braço no dele.

Ninguém na mesa falou até que a princesa mais nova o levasse para fora da porta, tagarelando o tempo todo.

O mais novo trocou um olhar com os irmãos, então engoliu em seco. O dever deveria cair sobre os ombros. Ele era a escolha óbvia, sendo o mais próximo em idade, e seria um gesto de boa-fé, especialmente se fosse revelar sua magia. Mas… ele não queria, não se Athlen o aceitasse, não se houvesse alguma chance de ficarem juntos. Desejou que tivessem resolvido a tensão entre eles antes de ser confrontado com essa escolha. Uma profunda sensação de perda o atravessou pelo que poderia ter sido. Respirou fundo e encarou a mãe, escolhendo as palavras com cuidado.

— Se me pedir, eu o farei. Eu sei que isso é minha culpa por…

— Não. — O punho de Garrett atingiu a mesa. — Não. Você viu a maneira como eles olham um para o outro? — perguntou para a mãe. — Não. Não é justo pedir a Tally.

— Eu farei isso — afirmou Kest. Ele cutucou o lado da mesa com a unha. — Sou o outro mais próximo em idade. Seria um bom casamento.

— E quanto a Shay? — Tal questionou.

— Vai ficar tudo bem. Nós não éramos… — O irmão ficou vermelho.

— Vocês dois agem como se eu tivesse um pé na cova — interrompeu Garrett, cruzando os braços. — Sou o comandante dos nossos militares. Sou o segundo na linha de sucessão ao trono. Tenho apenas vinte e três anos. Eu sou um ótimo marido em potencial.

Tal se remexeu na cadeira.

— Você não tem que fazer isso por mim.

O rapaz estufou o peito.

— Quem disse que estou fazendo isso por você? Acho que é hora de sossegar.

— Sossegar? — bufou Kest. — Isso vindo do homem que passa a maior parte do ano no mar.

— Sim. Sossegar. Dar à mamãe alguns netos. Todos sabem que ela não terá nenhum vindo de você se nunca confessar para Shay que a adora.

O intelectual gaguejou de constrangimento.

— Netos? É mais provável serem diabinhos — intrometeu-se Isa, a boca puxada em um sorriso. — Mas você tem certeza, Garrett? Esta não é uma decisão a ser tomada de maneira leviana.

— Você se casou por uma aliança, Isa, para ajudar nossa família e o povo do nosso reino. Farei o mesmo porque é a coisa responsável a fazer, mas também porque não posso permitir que seja melhor do que eu em nada.

— Se fosse esse o caso, você seria muito melhor na política — rebateu Kest. — E não enfrentaria todas as situações com uma espada desembainhada.

Garrett sorriu, e não havia dúvida de que tinha um trocadilho sobre casamento e espadas na ponta da língua antes de a mãe cortá-lo com um olhar penetrante. Ela não conseguiu esconder o sorriso.

— Está decidido. Isa, certifique-se de que Emerick escreva para o irmão e o lembre da gravidade das transgressões contra nossa família. Vanessa será devolvida a eles se renunciarem às minas ao longo das suas fronteiras. A criada morrerá por seu papel no sequestro do meu filho, mas não antes de ser questionada. Vou enviar minhas considerações à família real de Mysten, oferecer minhas desculpas e propor uma aliança por meio do casamento, se necessário. — Ela cruzou as mãos. — Estão dispensados. Exceto você, Taliesin.

Tal se jogou de volta em seu assento. A mãe permaneceu em silêncio, enquanto os irmãos se arrastavam para fora. Kest se moveu lentamente e Isa ficou ao seu lado, e pareceu uma eternidade até que as portas se fecharam. Quando ficaram sozinhos, a mãe se levantou de sua cadeira e se acomodou na que Garrett havia ocupado. Ela pegou as mãos do rapaz, os muitos anéis com joias nos dedos brilhando à luz das janelas altas, a pele quente na dele.

— Você o ama?

O príncipe mordeu o lábio.

— Sim.

— Ele é um tritão. Você é um humano.

— Sim.

— Ele te ama?

O rapaz deu de ombros.

— Eu não sei.

— Ele realmente é o último?

— Sim.

Ela fitou o filho por alguns longos momentos. A expressão não revelava nada, e ele ficou imóvel sob o olhar avaliador, esperando a opinião dela.

— Meu filho querido — falou, a voz soando suave e gentil. Ela afastou uma mecha de cabelo da sua testa. — Você vai pedir para ele ficar. Forneça-lhe o que precisa para morar no castelo e, se decidir fazer isso, discutiremos esse assunto novamente após uma futura corte. Se não puder ficar, então termine com isso. Você entendeu?

— Sim, mãe.

Vendo a expressão preocupada, ela segurou sua bochecha.

— Espero que ele fique, querido.

O coração de Tal doeu. Desde aquele momento na caverna, quando o coração bateu forte, sentiu um frio na barriga e a pele ardeu com o desejo mais feroz de ser tocado pelos dedos de Athlen, ele desejou uma maneira para si mesmo, um príncipe mago, e para o outro, um tritão órfão, de viverem juntos no castelo à beira-mar. Agora a mãe estava lhe dando uma.

Se ao menos o rapaz o escolhesse.

15

QUANDO TAL SAIU DA REUNIÃO COM SUA MÃE, GARRETT ESTAVA esperando por ele encostado na parede do castelo, os tornozelos cruzados.

— Você está bem? — perguntou, acariciando a barba. — Parece que você poderia cair se eu te cutucasse com uma pena.

— Estou bem — o mais novo respondeu. Ele esfregou os olhos com a mão. — Apenas cansado e com fome novamente.

O mais velho se afastou da parede.

— Não precisa vir comigo para questionar a prisioneira se não quiser. Posso fazer isso sozinho.

Tal balançou a cabeça.

— Não. Não, eu quero ir. Quero ouvir o que ela tem a dizer.

Garrett concordou com a cabeça.

— Avise-me se for demais.

— Obrigado.

O príncipe seguiu o irmão pelos corredores sinuosos e escadas até a parte mais profunda do castelo. Estava escuro, úmido e frio , a pedra cuidadosamente esculpida dando lugar à rocha áspera. Os guardas estavam do lado de fora da entrada principal dos calabouços, sentados em cadeiras ao redor de uma fogueira em uma grelha, lançando dados no chão em um jogo.

Eles pularam ao ver Garrett.

— Comandante — o primeiro cumprimentou, sem fôlego.

Garrett ignorou os dados rolando nas depressões e saliências do chão. Apontou com o queixo para a grande porta de madeira.

— Abra.

Um tilintar de chaves depois, a porta se abriu e Tal seguiu Garrett adentro.

Harth raramente usava suas masmorras. Havia uma prisão perto do muro externo para manter aqueles que aguardavam julgamento, mas, fora isso, a justiça era rápida e não havia necessidade de lugares frios e úmidos.

O rapaz nunca havia estado ali antes e tremia ao cruzar a soleira. O teto era baixo, as paredes, esculpidas em pedra e uma fileira de barras de ferro alinhava-se de cada lado em uma passagem escura. Havia uma curva suave no final do corredor.

O irmão mais velho pegou uma tocha da parede e passou para Tal.

— Acenda.

Hesitante, o garoto segurou a haste de madeira e ferro.

— Sério?

— Você não está mais se escondendo. Foi o que disse, certo? Acenda.

Tal piscou e a tocha se acendeu com um barulho, uma explosão de chamas que iluminou o espaço fechado. Sombras tremeluziam na parede, lançando formas estranhas que tornavam a atmosfera consideravelmente mais assustadora.

Garrett não vacilou e agarrou a tocha da mão de Tal sem pestanejar.

— Prático. — Virou-se e ergueu a tocha bem alto. — Por aqui.

Aceitação era uma coisa estranha, e os joelhos do jovem fraquejaram enquanto cambaleava atrás do irmão. Garrett não tinha medo dele. Mesmo depois da exibição na sala do trono na noite que retornou, o capitão confiava nele.

O mago sorriu ao perceber que estaria livre agora, no castelo, na aldeia. Poderia ser ele mesmo pela primeira vez desde que era um menino.

Extremamente feliz, abaixou a cabeça e pensou em todas as coisas que poderia fazer com a magia, em todas as pessoas que conseguiria ajudar. Ele poderia se integrar à família outra vez, não ficar escondido quando convidados importantes chegassem ou durante as reuniões do conselho. Não teria mais que desaparecer nos jardins murados para praticar, ou estudar os poucos textos remanescentes sobre magia em segredo. Perdido em pensamentos, os passos diminuindo, acabou se aproximando demais das celas.

Uma mão saiu de entre as barras e agarrou o braço dele com força. Ele se afastou com o coração na garganta, mas outra mão se estendeu, agarrando o colete e puxando-o para perto.

O peito bateu nas barras, tirando o ar dos pulmões. Ele esticou o pescoço, procurando pelo irmão no escuro, mas ele virou um corredor e desapareceu, levando a luz quente e tremulante com ele.

— Garrett — chamou em um suspiro, quase um sussurro.

— Você — falou a pessoa. A voz soava áspera, baixa e acusadora. — Você não morreu. Como está vivo? Como?

O príncipe semicerrou os olhos na escuridão, então as sobrancelhas se ergueram.

— Poppy? Você está viva?

O cabelo dela caía em um emaranhado selvagem no rosto manchado de sujeira. O hálito fedia e os lábios se mostraram rachados quando ela fez uma careta. Tal agarrou os pulsos dela e torceu o corpo até que ela afrouxou o aperto e ele se afastou.

— Você não está morto. — Apontou um dedo trêmulo. — Eu não te matei.

Ele tinha exatamente o mesmo pensamento.

— Como está aqui?

— Seu irmão — cuspiu. — Ele me tirou das ondas depois que o navio afundou. Ele me salvou. Disse que era muito jovem para morrer. Fez que se lembrasse de você, eu aposto.

— Você tem sorte por ter sido poupada.

Ela zombou.

— Não queria ser poupada. Sou a última da tripulação agora. A última da família que Zeph fez — explodiu. — Você cuidou para que fosse assim. — Abriu os braços, gesticulando para a cela vazia. — Sou igual a você agora.

Ela caminhou ao redor da cela, os pés descalços pisando na pedra. Tinha um colchão no canto, uma manta grossa e um balde. Muito mais cortesias do que ele havia conseguido no navio de Zeph, mas ainda assim ele achava cruel.

— Deixe-me sair. Eu pertenço ao mar, não trancada em uma gaiola.

— Por que deveria fazer isso?

— Fui gentil com você — respondeu. — Costurei suas feridas. Eu cuidei de você.

— Você tentou me manipular para Zeph. Teria permitido que eles me matassem.

— Eu te ajudei o melhor que pude. O que poderia ter feito contra todos eles? Eu te falei sobre o Mar de Morreline. Eu te falei sobre as sereias. Desejei a você uma morte rápida. Tenha piedade.

Tal cruzou os braços.

— Vou conversar com o meu irmão.

Ela deu um sorriso malicioso.

— Você também não tem poder aqui, então.

— Não posso simplesmente deixar você sair — justificou o rapaz com um suspiro. — Você foi cúmplice de um sequestro. Mas você me mostrou alguma gentileza. Vou falar com meu irmão em seu nome. É o melhor que posso fazer.

Com um grito, ela se lançou com o braço atravessando o espaço entre as barras, as pontas dos dedos roçando o tecido da camisa de Tal.

— Você mentiu para mim. Você tem magia: eu vi quando queimou o navio. Eu vi você se afogar. Como sobreviveu?

Tal balançou a cabeça.

— Você está tendo o suficiente de comida? De bebida? Vou me certificar de que se sinta confortável até que possamos encontrar alguma solução.

— Foram as sereias? — perguntou, a voz baixa e a sobrancelha franzida. — Elas te salvaram? Arrastaram para as profundezas e, em seguida, te cuspiram na terra?

O garoto fez uma pausa. Ele não sabia quão prudente era obter informações de alguém que obviamente diria qualquer coisa para ser liberta, mas, se pudesse fornecer um discernimento sobre os sereianos, talvez o ajudasse a descobrir o que estava causando a dor de Athlen. Talvez pudesse encontrar uma solução que permitisse que o tritão ficasse.

— E se dissesse que sim? O que você poderia me dizer sobre elas que ainda não contou?

O olhar ficou aguçado.

— Toda criança nascida nas ilhas sabe sobre os sereianos e a bruxa do mar. Eu conheço todas as histórias. Poderia te contar. Deixe-me sair e te direi.

— Você mencionou a bruxa do mar antes. O que sabe sobre ela?

— Ela era uma maga da água impelida nas ondas pelo fogo. Chame o nome dela com um desejo em seu coração e ela vai negociar com você.

O coração de Tal bateu forte quando Poppy confirmou as suspeitas. A maga e a bruxa eram as mesmas! E a descrição de como barganhar combinava com o que Athlen havia lhe dito. Se a barganha com a bruxa permitisse que o tritão ficasse, então o príncipe faria de bom grado.

— Como você sabe disso?

Ela colocou as mãos nos quadris.

— Isso não é da sua conta. A menos que me liberte.

— Tally? Aonde você foi? — A voz de Garrett ecoou pelo corredor escuro.

O rapaz se voltou para Poppy.

— Por favor.

Balançando a cabeça, ela sorriu e piscou os cílios.

— Aproxime-se. Vou sussurrar no ouvido.

A irritação aumentou, mas Tal se arrastou para a frente, abaixando a cabeça na direção dela. Ela se inclinou para perto, os lábios a poucos centímetros da orelha.

— Tally!

O garoto saltou para trás quando Poppy bateu os dentes como se fosse mordê-lo. Ela gritou de tanto rir enquanto ele cambaleava, surpreso.

Garrett apareceu ao virar o corredor com a tocha erguida.

— O que está fazendo? — questionou enquanto agarrava as costas da camisa de Tal e o puxava para longe. — Esquece. Venha comigo. Estamos saindo.

— O quê? Achei que iríamos interrogar a criada da Vanessa.

— Não vamos arrancar mais nada dela.

Tal tropeçou em seus pés, o aperto de Garrett foi a única coisa que o impediu de cair.

— Tem certeza? Ela disse que havia contatado outros mercenários além dos que eu vi na taverna. Quem sabe quantos mais existem com o mesmo propósito?

Garrett voltou para a porta principal.

— Então vamos nos preparar.

— Por que está tão bravo? O que ela disse?

O irmão ficou sério. A boca se fechou.

— Você não nos contou que ela te mordeu.

Tal esfregou o ombro distraidamente.

— O quê?

— Você não nos contou que ela o arrastou pela praia, que você quase se afogou, que lutou contra eles até sangrar. O que mais deixou de fora, Tally?

O rapaz olhou para a porta e para o feixe de luz passando pela fresta perto da fechadura. Ele passou a língua pelos lábios e deu de ombros.

— Você não precisa saber de todos os detalhes.

— Eu preciso! — As narinas de Garrett dilataram-se, as bochechas ficaram vermelhas sob a luz do fogo. — O que mais está escondendo?

— Eu não estou escondendo nada. E o que isso importa? Estou em casa agora. Estou seguro.

— Importa para mim! — A voz do irmão ricocheteou nas paredes de pedra, cheia de angústia e tristeza. — Eu deveria ter cuidado de você. Nossa família confiou sua segurança a mim, e eu... eu *falhei*.

— Garrett... — O jovem tocou o ombro e o nó de músculos saltou sob a palma. — Está tudo bem. Eu estou bem.

A tocha caiu no chão quando Garrett deu um abraço de esmagar os ossos em Tal. As costelas dele rangeram quando os braços grandes do irmão o puxaram para perto. Tal afundou nele, no calor e na segurança, e agarrou Garrett com a mesma força.

— Você é muito mais forte do que qualquer um imagina — o irmão declarou, dando um último aperto forte no jovem príncipe. — Estávamos errados em pensar que seu coração mole fosse uma fraqueza.

— O mundo não é gentil — o mais novo falou, enquanto Garrett o segurava com o braço estendido, as chamas da tocha tremeluzindo no chão, lançando os dois em sombras misteriosas. — Mas isso não significa que não possa ser.

O mais velho balançou a cabeça com ternura, um pequeno sorriso aparecendo no canto da sua boca.

— Você é uma maravilha, irmãozinho. E não me refiro apenas à magia. — Pegando a tocha, ele rapidamente enxugou os olhos. — Venha comigo. Está tarde. Você está cansado e com fome, sem dúvida. E tenho certeza de que há alguém esperando por você.

As bochechas do jovem esquentaram e ele ficou grato pela luz fraca.

Garrett caminhou com ele por todo o caminho de volta para os seus aposentos, provocando-o gentilmente sobre a forma como Athlen segurou a mão dele durante a audiência com a mãe, e Tal implicando de volta sobre o potencial casamento de Garrett.

No momento em que entrou no quarto, estava exausto. O braço doía, e o joelho teve espasmos por conta do uso excessivo. O garoto ficou desapontado pelo tritão não estar em lugar nenhum; muito provavelmente isolado em seus próprios aposentos. Esperava que Athlen quisesse passar a noite de novo no mesmo quarto, mesmo que não fosse na cama, e sim na banheira. E ele queria desesperadamente conversar com ele, contar o que a mãe havia oferecido, descobrir qual seria o futuro deles, juntos ou separados. O fato do sereiano não estar esperando era um lembrete da distância entre eles, apesar dos momentos que tiveram na sala do conselho, das mãos dadas, apoiando um ao outro diante da família real.

Tal teria procurado pelo rapaz, mas, do jeito que estava, toda a sua energia voltou-se para comer, sem muita vontade, a fruta deixada na mesa, e depois tirou as botas. Ele também não tinha forças para lidar com uma rejeição potencial no momento, se Athlen optasse por retornar ao mar e à caverna de bugigangas.

Depois de tirar a roupa, Tal se deitou na cama. Pegou o dente de tubarão do bolso e segurou-o entre os dedos — a ponta manchada de sangue — e, em seguida, guardou-o na mão. Ele adormeceu sonhando com as paredes cintilantes da enseada do tritão e as ondas e vazantes da maré.

16

— VOCÊ NÃO TEM QUE SE CASAR COM ELA, NÃO É?

Tal piscou lentamente ao fechar a porta do aposento. Bocejou e não se incomodou em tentar esconder a boca aberta atrás da mão.

— O quê?

Athlen torceu os dedos, andando de um lado para o outro pelo corredor fora do quarto de Tal.

— A princesa do outro reino. Você tem que se casar com ela? — Ele balançou a cabeça. — Talvez seja melhor assim. Mais fácil. Para você. Se casar com uma princesa. Mas, se não quiser, vou te ajudar a fugir. Sua família não pode te obrigar a se casar se estiver se escondendo. Só que iremos pelo mar desta vez. Acho que não aguento mais viajar a cavalo.

Embriagado de sono, Tal não conseguia compreender metade do que o tritão dizia enquanto gaguejava e andava de um lado para o outro. Corrie viera visitar o irmão bem cedo pela manhã, acordando-o antes do nascer do sol para falar coisas sem sentido, e ele cochilou no meio da conversa. Supôs que era a maneira de se reconectar com ele, da mesma forma como Garrett fizera no dia anterior.

Quando despertou, teve um leve pânico ao não encontrar o dente de tubarão na cama ou no chão próximo. Quando o encontrou, estava na mesinha de cabeceira, enrolado em um pedaço de corda e enfiado em uma longa tira de couro. O colar estava emaranhado a outro, a corrente de ouro que envolvia a anel de sinete. Não foi colocado ali por acidente — era a maneira sutil de Corrie mostrar aprovação e compreensão. O rapaz havia prendido o colar de couro em volta do pescoço e agora o dente estava aconchegado de maneira agradável no esterno. Ele guardou o outro no bolso.

— Tal? — chamou Athlen, cutucando-o no ombro. — Você me ouviu?

O príncipe passou a mão pelo cabelo, afastando mechas rebeldes do rosto. A esperança cresceu no peito com as preocupações do tritão e a oferta de fugirem juntos. Ele sorriu para si mesmo.

— Não tenho que me casar com a princesa.

— Ah, bom — respondeu Athlen, visivelmente murchando de alívio. — A menos que você quisesse se casar com ela?

— Não. Eu não queria me casar com ela. — Tal esfregou os nós dos dedos nos olhos e os apertou. — Você está usando botas — comentou. — E calças que cabem, e um colete. — O garoto franziu a testa. — Eu não posso acreditar nisso.

O sereiano alisou a testa com as mãos.

— Corrie me obrigou. Ela disse que não era apropriado para um convidado real ficar sem sapatos e com roupas furadas.

Tal pigarreou.

— Combina com você. — O príncipe não conseguia tirar os olhos dele. A irmã convencera o outro rapaz a usar uma camisa branca impecável com gola alta rígida e brocado nas mangas. O colete era de um azul profundo e as calças, cor de creme. As botas de cano alto eram marrom-claras e tinham três fivelas brilhantes. O cabelo cor de cobre tinha sido cortado e penteado, as mechas selvagens domadas com cera, mas ainda assim era sem dúvida Athlen.

O tritão puxou a gola da camisa.

— Eu não consigo respirar. — Pegou o pé e esfregou o dedo e ao longo da perna, o couro rangendo. — E não consigo sentir o chão.

— Você parece um príncipe.

— Eu não sou um príncipe.

— Mas você é o favorito de certo príncipe — Tal replicou com um sorriso afetuoso.

A expressão do garoto ficou vagamente mortificada. Ele puxou a bainha do colete.

— Esse é o significado? É isso que todo mundo vai pensar?

— Não — o príncipe respondeu, balançando a cabeça. — Foi uma piada. Mas seria tão ruim se todos soubessem que, bem, que você é meu...

— Eu sou seu o quê? — Um rubor pintou o topo das bochechas de Athlen.

— Talvez não devêssemos conversar sobre isso no corredor. — O rapaz ficou sério e segurou a mão do sereiano. Ele entrelaçou seus dedos. — Mas gostaria que você fosse... Eu quero que você seja...

— Sim? — Athlen se aproximou. Ele passou a língua pelos lábios. — Você quer que eu seja o quê?

— Meu.

O tritão sorriu, os olhos enrugados nos cantos. O couro das botas rangeu e o olhar dele se fixou nos pés. O sorriso desapareceu lentamente.

— Mas eu não sou seu — falou. — Tenho uma dívida a pagar.

— Seja o que for, eu pago. Chame a bruxa do mar. Vou lhe dar o que ela quiser.

— Não! — Athlen colocou a mão sobre a boca de Tal. — Não. Jamais diga isso. Nunca diga isso. Você entendeu?

— Não. — A voz dele foi abafada pela palma da mão do sereiano. Ele empurrou o braço dele com gentileza. — Eu não entendi. Tenho tentado fazer isso. Tenho sido paciente, Athlen. Mas você é furtivo quando se trata de sua barganha.

O outro rapaz suspirou.

— Eu quero te contar, Tal, mas… — Ele se virou, os ombros curvados. — Isso vai te magoar.

Com a garganta apertada, o príncipe pegou a mão de Athlen nas suas.

— Vamos. Eu tenho algo para te mostrar.

O CASTELO À BEIRA-MAR ERA APENAS ISSO — UMA GRANDE FORTALEZA DE PEDRA construída nas rochas com vista para o oceano turbulento. O ancestral de Tal havia nivelado os penhascos e construído seu castelo de pedra. E então cada geração adicionou algo à construção.

O muro oeste era o mais comprido e dava para uma estreita faixa de terra que desaparecia durante a maré alta. A água estava infestada de saliências de rocha afiadas onde apenas pequenos barcos podiam navegar, tornando quase impossível montar um ataque àquela parte do castelo. Voltada para o leste, a parede frontal era alta, com torres e uma entrada maciça com uma ponte levadiça de aço por onde Tal havia entrado ao retornar. A que ficava no sul se voltava para a entrada da Grande Baía, enquanto a norte se deparava com um conjunto de colinas.

Dentro da enorme estrutura foram construídos jardins para sustentar os residentes e os funcionários, bem como canteiros suspensos de flores, além de piscinas e fontes alimentadas por nascentes.

Tal conduziu Athlen a um dos jardins escondidos — um lugar pequeno que não era muito usado, exceto quando praticava magia muito tempo atrás; longe dos olhos curiosos e com bastante água para o caso de erros. De mãos dadas, desceram um conjunto de degraus estreitos de pedra e passaram por uma porta de madeira em um baluarte de paz e silêncio, interrompidos apenas pelo som calmante da corrente de água.

— Este é meu lugar favorito — explicou o mago, parando em frente a uma fonte de água limpa e fria. Ele mergulhou os dedos e criou ondulações na superfície. — Está um pouco coberta de vegetação. Acho que não vinha aqui fazia tempo, mesmo antes do meu tour de maioridade. Mas eu amo o silêncio.

Athlen tocou em uma flor em botão.

— É lindo.

— É seu, se quiser.

— O quê?

— Você pode usar a grande piscina para nadar. Essa água vem do mar. E ninguém vai incomodar você aqui. É quieto. Vou pedir aos criados que construam saliências para a coleção de bugigangas, se desejar; e se não me quiser aqui, também não vou incomodar. Pode ser só para você.

O tritão sentou-se na borda da fonte — um peixe com a boca aberta esguichou a água em um arco alto até espirrar na grande piscina. Ele arrastou a mão sobre a superfície.

— Você daria isso para mim? — perguntou, gesticulando para o jardim e as piscinas cintilantes. — Tudo isso? Para que eu fique?

— Eu reconheço que somos jovens — desabafou. — Entendo que nos conhecemos em circunstâncias estressantes. E que sou um príncipe e você é um tritão. Mas também sei que nunca me senti assim com ninguém. Sei que ambos somos os últimos e nos sentimos sozinhos. Mas poderíamos ficar sozinhos juntos.

Athlen contemplou o jardim murado — as flores se abrindo, a água agitada e o exuberante tapete de grama verde.

— Tal — falou —, não quero estar em terra sem você.

— Isso é um sim?

O garoto se levantou. Segurou as bochechas do príncipe, a pele era fria e macia quando o tocava, e o puxou para perto com suavidade. Esfregou o polegar sobre o lábio inferior de Tal, em seguida diminuiu a distância e o beijou de um jeito suave e doce.

Tal afundou nele, mas Athlen se afastou, a boca vermelha e úmida, os olhos âmbar refletindo o sol da manhã.

Sem hesitar, o mago enfiou a mão no bolso e tirou seu anel de sinete. Ele passou a corrente na cabeça do tritão, e o anel caiu para o centro do peito dele.

— Isso também é para você.

Athlen o aninhou na palma da mão. Respirou fundo olhando para a peça redonda de ouro e a joia escura no centro.

— Seu anel. Eu não tenho nada para você — ele sussurrou.

— Você já me deu um presente. Lembra? — Tal tirou o dente de debaixo da camisa.

O sorriso de Athlen tremeu e os olhos se encheram de lágrimas.

— Quero ficar sozinho com você.

Tal puxou Athlen para perto e as bocas se encontraram novamente em um beijo deselegante e entusiasmado. O coração do príncipe martelou sob o peito. Os lábios formigaram onde o sereiano pressionou um pouco mais fundo, um pouco mais forte. Inclinando a cabeça, ele se abriu para a pressão suave, desejando tudo que Athlen pudesse lhe dar, desejando tanto que o corpo tremia. Agarrou os quadris estreitos do outro jovem, e ele respondeu envolvendo os braços em volta dos ombros de Tal e pressionando os corpos até que apenas a camada das suas roupas ficasse entre eles.

— Você prometeu uma vez — os lábios de Athlen roçaram a bochecha do jovem — que me mostraria como era a cama de um príncipe.

— Não quis dizer desse jeito.

O tritão sorriu paquerador, mas afetuoso, enquanto brincava com os fios de cabelo do príncipe.

— Eu quis.

— Ah. — O sangue de Tal pulsou quente em suas veias.

Athlen o beijou mais uma vez, apoiando o rapaz contra um pilar de pedra e não dando trégua; todos os movimentos dos lábios estavam carregados de intenção. O ardor de Tal aumentou, cada centímetro de pele implorando para ser tocado, cada respiração um arquejo; até mesmo a menor lacuna entre os corpos era um cânion.

— Eu preciso pedir de novo? — o sereiano indagou, as palavras um murmúrio brincalhão nos lábios do nobre, as vibrações provocando uma ardência.

Tal sorriu, colocando seu rosto vermelho contra o pescoço de Athlen.

— Vamos. — Entrelaçou os dedos e, por mais que detestasse deslizar para fora da pressão do corpo do tritão no pilar, ele fez isso. Ele arrastou Athlen de volta para o castelo, corado e cheio de desejo, e os segundos em que não se beijaram foram uma agonia. Uma vez em seu quarto, o príncipe guiou Athlen para dentro e trancou a porta.

Tal se espreguiçou nos lençóis quentes. Estava quase acordando, naquele espaço entre cair de volta nas profundezas reconfortantes do sono e permitir que os olhos se abrissem para acordar. Era um lugar feliz, um momento para descansar no aconchego da cama e no calor do corpo de outra pessoa ao lado dele, capaz de reconhecer e apreciar as sensações.

Ele não sabia que horas eram, apenas que era de manhã cedo. Podia ouvir vagamente o barulho do mar abaixo das janelas e o som dos pássaros vasculhando as praias. Com as cortinas fechadas, o sol não conseguia penetrar no cômodo interno do seu aposento, mas o príncipe estava descansado o suficiente para saber que haviam passado o dia inteiro juntos e, em seguida, dormido a noite toda. Logo os criados bateriam na porta e os chamariam para iniciar as tarefas do dia.

O tritão se mexeu ao lado dele, seu corpo sobrenatural frio contra a pele de Tal, em contraste com o fogo que vibrava pelas veias, um pulso de magia tão inato quanto o ritmo do sangue.

Ele resmungou algo baixinho e Tal soltou uma risada, passando o braço em volta das costelas do rapaz e puxando-o para mais perto. O nobre enterrou o rosto entre as omoplatas, a palma da mão espalmada sobre o coração, os dedos estendidos ao longo da curva suave da clavícula.

— Pare de se mexer — pediu, a voz abafada no travesseiro e na pele do tritão, as palavras arrastadas pelo sono. Isso... era perfeito, e o príncipe queria ceder aos sonhos e descansar pressionado ao longo do corpo do outro.

Athlen enroscou os dedos nos de Tal.

— Você está acordado?

— Não.

O corpo do sereiano tremeu.

— Está sonhando, então?

Tal suspirou.

— É um bom sonho.

— Lamento arruiná-lo. — A voz do sereiano soava tensa. Seu corpo estremeceu novamente. — Volte a dormir, meu príncipe.

Tal abriu um olho.

— Arruiná-lo? — Ele se apoiou em um cotovelo, todos os vestígios de sono se esvaindo. — Athlen?

O outro garoto se mexeu de novo, a expressão contraída pela dor, os dentes cravando-se na carne vermelha do lábio inferior. Ele se engasgou quando Tal ergueu para se sentar, empurrando o colchão.

— O que está errado?

— Nada. — O tritão respirou fundo. — Volte a dormir.

Tal franziu a testa.

— Você está com dor.

Contorcendo-se, rolou para ficar de frente para Tal, o rosto meio escondido pelo travesseiro.

— Não sabia que isso aconteceria tão rápido.

— O que aconteceria? Athlen? O que está acontecendo?

Ele arfou outra vez, as sobrancelhas se juntando.

— Ela está cobrando a minha dívida. — Escamas ondulavam sobre o corpo e ele se enrolou em uma bola, um braço ao redor da cintura, os dedos espalhados sobre o movimento e vibração das guelras, e a outra mão segurando a canela. — Eu tenho que ir para o mar. Tenho que enfrentá-la.

— Não — o príncipe implorou em um suspiro. — Não. Não sem mim.

Athlen balançou a cabeça com veemência, a boca curvada e uma careta. Ele se sentou em um solavanco e se atrapalhou com os cobertores até que se desvencilhou e se levantou. Ergueu um dedo membrado.

— Você não pode. Tal, por favor.

— Qual foi a barganha?

O tritão balançou a cabeça enquanto vestia uma calça comprida. Ele caminhava como se estivesse com agulhas espetando-o, a mão na boca respirando pesadamente. Escamas brilhavam ao longo da sua pele, depois desapareciam em ondas. Gotas de sangue manchavam suas costelas enquanto suas guelras se abriam inutilmente e depois se fundiam.

O mago se ajoelhou, observando impotente enquanto Athlen lutava contra o próprio corpo. Toda a felicidade de antes foi sugada para fora do quarto, e o coração do rapaz se partiu ao ver o sereiano sofrendo sem saber como ajudar.

— Por favor. Athlen. Qual foi a sua barganha? Apenas me conte! Eu vou pagar. Seja o que for!

— Não diga isso! — explodiu. — Não diga.

— Por que não? Farei o que puder para ajudá-lo.

Ele fez uma careta.

— Tal — falou em advertência.

— Não entendo. Farei qualquer coisa. Você sabe disso. Qualquer coisa para mantê-lo longe da dor. Qualquer coisa para manter... *você*.

— Não posso.

— O que é tão terrível que não pode dizer…

— É você! — Athlen deixou escapar.

Tal parou abruptamente.

— O quê?

O tritão saiu mancando, rastros de lágrimas nas bochechas. Choramingou de dor a cada passo e puxou as mechas do seu cabelo em frustração.

— É você. — A voz falhou.

— Eu? — Tal engoliu em seco o repentino nó na garganta. — Não entendo.

— Eu prometi a ela o sangue do meu amado. — Ele baixou a cabeça, o rosto contraído em agonia e miséria, as bochechas vermelhas. — Fiz essa promessa porque nunca pensei que encontraria alguém para amar, alguém que me amasse. Minha família e meu povo se foram, e estava sozinho. — Sua voz falhou. — Estava muito sozinho.

O nobre estendeu a mão, mas Athlen recuou.

— Eu pensei… Eu pensei que se ficasse longe de você ela não saberia. Mas então você foi gentil e precisou de mim. Depois, pensei que se estivéssemos no interior do reino, ela não seria capaz de sentir como comecei a te amar. Mas quanto mais meu afeto crescia, mais as minhas pernas doíam, e então compreendi. Soube que não poderia me esconder dela. E ontem à noite… — Gesticulou para a cama. — Queria uma noite com você, ser amado, não estar mais sozinho. E foi egoísmo, porque seria o fim.

O coração de Tal falhou, depois se despedaçou.

— O fim?

O outro garoto concordou com a cabeça. Esfregou os olhos, a expressão se transformando em pesar.

Saltando da cama, o príncipe balançou a cabeça, recusando-se a aceitar a verdade.

— É apenas sangue.

Athlen ergueu a cabeça, o rosto empalideceu por um instante.

— Não! Pare o que você está pensando. Ela não faz negócios justos. Não é uma gota de sangue. É o sangue do meu *amado*. Poderia ser o seu coração, Tal. Poderia ser todo o sangue do seu corpo. Poderia ser o sangue da sua família. Poderia ser a sua magia.

— Ficaria feliz em desistir da minha magia por você. — Tal abriu a palma da mão e uma chama dançou ao longo da pele. Ele fechou o punho e a extinguiu. — Essa é uma decisão fácil de tomar.

— Não! Você não entende as consequências da magia de sangue? O sangue é uma substância poderosa. Ela poderia usar isso contra você. Contra sua família. Contra o seu reino. E ela faria isso. Ela faria.

— Por que meu bisavô a forçou a ir para o mar?

O tritão ficou quieto olhando para o chão; as pernas tremiam. Fez um aceno de cabeça.

— Ela é a maga que ele não matou. A que fugiu.

— Sim — Athlen sussurrou. Cambaleou e agarrou a manga do rapaz. — Eu não sabia. Juro a você que não percebi. Só depois que já te amava.

Tal deslizou a mão sobre a do outro garoto.

— Não há nada que não faria por você. Eu a enfrentaria centenas de vezes. Daria todo o sangue que ela quisesse.

— Não diga isso. — Athlen deixou escapar um grito alto de frustração e puxou o cabelo outra vez. — Ela é perigosa. Era... Era proibido procurá-la. Mas eu... não tinha outra maneira de...

Uma batida forte na porta interrompeu o tritão. Ele se arrastou para a alcova perto das janelas, sufocando grunhidos de dor.

— O quê? — Tal berrou.

A porta se abriu e um mordomo apareceu.

— Sua presença é solicitada no pátio, príncipe Taliesin.

— Agora não. Diga-lhes que não posso.

O mordomo pigarreou.

— A resposta do rei Rodrick já chegou. A princesa Vanessa deve deixar o castelo imediatamente e enfrentar a justiça em Ossétia.

— Agora? — Tal perguntou. — Eles não podem esperar?

O criado deu de ombros.

— Eu sou apenas o mensageiro, Vossa Alteza.

— Certo. Tudo bem. Estarei lá em breve. — O príncipe o dispensou, voltando a se concentrar no outro rapaz, que se escondeu da vista do mordomo por trás das cortinas compridas.

— Vá — Athlen falou depois que a porta se fechou. — Vou ficar bem.

— Você vem comigo.

— Não. Eu não posso. Não desse jeito. — Athlen ergueu a mão e abriu os dedos, destacando a membrana e as escamas que subiam pelo braço. — Fique com sua família, Tal. Estar com eles sem se esconder de quem é foi seu objetivo desde o início. Você pode fazer isso agora.

Lágrimas arderam nos olhos do nobre.

— Não vou sair até que você prometa que não vai fazer nada até conversarmos novamente.

O tritão desviou o olhar. O corpo estremeceu. Ele fechou os olhos com força.

— Não demore muito.

— Isso não é uma promessa.

Ele mordeu o lábio.

— Eu prometo.

Tal relaxou os ombros e correu pelo cômodo vestindo as roupas. Manteve os olhos em Athlen, nas rugas de dor ao redor da boca e na maneira como ele se movia com cautela, agarrando-se à parede enquanto mancava de volta para a cama.

O príncipe enfiou os pés nas botas.

— Não vou demorar.

O sereiano curvou-se para a frente, as costas em uma curva impossível, as mãos com os nós brancos sobre os joelhos.

— Estarei aqui.

Essa era a única confirmação de que ele precisava. Abriu a porta e saiu.

17

QUANDO TAL SAIU DO CASTELO, COM OS IRMÃOS E AS IRMÃS ao seu lado, a multidão que os saudava era muito maior que a que esperava, ainda mais pelo curto prazo da notificação. O boato havia se espalhado rapidamente. O pátio estava lotado; o único espaço livre era o caminho feito para a carruagem levar Vanessa de volta ao próprio reino e o irmão, que estava, nas palavras de Emerick, bastante zangado. Cavaleiros e soldados cercavam o perímetro protegendo a realeza, e cortesãos e nobres preenchiam os espaços vazios atrás da família de Tal, amontoando-se para assistir ao espetáculo. Com as portas do castelo escancaradas, as pessoas da aldeia se aglomeravam e sussurravam por trás das mãos ao verem Tal na fila dos irmãos, muito vivo, exceto pelo mau aspecto.

Parado no topo dos degraus de pedra, inspecionando o pátio repleto de centenas de curiosos, o príncipe sentiu-se dominado por uma espécie de pavor que não havia experimentado antes, o tipo que teve a sorte de evitar, isolado todos os anos anteriores.

— Parece que vai desmaiar — comentou Kest, a voz baixa.

O garoto espreitou o irmão.

— Você também.

— Bem, eu *fui* atingido por uma flecha alguns dias atrás.

— Bom ponto.

Kest exibiu uma risada com o trocadilho não intencional.

— Está tudo bem?

Não. Não estava. Athlen estava sofrendo. A magia da bruxa do mar estava se desfazendo. A dívida estava sendo cobrada. E ele não permitiria que Tal pagasse, mesmo se pudesse.

— Nervoso — disse o rapaz em resposta.

O irmão o cutucou.

— Eu estou bem aqui. Assim como Isa, Garrett e Corrie. Você não está sozinho.

— Eu sei.

Corrie lhe deu uma cotovelada e ele lhe lançou um olhar penetrante. Ela ergueu o queixo e Tal avistou o tritão deslizando pelas portas, juntando-se ao grupo de residentes do castelo atrás deles. Estava horrível; pele translúcida, exceto pelos pontos brilhantes e febris nas bochechas. O cabelo estava desgrenhado e indomado porque Tal passara os dedos por ele, e ele mancava e fazia uma careta a cada movimento.

— O que fez? — sussurrou Corrie com uma ponta de acusação.

O príncipe franziu a testa.

— Não é da sua conta. Preste atenção ao que está acontecendo à sua frente.

Um murmúrio percorreu a multidão enquanto a rainha Carys atravessava os arcos do castelo. A coroa brilhava à luz do sol, assim como as espadas dos cavaleiros de cada lado. Com o queixo erguido, ombros para trás, o vestido flutuando atrás enquanto caminhava, era a imagem da realeza — força e graça personificadas.

Tal endireitou a postura enquanto tomava o lugar para os procedimentos.

Um silêncio caiu sobre a multidão enquanto a mãe discursava. Ela contou da traição, do sequestro e da presumida morte de Tal, da lesão de Kest por um assassino fracassado. Falou das evidências contra a princesa Vanessa de Ossétia e sua criada.

Não revelou sobre a magia ou o tritão.

Depois que a rainha terminou, os guardas trouxeram Vanessa do castelo, os pulsos presos em correntes de ferro, o cabelo despenteado, o vestido esfarrapado e sujo. A multidão a saudou com zombarias e frutas podres.

Corrie riu quando um tomate atingiu Vanessa na bochecha.

O estômago do mago se revirou com o desfile, enquanto ela era expulsa e humilhada. A pele se arrepiou a cada provocação, as memórias do tempo no navio de Zeph ainda frescas.

Os guardas pararam na porta da carruagem e esperaram que a rainha desse permissão para a prisioneira embarcar.

— Alguma palavra antes de partir? — questionou, uma cortesia, uma chance para Vanessa começar a consertar a fenda entre os reinos.

— Sim, Vossa Graça. Gostaria de expressar minhas desculpas ao príncipe — respondeu Vanessa de maneira fraca, as palavras rangendo. O sorriso era mais uma careta, mas ela inclinou a cabeça na direção de Tal afetadamente, de maneira deliberada.

A rainha estreitou os olhos.

— Muito bem.

O príncipe desceu, deixando a família no topo da escada de pedra, e a pequena multidão se dispersou ao redor como um cardume de peixes reagindo a um tubarão. Ele parou no final.

— Sinto muito — disse com os olhos brilhando — por não ter te matado eu mesma.

Tal não ficou surpreso.

— Você perdeu — declarou com calma. — Eu sobrevivi. Minha família sobreviveu. E somos mais fortes por isso.

— Sim, você sobreviveu, infelizmente — inspirou a princesa, as feições retorcidas em um grunhido que lembrava o da criada. A voz baixou para o som de uma respiração. — O que todas essas pessoas farão quando descobrirem o que você é? Você acha que a mãe pode parar os outros reinos quando invadirem para matá-lo? Para te levar embora? Não. Ela não pode, e sua magia será a ruína da sua família.

— Eu não estou mais me escondendo. Não tenho medo.

— Você deveria. As pessoas temem o que não entendem. O medo se transforma em ódio muito facilmente.

A moça não estava errada. Ele e a família estavam no início de alguns meses difíceis, pois o cenário político havia mudado e a magia de Tal, conhecida, mas eles tinham um ao outro.

— Tenho a minha família.

A expressão de Vanessa endureceu e o olhar penetrante foi para a carruagem que a esperava.

— Sim, eles já mataram por você uma vez. — Ela cerrou a mandíbula. — Estou certa de que o farão outra vez.

O príncipe enrijeceu.

— Em geral não sou tão desprezível — explicou, levantando o queixo. — Mas você tirou alguém de mim. É apenas justo eu retribuir o favor. Uma irmã deve servir.

O sangue de Tal gelou. Ele seguiu a linha de visão até uma torre e pegou o brilho do sol na ponta de uma flecha.

— Isa! Corrie! Abaixem-se!

Ele não conseguia se mover rápido o suficiente. Estendeu a mão e lançou uma labareda, mas ela apenas chamuscou a flecha enquanto cortava o ar.

O caos estourou. Mulheres gritaram. Os guardas se agruparam. Os cavaleiros arrastaram a rainha para o castelo e tentaram cercar o rapaz, bloqueando sua visão das escadas, onde o resto da sua família estava. Ele lutou por meio deles, empurrando as pessoas para o lado, gritando ordens até que se separassem, e correu para os degraus.

Tal parou derrapando, o coração acelerando. Sangue salpicado na pedra. Corrie gritava, histérica, o sangue respingado em seu rosto. Presa ao chão, o tritão estava esparramado sobre ela.

— Ele me empurrou — soluçou. — Ele me empurrou.

Athlen.

Tal recobrou os sentidos e saltou escada acima, encontrando Garrett no topo. O irmão tirou Corrie debaixo do peso mole de Athlen, depois a passou para um guarda que estava por perto, e os dois se voltaram para o sereiano.

O mundo do príncipe se estreitou — os sentidos ficaram confusos, exceto para os focados em Athlen —, o caos absoluto ao redor era um mero ruído de fundo. A flecha estava tão quebradiça quanto cinza por ter viajado pelo fogo mágico de Tal, a fumaça enrolando-se em torno da haste de madeira. Mas a ponta acertou em cheio e se alojou de modo profundo no peito de Athlen. O sangue borbulhava em torno da ferida, espalhando-se lentamente pelo tecido da camisa. O anel com o sinete de Tal estava na cavidade da garganta de Athlen, a corrente de ouro enrolada no pescoço pálido, um filete de sangue acumulado em sua clavícula, manchando a pedra esmeralda de carmesim.

— Não — sussurrou, as mãos agitando-se sobre o corpo mole como uma boneca espalhado pela pedra. — Não. Não. Não. Athlen?

Os olhos estavam entreabertos, mas encaravam o nada. Tal agarrou a mão do tritão com as suas, puxando-a para o peito.

— Athlen, por favor. Garrett? Faça alguma coisa. Você pode fazer algo?

A expressão do irmão era sombria enquanto ele batia na bochecha do garoto com os dedos grossos e calejados.

— Vamos — chamou. — Volte por um momento antes de ir para o seu descanso.

As palavras aturdiram o mago. *Volte para se despedir.* As palavras de Garrett confirmaram o que Tal temia — era uma ferida mortal. Por toda a magia que vivia sob sua pele, todo o poder que habitava seu corpo, não poderia se defender contra uma única flecha, não poderia retroceder no tempo, não poderia salvar Athlen de sangrar por causa de uma ponta afiada de metal.

O sereiano piscou lentamente, os olhos vagando até pousarem no rapaz, o olhar se concentrando aos poucos.

— Tal?

Ele apertou a mão de Athlen.

— Sim. Estou aqui. Estou aqui. Por que fez isso? Por que faria isso? — Ele trouxe os dedos do garoto aos lábios, as lágrimas escorrendo dos olhos e deixando rastros pelos dedos manchados de sangue.

— Por você. Sua família. — Ele fez uma careta. — Eu tinha que ir de qualquer maneira. — Cada palavra era um esforço, saindo dele em suspiros torturados. — A barganha... — Ele parou, tossindo, o vermelho borbulhando na dobra dos seus lábios.

Esses eram os últimos momentos entre eles, e Tal não seria atormentado pela discussão da manhã. Ele balançou sua cabeça.

— Não. Por favor. Athlen. Eu amo você. Eu amo você. Eu amo você.

Os dedos do tritão sofreram um espasmo na mão do príncipe.

— Amado — murmurou. A expressão se contorceu de dor e o corpo estremeceu.

— A bruxa do mar pode te salvar? Athlen? O que devo fazer?

Os olhos do rapaz rolaram no rosto e o corpo ficou mole.

— Athlen? — engasgou Tal. Ele balançou os ombros dele. — Athlen? — Colocou a mão acima dos lábios entreabertos de Athlen e chorou com as baforadas suaves e lentas contra sua pele. — Ele está respirando.

Ela vai negociar com qualquer um que chame seu nome com um desejo em seu coração.

— Leve-o para a praia.

— Tally — Garrett falou, a voz triste e cheia de resignação.

— Não! — O jovem cambaleou por sobre o corpo do tritão e agarrou a lapela da camisa do irmão com a mão ensanguentada. — Leve-o. Ele é um tritão, o que significa que é mais resistente e se cura mais rápido. Ele vai sobreviver um pouco mais. Leve-o para a praia mais próxima, perto da muralha do castelo. Você deve! Prometa.

A boca de Garrett era uma linha sombria.

— Eu prometo.

Tal ficou de pé, tenso como uma corda de arco, o desespero e a tristeza obrigando-o a seguir em frente. Ele tropeçou nas escadas de pedra, confiando em Garrett para completar a tarefa.

O nome dela.

Ele precisava do nome dela.

— Wow, Tally. — Kest o segurou enquanto o garoto corria pelos arcos. — O que está acontecendo? Está ferido? Por que está coberto de sangue?

— Solte. Eu preciso saber o nome dela. Eu preciso do nome dela.

— Nome de quem?

— Da bruxa do mar! — Tal se desvencilhou do aperto do irmão e saiu correndo. O sangue do tritão ficou pegajoso nas mãos e manchou a pedra enquanto o príncipe cambaleava em direção às masmorras. O coração disparava e as pernas estavam fracas, mas a determinação só aumentou enquanto descia correndo os degraus tortuosos e irrompia nos calabouços. Ele ignorou os guardas, invocou o fogo para a mão e se concentrou na fechadura. Ela quebrou sob a força do seu pânico e desespero.

— Poppy! — berrou ao passar pela porta, os guardas gritando com ele. — Poppy!

Ele derrapou até parar na frente da cela.

Ela o encarou pelos fios emaranhados do cabelo.

— O que você quer?

— Diga-me o nome da bruxa do mar.

Ela estreitou os olhos em fendas.

— Por quê?

— Não tenho tempo, Poppy. Você sabe como chamá-la?

Dando de ombros, ela se levantou do colchão e caminhou até as barras.

— Está coberto de sangue, mas ainda não está morto.

— Poppy, por *favor*. — A angústia cresceu dentro dele. Ela não sabia. Ou não lhe diria. Havia perdido um tempo precioso.

— Deixe-me sair e eu conto.

O rapaz não hesitou. Como havia feito com a algema do tritão e com a porta, concentrou o fogo na fechadura de metal até que ela esquentou, tornando-se vermelho-cereja, e derreteu com as barras de ferro. Ele abriu a porta, o fogo lambendo sua pele.

— Diga-me, *por* favor.

— Morwen. A maioria a chama de Morwen.

O príncipe se virou e saiu correndo.

18

O SANGUE ENCHARCAVA A AREIA.

Tal derrapou até parar, o peito arfando, o coração batendo tão forte que ele estava com a cabeça leve. Mas não importava, tinha o nome dela.

Garrett havia colocado Athlen na beira da rebentação, a maré enchendo, molhando a bainha das calças do tritão. O rosto estava cinza. O peito não se movia.

Tal agarrou o dente de tubarão na corda em volta do pescoço, a borda serrilhada penetrando sua palma.

— Tally — Garrett falou, a voz suave e solene.

— Levante-o.

— O quê?

— Eu disse para levantá-lo. Temos que levá-lo de volta ao mar. Não temos muito tempo.

Havia outros aglomerados na praia, murmurando, chorando, sem dúvida esperando o príncipe de fogo se despedaçar nas ondas. Mas ele não faria isso.

Não aqui.

Garrett ergueu Athlen em seus braços, e a maneira como as pernas ficaram penduradas sobre o cotovelo dele, o ângulo do pescoço e o corpo desfalecido fez Tal agarrar o dente com mais força. O cabelo de cobre vívido do tritão grudou na bochecha e na testa, e o sangue ao longo da pele tingida de cinza manchava do pescoço à orelha. Traços das escamas vermelho-douradas cintilavam ao sol forte, uma lembrança do pôr do sol e da preciosidade do próprio Athlen.

O mago não era forte, especialmente depois do que havia suportado nas últimas semanas, mas ele pegou o sereiano nos braços e o segurou perto. Ele não se atreveu a ouvir a respiração ou os batimentos cardíacos. Não precisaria. A resolução era forte, mesmo que o corpo não fosse. Ele evitou o olhar de Garrett, sabendo que choraria se visse a tristeza e a pena nele, e, em vez disso, se virou e foi para as ondas.

A primeira o derrubou de joelhos, e quase perdeu o controle sobre o corpo de Athlen, mas, de repente, havia braços fortes atrás dele, levantando-o quando a próxima onda quebrou.

— Estou com você — afirmou Garrett. — Continue.

Eles avançaram mais ainda, passando pela espuma e pelo movimento das ondas. As botas de Tal se encheram de água, as roupas se encharcaram, deixando-o pesado. Mas continuou até que os dedos dos pés perderam o contato com a areia a cada movimento das ondas.

O carmesim resplandeceu ao redor como pétalas de uma flor. O cabelo do tritão se espalhou como uma aréola. A camisa encharcada agarrou-se às linhas duras do torso. Ele era lindo e macabro, morte e magia fundidas em um ser, em um momento.

Tal pigarreou.

— Morwen — sussurrou. Apertou os olhos, confiando que Garrett segurasse a camisa para que ele não flutuasse na corrente ou se afogasse em angústia. Ele cerrou os dentes. — Morwen. Por favor. Por favor. Por favor.

Derramou os desejos do coração em direção ao mar — a vida que tinha desejado com Athlen no castelo, a felicidade que compartilhariam, a família que teriam juntos, unindo-se como os dois últimos das linhagens, sozinhos juntos. Ele deixou que a dor o envolvesse como o oceano e permitiu que as lágrimas salgadas escorressem pelo rosto, adicionando as próprias pequenas gotas à imensidão profunda do mar.

Baixando a cabeça, o mágico agarrou o sereiano com força, enterrou o rosto no peito ensanguentado e destruído do amado.

— Morwen. Escute-me. *Por favor*.

Nada.

Apenas os gritos das gaivotas acima e o bater das ondas na praia enchiam o ar denso.

— Tally — Garrett falou. — Eu sinto muito.

O rapaz soluçou, grandes soluços de partir o coração que sacudiram o corpo e saíram da garganta com golpes de ar. Ele se sentiu partido ao meio, rompido de uma forma que as entranhas estavam expostas em carne viva ao sol e ao sal. Tudo *doía*, desde a ardência nos olhos até a pulsação do coração e o aperto dos nós dos dedos brancos que mantinha no corpo flutuando à frente.

Quando a última esperança afundou, um pulso de magia rasgou a água, bateu no peito de Tal e, de repente, a familiar ondulação do mar se acalmou.

O rapaz ergueu a cabeça.

— Você sentiu isso?

Garrett concordou com a cabeça.

— Acho que devemos nadar até a margem.

Outro choque de magia se agitou na direção a eles, e subitamente a água recuou tão rápido quanto um pestanejar, sugando tudo para o mar de maneira violenta. Tal perdeu o equilíbrio, gritando quando uma onda caiu sobre a cabeça, vinda da direção errada, a água afunilando-se na boca e nariz. Garrett o agarrou, passou os braços em volta da cintura de Tal e o puxou acima da linha da água.

— Aguente! — gritou o irmão, segurando o rapaz, enquanto a água corria para longe da praia, areia, conchas e peixes batendo em volta deles. Apenas a força do mais velho manteve os dois de pé.

Do jeito que estava, o jovem lutava para segurar o corpo inerte de Athlen, mas ele foi arrancado dos dedos doloridos de Tal, levado pela agitação.

— Não! Não! Não!

O príncipe lutou para se livrar dos braços de Garrett para segui-lo, mas o irmão o puxou de volta.

— Não. Não vou deixar você se afogar por causa de um homem morto.

— Deixe-me ir. Deixe-me ir. Deixe-me...

Tal engasgou quando ele e o irmão caíram no fundo do oceano enquanto um grande pilar de ondas, espuma e água se erguia do mar. O caos se fundiu em uma figura diante dos olhos, e o próprio oceano formou um corpo. Peixes nadavam pelo torso, algas marinhas caíam da cabeça e sobre os ombros. Os olhos brilhavam como escamas e a boca era um coral vermelho. Os braços eram tão fortes quanto as marés. Ela usava madeira flutuante em volta do pescoço e um colar de conchas em volta da cintura. Pérolas adornavam as pontas dos dedos. Ela era magia encarnada: aterrorizante e bela.

Elevando-se sobre eles, ela se curvou para a frente, examinando Tal e Garrett como se fossem insetos.

O mago se levantou devagar e limpou a areia úmida das mãos.

— Qual de vocês chamou meu nome? — A voz era a canção do mar, o movimento suave da água contra o casco de um navio, o silvar de uma tromba-d'água e o bater das ondas, tudo ao mesmo tempo.

O cabelo do rapaz ficou todo espetado e ele enrolou os dedos dos pés nas botas encharcadas.

— Eu chamei.

— Você é feito de fogo. Você me chamou para lutar comigo? Terminar o que seu bisavô começou?

— Não! — Tal estendeu as mãos. — Não. Eu não sou ele. Não te chamei para lutar. Vim negociar.

Ela franziu o coral dos lábios.

— E como se chama?

— Eu me chamo Tal.

— Esse não é o seu nome verdadeiro. Você é sábio em não o compartilhar. O que deseja?

— Athlen.

Ela sorriu, mas não foi gentil. Foi cruel e cheio de dentes de tubarão. Pegou um punhado de água ao lado dela e segurou perto da boca, o corpo de Athlen flutuando na palma. Ela soprou uma brisa e a água brilhou como se o sol tivesse mergulhado abaixo da superfície e iluminado o azul do mar por dentro.

O corpo do tritão estremeceu e as roupas se despedaçaram quando as pernas se fundiram na longa cauda vermelha e dourada.

— Ele tem uma dívida comigo, amado. Está aqui para pagá-la?

Garrett envolveu a mão em torno do antebraço do irmão em um aperto forte. Tal o ignorou, não ousando tirar os olhos de Athlen, flutuando na poça de luz e magia.

— Só se puder salvá-lo.

Ela inclinou a cabeça e analisou o sereiano.

— Deseja renegociar os termos da barganha dele?

— Sim.

Ela tocou os lábios.

— E o que está disposto a dar?

— Eu... Eu daria tudo o que pudesse. Mas ele... ele não quer isso.

Os lábios dela se curvaram.

— Você é um mago, como eu. — Colocou Athlen em um platô de ondas e abriu os dedos. — Mas desisti do meu eu mortal para me esconder no mar, para me esconder do fogo que me esperava na terra. Vivi como maga por mais tempo do que está vivo. É um pedaço de mim e não vou entregá-lo gratuitamente.

— Entendo — Tal assentiu. — Quais são os termos da barganha?

— Uma vida por uma vida, amado. Seu sangue pelas pernas dele.

O príncipe engoliu em seco.

— Eu não...

— Rápido. Posso salvar alguém que ainda vive. Não posso ressuscitar os mortos.

Fechando os olhos com força, as lágrimas escorrendo pelos cantos, Tal respirou fundo, estremecendo.

— Não. Ele... ele não gostaria de ficar sem mim em terra. Ele me disse. Ele não quer ficar sozinho, e não vou condená-lo a isso.

— Oh, amado — ela falou em tom triste e gentil.

Tal sentiu o jato de água fria nas bochechas enxugando suas lágrimas. Hesitante, abriu os olhos, então recuou quando descobriu que havia se aproximado. O rosto estava a centímetros do dele — pequenos peixes nadando atrás dos seus olhos, depois descendo pelo túnel do pescoço —, a expressão triste.

— Você o ama.

— Eu amo.

— O suficiente para deixá-lo ir?

Tal enxugou as bochechas com a manga.

— Se tiver que fazer isso, sim.

— Sinto muito, amado. Uma vida por uma vida. Sangue por sangue. Esse é o custo da minha magia.

Tal caiu de joelhos e cobriu o rosto com as mãos. O coração se partiu mais uma vez. Uma nova onda de lágrimas escorreu pelo rosto. Garrett passou os braços em volta dele e o abraçou enquanto chorava.

— Adeus, foguinho. Você é um ser humano melhor que a maioria. — Ela acariciou o cabelo, então se virou.

— Espere! Morwen! Espere!

Um grito vindo da praia seguido pelo barulho rápido de alguém correndo em direção a eles atravessou os sons da dor do mago.

Ele se virou. Poppy rompeu a considerável multidão que havia se reunido ali e correu em direção a eles com toda a força, o cabelo encaracolado esvoaçando. Gritos dos guardas a seguiram, exigindo que ela parasse, mas não ousaram entrar no mar. A garota não tinha esse medo e, ao alcançá-los, caiu de joelhos e juntou as mãos à frente.

— Morwen! Rainha do mar! Eu gostaria de negociar.

— Poppy...

— E o que deseja, criança?

— Leve-me com você.

A boca de Morwen se abriu aos poucos e os olhos se arregalaram.

— O quê?

— Eu prometo minha vida em servidão. Sempre acreditei nos sereianos e em você. Eu sou a última da minha tripulação. Não há mais nada para mim na terra. Eu quero viver com você no mar.

Tal virou a cabeça para encará-la. Ele se soltou de Garrett.

— Poppy, você realmente comprometeria sua vida?

— Sim. Minha vida é o mar.

— Uma vida por uma vida! — O rapaz apontou para Morwen. — Você disse uma vida por outra vida. *Uma* vida. E eu vou te dar meu sangue. — Tal agarrou o dente do tubarão e puxou a corda de seu pescoço. Ele mergulhou a ponta na dobra do braço.

— Tally! O que você está fazendo? — gritou Garrett.

Tal grunhiu de dor, arrancando o dente. O sangue escorreu livremente pelo braço.

— Pegue! Salve-o!

Morwen fez uma careta.

— Sua vida pela vida do tritão? — perguntou a Poppy.

— Sim! Apenas me leve com você!

— O negócio foi fechado — declarou com uma voz mordaz e relutante.

Uma gota d'água agarrou o pulso de Tal, enquanto outra segurava metade de uma concha de ostra sob o cotovelo. Ela torceu o braço dele, e o sangue correu para a concha, manchando de vermelho-brilhante. Morwen olhou para ele.

— Mais.

A gavinha se espremeu logo acima da ferida e mais sangue jorrou para a superfície. O príncipe ficou tonto e cambaleou de joelhos.

— É o suficiente — afirmou quando a concha estava quase cheia e os tentáculos o soltaram.

Tal caiu contra Garrett.

— Tally?

— Estou bem. — Piscou para afastar os pontos escuros da visão. — Onde está Athlen?

Morwen se afastou deles e agarrou o tritão de onde estava deitado nas ondas. Ele caiu pesadamente como uma boneca de pano nas mãos dela; o peito do garoto se contraiu e a garganta se apertou. Ela passou a mão pelo sereiano e disse palavras em um idioma que o mago jamais conheceria.

A cauda de Athlen se remexeu.

As costas se arquearam quando um filete de água penetrou o ferimento e arrancou a ponta da flecha. A água brilhou e mudou. Tal apertou os olhos, incapaz de entender o que estava acontecendo, mas depois de um minuto ela jogou o tritão na água com um baque.

— Ele é seu — avisou. Ela nivelou o olhar para Poppy. — E você é minha.

— Sim, sim. Eu sou sua. — A garota se levantou e caminhou para a parede de água na frente, que se abriu para ela, e, em seguida, envolveu o corpo, revestindo-a inteiramente em um casulo azul-brilhante de magia de Morwen. Depois de um momento, a água a soltou e Poppy emergiu, um espírito do mar composto de sal, ondas e espuma. Ela ergueu a mão e flexionou os dedos, rindo da nova forma.

— Eu sou do mar — proclamou, a voz, o som de um respingo. Sorriu largamente, então se virou, mergulhou na água e desapareceu.

Morwen encarou os dois deixados de joelhos na areia, o braço do mago coberto de sangue, Garrett agarrado a ele.

— Se você chamar de novo, não virei.

— Eu entendo.

— Adeus, Tal, amado pela água e pelo fogo.

O rapaz fez uma reverência.

— Adeus, Morwen, rainha do mar.

Ela deu um sorriso malicioso e afundou nas ondas.

A parede de água que mantinha sob controle quebrou de uma vez, e o mar que havia recuado voltou apressado.

Tal respirou fundo e permitiu que o envolvesse.

19

TAL ACORDOU NA PRAIA.

Ele tossiu, virou-se de lado e vomitou água do mar na areia.

Alguém bateu nas costas, encorajando-o a tossir enquanto os pulmões se apertavam e o peito arfava. Ele cerrou as mãos na areia. As costas arquearam e ele vomitou de novo antes de desabar na terra molhada.

— Isso mesmo, Tally. Tussa tudo para fora.

— Aí está ele. Está acordando.

— Tally?

— Isa? — O rapaz piscou para tirar o sal e a espuma dos olhos, e esticou o pescoço para encontrar a irmã ajoelhada na areia ao lado da cabeça, e os irmãos em cada lado dele. Isa passou os dedos pelos cabelos e afastou os fios da testa.

— Sim — confirmou com ternura na voz.

— Você vai estragar seu vestido.

Ela sorriu, suave e doce.

— Existem coisas piores.

Tal rolou de barriga para baixo e ficou de joelhos. As roupas estavam encharcadas, os pés nadavam nas botas e a cabeça doía de tanto chorar.

— Calma. — Kest agarrou o irmão para evitar que ele caísse. — Dê a si mesmo um momento. Você está fadado a ficar tonto.

Kest não estava errado. Os cantos da visão de Tal escureceram e o braço doeu.

— O que aconteceu?

— Você fez um acordo com uma bruxa do mar e quase se afogou — Garrett contou, a voz com um tom de admiração.

O mundo do garoto voltou ao foco e ele ergueu a cabeça para examinar a praia.

— Athlen?

— Bem ali.

Tal se esforçou para se sentar. A cabeça girou e Isa o firmou.

— Ele está bem. Olhe ali.

Alguns metros abaixo na praia, Athlen estava deitado na areia com Corrie ao lado. Ele estava de bruços, apoiado nos cotovelos enquanto a cauda espirrava nas ondas e suas escamas brilhavam. Uma multidão de curiosos estava por perto, e a irmã mais nova os encarava quando se aventuravam perto demais.

— Ele é bonito — provocou Isa. — Entendo por que você quase morreu por ele.

— Você vai desmaiar em seus braços? — perguntou Garrett, cutucando o ombro de Tal, sorrindo loucamente. — Assim que puder se levantar e correr para ele?

Kest bufou por trás da mão.

— Você vai correr, certo? Será um final épico para sua história de amor.

Isa colocou a mão sobre os olhos e desabou nos braços de Garrett.

— Será como uma cena do meu romance favorito. Exceto que estão encharcados e cobertos de sangue.

Tal cobriu o rosto com as duas mãos.

— Ah, não. Vocês vão me provocar para sempre, não vão?

— Oh, sim, Tally — respondeu Garrett de brincadeira. — Ou devo chamá-lo de amado?

O garoto beliscou o irmão com força, e ele soltou um exagerado "Ai!" enquanto se contorcia para longe. O barulho fez o tritão virar a cabeça. Ele avistou Tal e deu um sorriso largo e brilhante, tão bonito quanto o pôr do sol na água.

— Você vai beijá-lo? — indagou Isa.

— Acabei de vomitar água do mar.

— Eu não acho que ele se importará.

Tal se levantou com a ajuda deles. Deu alguns passos vacilantes, que ficaram mais equilibrados à medida que avançava, e os irmãos se afastaram, chamando Corrie até eles. Ela se levantou, o vestido encharcado, a água escorrendo da bainha até os quadris. Ela deu um sorriso malicioso para o irmão ao passar por ele.

— Athlen? — perguntou, caindo de joelhos ao lado dele. — Você está... Você pode... Você tem pernas?

O sorriso do outro garoto se tornou afetuoso.

— Sim. Quando acordei, estava no oceano com pernas, mas eu me transformei nesta forma — ele explicou, passando a mão pelo corpo — para nadar até a praia. Você está bem? Seus irmãos e irmã tiraram você das ondas, e não queria me intrometer. — Ele remexeu os dedos. Tal pousou a mão sobre a de Athlen.

Ele estava vivo. Ele era perfeito.

— Sim. Estou todo dolorido. E bebi muita água do mar. E eu gostaria de uma soneca. Mas, tirando isso, estou bem.

— Bom. Estava preocupado. Não sei o que ela pediu de você. O que teve que fazer.

Tal mordeu o lábio.

— Posso ter condenado meus descendentes. Eu lhe dei meu sangue.

— Tal…

— Sinto muito. Eu… Eu não podia deixar você ir. Não quando havia uma chance. Sei que você não queria que eu interferisse. E sei que dar meu sangue a ela foi imprudente. Mas, Athlen, eu…

O tritão agarrou a frente da camisa do rapaz com a mão e puxou-o para as ondas. Tal tombou facilmente, caindo de costas enquanto as ondas rolavam sobre seus pés e pernas. Athlen pairou sobre ele, a cauda um arco dourado e vermelho. Ele segurou a bochecha do príncipe com a mão de membrana e, em seguida, pressionou a boca contra a do rapaz em um beijo carinhoso.

— Você é o meu amado — Athlen declarou, a voz vibrando contra os lábios de Tal.

— E você é o meu.

Eles se beijaram e beijaram, e o garoto teria pensado que era um conto de fadas não fosse pela areia na gola, a água nas botas e a dor no corpo. Mas ele não trocaria isso por nada.

— Acho que perdi o dente de tubarão — comentou quando pararam para respirar.

— Vou encontrar outro para você. — Athlen esfregou o nariz no de Tal. — Vou encontrar mil para você, se for o que deseja.

— Um servirá.

O tritão riu e o beijou mais uma vez.

Tal mergulhou nele — feliz, amado e sem medo.

20

— ESTÁ NERVOSO, TALLY?

Tal enrijeceu. Ele passou a mão pelo cabelo. Athlen deu um tapa e alisou-o com a mão.

— Não. Deveria ficar nervoso? Você está nervoso?

— Não estou nervoso — Kest afirmou, embora o constante endireitamento do colete e o mexer nos seus botões desmentissem sua afirmação. Ele soltou um suspiro. — Não estou nervoso.

O tritão espiou pela cortina que os separava da multidão.

— Ah! Lá está Dara! — ele disse com um sorriso. — E muitas outras pessoas usando tantas cores diferentes.

— As cores dos seus reinos — Tal explicou. As mãos tremiam. Apesar de ser parte integrante do planejamento de todo o evento, e de afirmar quando e como queria fazer seu discurso, ainda estava nervoso. Ele não teve as experiências que os irmãos tiveram, e esta era a primeira incursão na política pública. Mas tinha certeza de que se anunciar e revelar a magia era a coisa certa, e ele foi inflexível ao afirmar que falaria por si mesmo e não se esconderia atrás da mãe ou da irmã. No entanto, todo o planejamento e as afirmações não significavam que ele não estava ansioso. — Embaixadores de todo o continente estão lá fora, e algumas ilhas também enviaram representantes.

— Bem, você convidou todos eles — replicou Kest com um sorriso. — Teria ficado satisfeito com um casamento pequeno.

Athlen pegou a mão de Tal e apertou.

— Eles estão aqui para conhecê-lo.

— Para me verificar — suspirou o rapaz. Ele tentou relaxar os ombros tensos. — Para conversar comigo — emendou. — Tenho certeza de que terão perguntas e que vão querer garantias. Talvez até demonstrações.

O metamorfo agarrou o ombro do mago.

— Estaremos todos com você. É uma coisa boa, Tally. Você vai ficar bem. E há guardas por toda parte. Além disso, você é feito de fogo. Ninguém vai tentar nada na casa do último grande mago.

— Grande, não — disse o príncipe baixinho. — Ainda não. Ainda aprendendo.

Kest enfiou o dedo no peito de Tal.

— O mago que barganhou com a bruxa do mar e viveu está noivo do último tritão. Eles estão mais intrigados do que assustados. Confie em mim.

— Eu confio em você. Estou apenas…

— Nervoso? — Athlen sorriu. — Você será maravilhoso, Tal — afirmou, largando a cortina. O tritão beijou a bochecha dele. O anel de sinete de Tal brilhou na luz, aninhado contra o tecido fino da camisa do garoto. Ele mexeu os dedos dos pés contra a pedra. — Quer praticar de novo?

— Talvez o final?

— Vá em frente.

O jovem pressionou as pontas dos dedos no novo dente de tubarão pendurado em um cordão abaixo da sua clavícula e pigarreou.

— Eu era ingênuo quando saí em minha viagem de maioridade pelo meu reino, com medo de ser eu mesmo, com medo de que minha família e as pessoas do nosso reino não pudessem aceitar a minha dicotomia; mas não estou mais com medo. Meu caráter é forte. Minha família está comigo. Minha magia é poderosa. Encontrei alguém que me ama por causa de todas as minhas partes, não apesar delas. Estou pronto para fazer parte do mundo. — Tal jogou os ombros para trás. — E então acenderei todas as tochas e velas.

— Não coloque fogo em nada, por favor — pediu Kest. — Não no dia do meu casamento. Obrigado.

— Farei o meu melhor.

— Ei! — sussurrou Garrett, esgueirando-se pela porta dos fundos da área de espera. — Eu tentei mantê-la longe, mas ela não me escuta.

— Saia do caminho, comandante. — Shay abriu caminho pela porta, o vestido arrastado atrás dela ficando preso na dobradiça.

— Shay! — sibilou Isa. — Você pode parar? Está estragando a cauda do vestido.

Corrie também apareceu.

— Você está com seu buquê, Shay? Não consigo encontrar no vestuário.

— Shay, dá azar para Kest ver você antes da cerimônia. — Garrett tentou se espremer entre os noivos para bloquear a visão. — Você não deveria estar aqui atrás.

Shay golpeou o rapaz com as flores.

— Comandante, digo isso com o maior respeito, mas cuide da sua vida. Agora, mova-se. Eu quero ver meu futuro marido. Ele está nervoso.

— Não estou nervoso!

— Tal é quem está nervoso — corrigiu Athlen.

Todas as cabeças giraram em sua direção e Tal revirou os olhos.

— Amado — falou —, isso não era necessário.

O tritão sorriu.

— Eles são sua família. Eles te amam. Estão preocupados.

— Você está um pouco verde, Tally. Você não vai vomitar, não é? Devemos mover a primeira fileira? — Garrett lhe deu uma cotovelada. O rapaz estreitou os olhos.

— *Todos* estão aqui? — Emerick se espremeu pela porta. Ele encarou Tal com os olhos arregalados; ainda ficava um pouco nervoso perto dele, até o momento não havia se acostumado a cunhados magos. Emerick estava morando no castelo nos últimos meses e vinha se familiarizando com eles. — A rainha está procurando por todos vocês.

— Querido, esta é uma ocasião importante e todos nós estamos aproveitando. Nossa mãe pode esperar mais alguns minutos.

— Vou deixar você dizer isso a ela, querida — avisou, endireitando a gravata. — Ela me intimida.

— Como deveria — falou Garrett.

Tal se encostou na parede, Athlen aconchegou-se ao seu lado, seus dedos entrelaçados, e observou a família interagir. Meses se passaram desde que ele parou a conspiração de Vanessa e enfrentou a bruxa do mar. E, embora nada tivesse voltado ao normal de antes de deixar o castelo, descobriu que não queria isso. Ele e os irmãos estavam mais próximos do que nunca, agora que poderia ser ele mesmo com os quatro, agora que não davam como garantido o tempo que passavam juntos. Qualquer preocupação que tivesse sobre o casamento de Isa foi resolvida pelo modo como Emerick a olhava, como se ela tivesse pendurado a lua, e a maneira como ela desmaiava de brincadeira nos braços dele.

— Você também ficaria nervoso se fosse se casar — Shay advertiu Garrett, batendo nele com suas flores de novo, as pétalas voando por toda parte.

— Ei, eu ia me casar. Ela disse não.

A aliança com Mysten pelo casamento foi dissolvida quando a filha bastarda deu um sonoro não à proposta de Garrett e fugiu com a criada e o instrutor de esgrima. A aliança agora dependia de um próximo encontro entre Tal e o rei de Mysten. Pensando nisso, começou a suar frio.

— Ouvi dizer que há uma menina adormecida em uma torre do reino Alemmeni esperando por um beijo. — Kest deu a Garrett um sorriso atrevido. — Talvez você deva viajar até lá.

— Tal? Você parece que vai desmaiar. — Shay sacou um lenço e enxugou a testa do rapaz. — Talvez você devesse fazer seu discurso após o casamento.

— Vou ficar bem.

Quando Shay voltou da fronteira, assim que caminhou sob os arcos do castelo, Kest ajoelhou-se e a pediu em casamento, oferecendo-lhe seu anel. Ela disse sim, com a condição de continuar a lutar sob o comando de Garrett. Kest não queria de outra maneira.

Corrie espiou pela cortina e franziu o nariz.

— Todo mundo está inquieto. Devemos começar logo.

— Por Deus! — Todos se viraram para encontrar a mãe, a rainha Carys, na porta, com a mão na garganta. Vestida com seu traje mais fino, a coroa posicionada na testa e as joias brilhando na luz fraca, era uma visão de um conto de fadas, uma rainha amada. Ela sorriu calorosamente, os olhos brilhando. — Todos os meus filhos estão aqui quando deveriam estar em outros lugares?

— Estamos todos aqui — cantarolou Corrie. — Até mesmo os extras. — Apontou o polegar para onde Athlen, Emerick e Shay estavam próximos um do outro.

— Ok, todos para fora, exceto Taliesin e Kesterell. — Ela bateu palmas. — Venham comigo. Temos um casamento e uma festa para começar.

O grupo saiu. Shay deu um beijo na bochecha de Kest antes de dar meia-volta em uma varredura de tecido e pétalas de flores. Garrett deu um abraço no metamorfo, dando-lhe um tapa nas costas. Ele também bagunçou o cabelo de Tal ao sair.

— Você também, Athlen — a mãe deles advertiu suavemente. — Onde estão suas botas?

Athlen apertou a mão de Tal e deu um beijo rápido na boca.

— Boa sorte. Estarei no auditório. Olhe para mim se ficar nervoso. E lembre-se — ele baixou a voz para um sussurro — de que não está sozinho.

O rapaz sorriu com ternura, cheio de calor e amor.

— Obrigado.

O tritão acenou ao passar pela porta e começou a explicar à rainha como havia perdido as botas.

O mago suspirou. Ele deixou a cabeça bater contra a parede de pedra.

— Você está pronto, Tal? — perguntou o irmão, endireitando o casaco mais uma vez.

Tal revirou o pescoço. Relaxou os ombros. Era um príncipe de Harth. Era um mago. Era amado pela família e por Athlen. E era o último mago, mas não estava sozinho.

— Sim.

Ele se preparou respirando fundo, então puxou a cortina de lado e entrou para o início de uma nova vida.

ESTE LIVRO FOI IMPRESSO
EM MARÇO DE 2022